Nero Wolfe Vintage Detective Stories: Cordially Invited to Meet Death

Rex Stout

論創海外ミステリ
Ronso Kaigai MYSTERY
158

《ネロ・ウルフの事件簿》

ようこそ、死のパーティーへ

レックス・スタウト

鬼頭玲子 訳

論創社

Nero Wolfe Vintage Detective Stories : Cordially Invited to Meet Death

2015

by Rex Stout

目次

主要登場人物

ネロ・ウルフ……………私立探偵。美食家で蘭の栽培にも傾倒している
アーチー・グッドウィン……ウルフの助手
フリッツ・ブレンナー………ウルフのお抱えシェフ兼家政担当
セオドア・ホルストマン……ウルフの蘭栽培係

クレイマー…………………ニューヨーク市警察殺人課、警視
パーリー・ステビンズ………クレイマーの部下、巡査部長
ロークリッフ…………………クレイマーの部下、警部補

ソール・パンザー……………ウルフの手助けをする、腕利きのフリーランス探偵
フレッド・ダーキン…………ウルフの手助けをする、フリーランス探偵
オリー・キャザー……………ウルフの手助けをする、フリーランス探偵
マルコ・ヴクチッチ…………ニューヨークの一流レストラン〈ラスターマン〉のオーナーシェフ。ウルフの幼なじみ

ロン・コーエン………………『ガゼット』紙の記者、アーチーの友人

リリー・ローワン……………アーチーの友人

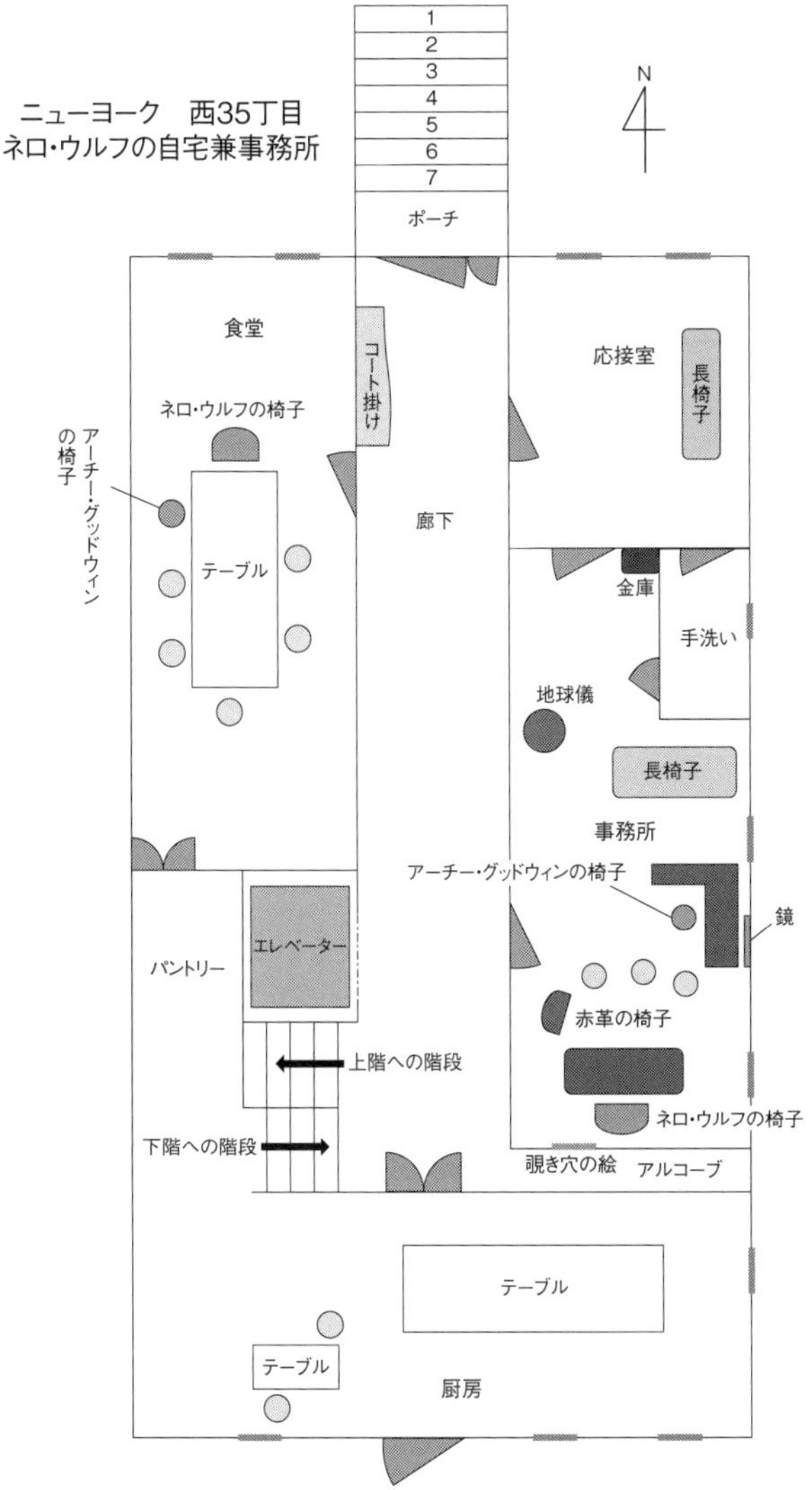

＊ネロ・ウルフの家の間取りは作品によって若干描写が異なる

ようこそ、死のパーティーへ

前巻『黒い蘭』より

ネロ・ウルフは、その黒い蘭をどうやって手に入れたか？　この一年、バーやディナーの席上で、どれだけ多くの当て推量が組み立てられただろうか。ぼくは、ちがった内容の記事を三つ、目にした。一つは去年の夏、日曜新聞の雑誌欄。その次は二ヶ月前、ニューヨークで同時配信されたゴシップ記事。最後が、ベルフォード・メモリアル・チャペルで営まれたとある葬儀で黒い蘭の花束が手向けられた珍事を報じた新聞社協会の記事だ。

そこで、この本では二つのネロ・ウルフの事件を紹介する。それぞれ別個の事件で、登場人物もまるでちがう。最初の一編（「論創海外ミステリ」一三〇巻『ネロ・ウルフの事件簿　黒い蘭』収録）は、ウルフがいかにあの蘭を手に入れたかの裏話。二編目は、ウルフが別の殺人事件を解決した顛末だが、一つ謎が残って、それがぼくを悩ませている。ぼくよりウルフをよく知っている人がいたら——いや、まずは読んでみてからということで。

アーチー・グッドウィン

これ（前掲書収録「黒い蘭」のこと）が二つの事件のうち、最初の一つだ。こうしてウルフは黒い蘭を手に入れた。そして、その花をどうしたと思う？　蘭の株そのもののことじゃない。アルキメデスは支点があれば地球を動かせると言ったそうだが、その際に必要となる梃子でもない限り、ウルフからあの蘭を引きはがすことはできないだろう（つい先週、カイラー・ディットソンが一株に高射砲を買えるくらいの値段を申し出た）。ぼくが言っているのは、花束のことだ。棺の片隅に供えられた黒い蘭の花束を、ぼくはこの目で見た。添えられたカードには〝N・W〟と、ウルフの筆跡でイニシャルが走り書きしてあった。それだけの話なのだが。

この事件（前掲書収録「黒い蘭」）と次の事件を一緒に紹介したのは、黒い蘭が絡んでいるからにすぎない。前にも断ったとおり、登場人物はまるでちがう。読み終わったとき、一件落着、謎は解けたと思うのなら、ぼくに言えることはただ一つ。あなたは目の前に謎があっても、謎だと気づかないんだろう。

A・G

第一章

ベス・ハドルストンとは、そのときが初対面ではなかった。

二年前のある日の午後、ベスは事務所に電話をかけてきて、ネロ・ウルフと話がしたいと言った。で、ウルフが出たら、今すぐリバーデールの自宅まで会いにこいと、当然のように命じた。もちろん、ウルフはけんもほろろに電話を切った。第一に、ウルフは昔からの友人か一流の料理人がお目当てでない限り、一歩たりとも家から出ない。第二に、それを知らない男、もしくは女がこの世に存在することが、ウルフの虚栄心を傷つけたのだ。

一時間ほど経って、ベスはここ——ハドソン川に近い、西三十五丁目にあるウルフの古い家で、事務所として使っている部屋——まで乗りこんできた。なんとも賑やかな十五分間だった。あんなに怒ったウルフは見たことがない。ただ、ぼくには結構な提案に思えた。二千ドル出すから、ミセス・だれだかのために企画しているパーティーに来て、殺人ゲームで探偵役をやってくれという依頼だったのだ。たかが四、五時間のことだし、座っていられるし、ビールは飲み放題だし、おまけに報酬二千ドルだ。ぼくが一緒に来て、お使い役をやれば、さらに五百ドル上乗せするとまで言った。ところが、ウルフは怒ったのなんの！　その剣幕ときたら、まるでベスがブリキの兵隊を子供部屋に並べるからと、ナポレオンを呼びつけたみたいだった。

ベスが帰ってしまったあと、ぼくはウルフの態度をぼやいた。なんと言っても、ベス・ハドルストンは上流階級向けのパーティーの企画にかけてはニューヨークきっての売れっ子で、ウルフに負けないくらいの有名人だし、ウルフとベスのような芸術家二人の輝かしい才能が結びつけば、人々の記憶に残る催しになっただろうに。もちろん、ぼくだって五百ドルもらえて愉快な思いができる。が、ウルフは不機嫌そうに黙っているだけだった。

それが二年前。今回は八月で、暑い午前中だった。ウルフが機械を信用しないせいで、家には空調装置がないのだ。ベスはお昼頃に電話をかけてきて、すぐにリバーデールの自宅へ来いと要求した。ウルフはぼくに、断って電話を切れと合図した。だが、その少しあと、昼食に発生していた問題をフリッツと話し合うためウルフが厨房へ行った隙に、ぼくはベスの電話番号を調べてかけなおした。ナウハイム事件が片づいてからほぼ一ヶ月間ずっと、事務所周辺は鈍器のようになまっていて、ソーダを一本くすねた疑いのある洗濯屋の小僧の尾行でも、喜んで引き受けたい気分だったのだ。そこでぼくは電話をかけ、西三十五丁目まで足を運ぶ気があるなら、午前九時から十一時までと午後四時から六時まではウルフは蘭と屋上にいて面会謝絶だが、そのほかの時間なら喜んでお会いするだろうと知恵をつけておいた。

その日の午後三時頃、ぼくが廊下からベスを案内してきたとき、どうみてもウルフには喜んでいるそぶりはなかった。挨拶のために椅子から立ちあがらないことを謝りもしなかった。まあ、あの図体を一目見れば、そんな芸当をこなせるなんて、正気の人間なら思いもしないだろうが。

「あなたは」ウルフは不機嫌そうにぶつぶつ言った。「以前ここに来て、わたしを金で釣って道化役をさせようとしたかたですな」

ぼくが用意した赤革の椅子に、ベスはどっかり腰をおろし、大きな緑色のハンドバッグからハンカチを一枚出して、額、首の後ろ、喉元を拭った。ベスは新聞の写真とはちがってみえる人間の一人だった。彼女の面差しで際立っているのは、目なのだ。面と向かうと、他の部分は印象に残らない。きらきら輝く黒い瞳は、こちらを見ているはずがないときでも、なぜか見られているような気分にさせる。四十七、八歳くらいなのだろうが、その目のおかげでずっと若くみえた。

「呆れた」ベスは言った。「こんなに暑いんだから、あなたはもっと汗をかいてもよさそうなのに。時間がないの。市長から防衛展示会の企画を頼まれていて、打ち合わせに行かなきゃならないのよ。だから、言い合いをしている暇はないわけ。でもね、金であなたを釣ろうとしたなんて、ばかげた言いがかりよ。ばかばかしくて笑っちゃう！　そりゃ、あなたが探偵役だったらすばらしいパーティーになったでしょうよ、なのに警察官を雇う羽目になっちゃって。警視だったけど、唸るばっかりなの。こんなふうに」ベスは唸った。

「マダム、ここに来た用件がそんなことなら――」

「そうじゃないったら。今回はパーティーに引っ張り出したいわけじゃないの。そうだったら、いいんだけど。だれかがわたしを破滅させようとしているのよ」

「破滅？　身体的に、財政的に――」

「ともかく破滅させるのよ。わたしの仕事は知ってるでしょ。パーティーの――」

「知ってますよ」ウルフは素っ気なく遮った。

「だったら、いいわ。わたしのお客はね、お金持ちや重要人物、少なくとも自分では重要人物だと思ってる人。ま、そこは深く追及しないとして、わたしには重要な人たちなの。だから考えてみて、影響がどれだけ大きいか……。待って。今見せるから」

ベスはバッグを開けて、テリア犬のように中身を掘り返した。一枚の紙片がひらひらと床に落ち、ぼくは席を立って拾ってやった。が、ベスはちらっと目を向けたなり、こう言った。「かまわないで、ゴミ箱行きよ」ぼくは言われた場所に紙片を始末し、椅子に戻った。

ベス・ハドルストンはウルフに一通の封筒を手渡した。「それを見て。どう思う？」

ウルフは表、裏と封筒を改め、便箋を一枚引っ張り出し、広げて目を通したあと、まとめてぼくに寄こした。

「関係者以外は非公開なんだけど」ベス・ハドルストンが口を出した。

「グッドウィン君も関係者です」ウルフは一蹴した。

ぼくは証拠物件を調べた。封筒、切手、消印。端を切って開封してあり、宛名はタイプだった。

ミセス・ジャーヴィス・ホロックス
ニューヨーク市、東七十四丁目九〇二番地

便箋にはこう書いてあった。やはりタイプ打ちだ。

ブレイディ医師があなたの娘に間違った薬を処方したのは、無知だったせいか？　それとも、他になにかが？　ベス・ハドルストンに訊いてみるがいい。その気になれば、口を割るだろう。わたしにはしゃべった。

サインはなかった。ぼくは便箋と封筒をウルフに返した。

ベス・ハドルストンはまた、額と首をハンカチで拭った。「もう一通届いたのよ」ベスはウルフを見つめていたが、ぼくは自分が見られているような気がした。「でも、それは手に入れてません。ほら、そっちの消印は八月十二日火曜日、六日前でしょ。もう一通は一日早くって、一週間前の十一日月曜日に投函されてたの。同じようにタイプ打ち。実物を確かめてあるわ。宛先は大金持ちの有名人で、内容は……そのまま空読みするわね。『あなたの奥さんは毎日のように、どこで、だれと、午後を過ごしているのだろう？　わかれば、びっくりするぞ。ネタ元はベス・ハドルストンだ。訊いてみるがいい』。受取人がわたしに見せてくれたのよ。奥さんはわたしの一番のお得意——」

「失礼」ウルフはベスに向かって指を一本、軽く動かした。「あなたは相談にいらしたんですか、それとも、わたしを雇いたいんですか？」

「雇うのよ。こんな手紙を送ったのがだれか、突きとめるために」

「嫌な仕事ですな。たいていの場合、不可能に近い。金に目が眩まない限り、わたしに引き受けさせるのは無理でしょうな」

「わかってるわよ」ベス・ハドルストンは苛々と頷いた。「値段のつけかたくらい、ちゃんと心得てます。さぞかし、ふっかけられるんでしょうね。でも、こんなことやめさせなきゃ、それもすぐに。じゃなきゃ、わたしはどうなるの？」

「結構。アーチー、ノートを」

ノートを出したぼくは、仕事に追われた。ベスがぼくに向かって猛烈な勢いでしゃべりまくっている間に、ウルフはビールのブザーを鳴らし、椅子にもたれて目を閉じていた。ただ、封筒と便箋、タイプライターの説明のときには、片目を半分くらいまで開けていた。二通の匿名の手紙に使われた便箋と封筒は、パーティーの企画でベスのアシスタントを務める、ジャネット・ニコルズという娘が個人的に使っているものと同じ種類だという。手紙と封筒の文字を打ったタイプライターはベス本人のもので、秘書のマリエラ・ティムズという別の娘が使っているそうだ。ベスは字を拡大鏡で比較してはいなかったが、同じタイプライターを使ったようにみえたらしい。二人ともリバーデールのベスの家に同居していて、ジャネット・ニコルズの部屋には問題の便箋と封筒が入った大きな箱がある。

じゃあ、もしその娘たちのどちらでもないとしたら――それとも、どちらかなんですか？　ぼくの質問に、ウルフが呟いた。「事実を、アーチー」召し使いの可能性は？　考えるだけ時間の無駄よ、とベス・ハドルストンは答えた。深刻な恨みを抱くほど長く働いた召し使いなんていないから。ワニだの熊だの、もろもろのトラブルの話を新聞や雑誌の記事で読んでいたぼくは、頷いて話を進めた。他にお宅で暮らしている人は？　いるわよ、甥のローレンス・ハドルストン。やはりパーティーの企画の助手として雇われている。ただし、疑う余地はまったくない、とベス伯母さんは言い切った。それで全部？　そう。家の人たちと親しくて、タイプライターやジャネット・ニコルズの便箋類を使えたような人物は？

「もちろん、いるわ。可能性としては、大勢」

ウルフは聞こえよがしに唸った。ぼくはさらなる事実を求めて質問してみた。匿名の手紙がほのめかしている件についてはどうですか？　間違って処方した薬とか、怪しげな午後とか？　ベス・ハドルストンの黒い目が、きらっと光ってぼくを睨んだ。そんな話は一切知らない。だいたい、質問が的外れだ。問題は、他人のよからぬ秘密を言いふらしているという噂を広めて、悪意を持った人間がわたしを破滅させようとしていることだ。その秘密がたまたま事実だろうと事実無根だろうと、そんなことはどうでもいい。わかりました、とぼくは引き下がった。ミセス・大金持ちが午後をどこで過ごすかは忘れましょう、野球の試合かもしれませんし。ただ、記録のため確認しますが、ジャーヴィス・ホロックス夫人には娘さんがいたんですか？　その人は病気になって、ブレイディ医師が治療にあたったんですか？　そのとおりよ、ベス・ハドルストンはじれったそうに答えた。ホロックスさんのお嬢さんは一ヶ月前に亡くなって、主治医はブレイディ先生だったわ。死因は？　破傷風。なにが原因で破傷風に？　乗馬学校の馬小屋で、腕を釘で引っかいたの。

　ウルフがぶつぶつ言った。「破傷風には間違った処方薬などな――」

「むごい亡くなりかただったけど」ベス・ハドルストンが遮った。「それは今回の件と無関係。市長との約束に遅れちゃうわ。話は単純そのものよ。だれかがわたしを破滅させたいと思って、こんな汚い方法を考え出した。それだけ。やめさせなきゃならないし、あなたが世間の評判どおりのお利口さんなら、やめさせられるでしょ。断っておかなきゃならないけど、だれがやったのかはわかってるのよ、もちろん」

　ぼくは小首をかしげた。ウルフは目を見開いた。

「なんですって？　わかっている？」

「ええ、わかってると思う。いえ、間違いないわね」

「では、マダム。なぜわたしを煩わせるのです？」

「証明できないからよ。本人は否定するし」

「ほほう」ウルフはベスに鋭い一瞥を投げた。「あなたは見た目ほど賢くないようだ。証拠がないのに告発したのならね」

「だれが告発したなんて言った？　してません。話し合ったのよ。マリエラとも、甥とも、ブレイディ先生や弟ともね。質問したの。自分の手には負えないってわかったから、あなたのところへ来たわけ」

「消去法で……犯人はミス・ニコルズとなる」

「そうね」

ウルフは眉を寄せた。「しかし、証拠はない。じゃあ、なにがあるんです？」

「それは……勘よ」

「くだらん。その根拠は？」

「ジャネットを知ってるから」

「それはそれは」ウルフは眉を寄せたままで、唇を一度突き出し、また引っこめた。「占いで判明した？　骨相学で？　彼女の本性を暴く、どんな特別な事例を目撃したんです？　人が座ろうとする椅子を引っ張るとか？」

「達者な口ね、うるさい」ベス・ハドルストンは嚙みつき、眉を寄せてウルフを睨み返した。「わたしの言いたいことくらい、よくわかっているくせに。ミス・ニコルズを知っていると言ったでしょ、それだけよ。あの目、あの声、あの態度――」

「わかりました。要するに、あなたはミス・ニコルズに好意を持っていない。匿名の手紙に自分の便箋類を使うとは、手の施しようのないばかか、すばらしく頭がいいのか、二つに一つですな。その点は検討済みですか?」

「もちろん。すごく頭がいいの」

「それにしても、ミス・ニコルズが犯人だとわかっていながら、あなたは彼女を雇い続け、家に置いている?」

「当然でしょ。首にしたら、嫌がらせをやめるっていうの?」

「いや。しかし、あなたの話では、ミス・ニコルズの人柄を知っているから犯人だと思うとのことだった。つまり、一週間前なり、一ヶ月前なり、あるいは一年前に、こういうことをしかねない人物だと承知していたわけだ。なぜ辞めさせなかったんです?」

「なぜって、わたしは……」ベス・ハドルストンはためらった。「それで話がちがってくるとでも?」と切り返す。

「大いにちがってきますよ、マダム。わたしにとってはね。あなたはあの手紙の差出人を探り出すために、わたしを雇った。だから、今まさに、探り出そうとしている。従って、あなたが自分で手紙を送った可能性を検討しているのです」

ベスの目が怒りできらめいた。「わたしが?　ばかばかしい」

「では、答えてください」とりつくしまもなかった。「あなたはミス・ニコルズの人柄を承知していたのに、なぜ首にしなかったのか?」

「必要だったからよ。今までで一番優秀なアシスタントなの。あの娘のアイディアは本当に……ストライカー家の小人と巨人のパーティーとか……あれはジャネットのアイディアで……ここだけの話……一番あたりをとった企画のなかには……」

「わかりました。勤めてどれくらいになるんです？」

「三年」

「充分な給料を払っていますか？」

「ええ。昔はそうでもなかったけど、今はちゃんと。年に一万ドル」

「では、なぜミス・ニコルズはあなたを破滅させたがるんです？　ただのつむじ曲がり？　それとも、なにか恨みでもあるのですか？」

「ジャネットは……ジャネットは不当な扱いを受けたと思っているのよ」

「どんなことで？」

「それはその……」ベスは首を振った。「どうでもいいことよ。個人的なこと。なんの手がかりにもならないわ。あの手紙を送った人間を突きとめて、証拠をつかんでくれれば、請求された料金は喜んで払うから」

「つまり、ミス・ニコルズを犯人に仕立てれば、金を払うと」

「まさか。ともかく犯人よ」

「だれであってもかまわない？」

「ええ」

「ただ、犯人は間違いなくミス・ニコルズだと、あなたは考えている」

「間違いないとは思っていないわよ。勘だって言ったでしょ」ベスは立ちあがり、ウルフの机からハンドバッグをとりあげた。「もう行かなきゃ。今晩、わたしの家に来られる？」

「だめです。行くなら――」

「いつなら来られるの？」

「わたしは行けません。行くならグッドウィン君が……」ウルフは言葉を切った。「いや。もうあなた自身が全員と話し合ったあとですから、直接会いたいですな。まずは、若い女性二人に。ここへ寄こしてください。六時には時間がとれます。嫌な仕事なので、さっさと片づけてしまいたい」

「呆れた」ベスの目が怒りで光った。「あなたがいたら、さぞかしすばらしいパーティーができるでしょうに！　クラウザー家に企画を売るとしたら、四千ドルになるわね。まあ、あの手紙を止めなければ、パーティーの依頼なんて、今後はあんまり望めないけど。二人には、あとで電話を――」

「電話なら、ここにありますよ」ぼくは声をかけた。

ベスは電話をかけ、マリエラという相手に指示を伝えて、大慌てで出ていった。

依頼人を戸口まで見送り、事務所に戻ったら、ウルフが椅子を離れていた。四時一分前で蘭のある屋上へ行く時間だから、それ自体はさほどの異常事態ではない。ぼくが驚きのあまり思わず立ちすくんだのは、ウルフが体を二つ折りにするような格好で身を屈め、ぼくのゴミ箱に手を突っこんでいたからだ。

ウルフは体を起こした。

「おけがはありませんでしたか？」ぼくは気遣った。

その言葉を無視して、ウルフは窓際へ移動し、親指と人差し指でつまんだものをじっくり観察した。近づいていくと、手渡されたので、ちらっと眺めてみた。若い女性のスナップ写真だった。特にぼくの好みでもなく、五十セント硬貨くらいの大きさで、六角形に切りとられていた。

「アルバムに貼っておきたいんですか？」ぼくは訊いた。

ウルフはその言葉も無視した。「この世には」まるでぼくが匿名の手紙を送りつけたみたいな顔で睨みつける。「人間の尊厳ほど堅固なものはない。あの女は愚者の暇を潰してやって、金を得ている。その金を使って、あの女はわたしにどぶさらいをさせる。わたしが得た金の半分は税金となり、人々をばらばらに吹き飛ばす爆弾を作るのに使われる。それでもなお、わたしは尊厳をなくしたわけではない。フリッツに訊くがいい、わたしのシェフとして働いているのだから。セオドア、わたしの庭師に訊くがいい。きみ、わたしの――」

「右腕」

「ちがう」

「総理大臣」

「ちがう」

「仲間」

「ちがう!」

「共犯者、しもべ、陸軍長官、金で買われた戦友……」ウルフはエレベーターに向かって出ていくところだった。ぼくはスナップ写真を机に放り投げ、ミルクをとりに厨房へ向かった。

第二章

「遅刻だ」ぼくは二人の娘を事務所に案内しながら、文句を言った。「ウルフさんの予定では、植物室からおりてきた六時に、きみたちはここにいるはずだった。もう二十分も過ぎてるんだよ。ウルフさんは厨房に行って、コンビーフ・ハッシュの実験にとりかかってしまったじゃないか」

座っている二人に、ぼくは目を据えた。

「コンビーフ・ハッシュを食べてるってこと?」マリエラ・ティムズが訊いた。

「ちがう。それはもっとあとだ。調理中なんだよ」

「わたしのせいです」ジャネット・ニコルズが言った。「わたしが五時過ぎまで戻らなかったので。乗馬服でしたから、着替えなきゃならなかったんです。すみません」

ジャネットはあまり馬の背が似合いそうな娘ではなかった。乗馬向きの体つきでないという意味ではない。小柄でスタイルはよかったし、いいお尻をしている。ただ、顔だちが乗馬道よりも、地下鉄を連想させるのだ。ベス・ハドルストンによれば、このジャネットこそ匿名の手紙を出した犯人で、ストライカー家での小人と巨人のパーティーを企画した人物だった。だから当然、なにかしら普通でないところがあるだろうと、ぼくは期待していた。だが、正直なところ期待はずれだった。むしろ、学校の先生のようだ。いや、もっと正確には、いかにも先生らしい貫禄が出てくる前の学校の先生のようだった。
一方、マリエラ・ティムズは期待はずれではなかったものの、苛々させられた。額が傾斜しはじめる位置より生え際が後ろにあるせいで、実際よりも秀でた広い額にみえ、気品があって、知的な感じがする。なのに、妙に気どった目つきをしていて、違和感があった。上品で知的な人間は、気どる必要はない。なにか裏に理由がない限り、そもそも気どる意味がないのだから。おまけに、あのなまり。カーンビーフ・ハーシュ。今は南北戦争中じゃないし、どのみちぼくたちの北軍が勝ったのだが、あの南部の令嬢たちときたら——わざと挑発しているように聞こえるかと言ったら、そのとおりだった。ぼくは生まれ（バウン）も育ち（ブラート）も北部（ナウス）だから。

「ウルフさんを引っ張ってこられるかどうか、確かめてくるよ」ぼくは断り、廊下を通って厨房に向かった。

一見したところ、ウルフを事務所に移動させて仕事にとりかからせるのは、可能なようだった。まだ材料に手を突っこんではいなかったからだ。混ぜた材料、もしくは作りはじめの材料は長テーブルに置かれたボウルのなかで、その脇にフリッツ、反対側にウルフが立って、あれこれ議論の最中だった。二人はこちらを向き、ぼくがホワイトハウスの閣議に乱入したみたいな目で見た。

「到着しました」ぼくは告げた。「ジャネットとマリエラです」

口を開いたときの表情から推して、ウルフが二人に明日出直してくるように伝えろと言いかけたのはまず間違いなかったが、言葉にはならなかった。背後でドアが開く音がして、声がひょこっと入ってきたのだ。

「わたしぃ、カーンビーフ・ハーシュを作ってるってぇ、聞いたんでぇ」

マリエラの南部なまりの描写に挑戦するのは、これでやめにする。

声の主もぼくの横をひょこっと通過して、ウルフのすぐ横に立った。そして、身を乗り出し、ボウルを覗きこむ。

「ちょっと、ごめんなさい」どのみち、あのなまりを文字で表現するなんて、ぼくにはとても無理だ。「でも、コンビーフ・ハッシュは、わたしの得意料理の一つなの。お肉しか入っていないみたいだけど?」

「見てのとおり」ウルフは唸った。

「細かく挽きすぎ」マリエラがだめ出しをした。

ウルフは苦い顔になった。ウルフが対立する二つの感情に苛まれているのは、よくわかった。自分の厨房に入る女は、不法侵入者だ。ウルフが自分の、もしくはフリッツの料理を批判する女は、侮辱そのものだ。一方、コンビーフ・ハッシュは、いまだだれにも解決されていない人生最大の難問の一つだ。塩漬けの味をやわらげつつ、その独特の風味は残す。油っぽくならないようにしながら、あのぱさついた食感を取り除く。方法論や実験が何年間も積み重ねられていた。ウルフは顔をしかめはしたが、出ていけとは言わなかった。

「こちらはミス・ティムズです」ぼくは紹介した。「こちらがウルフさん、ブレンナーさん。ミス・ニコルズは事務——」

「なにを根拠に細かすぎると?」ウルフは厳しく問いただした。「柔らかい生肉とはちがう。肉汁が失われることも——」

「まあまあ、落ち着いて」マリエラはウルフの腕に手をかけた。「使い物にならないわけじゃないから。ただ、粗いほうがもっといいだけ。この量のお肉には、お芋があんまり多すぎね。でも、小腸がないなら、問題外なんだけど――」

「小腸！」ウルフは大声を出した。

マリエラは頷いた。「新鮮な豚の小腸よ。それが秘訣なの。オリーブオイルで軽く炒めて、タマネギの汁を――」

「これは驚いた！」ウルフはフリッツをじっと見た。「そんな方法は初耳だ。今まで思いつきもしなかった。フリッツ？　どうだ？」

フリッツは眉を寄せて考えこんでいた。「うまくいくかもしれません」と認める。「やってみましょう。一つの実験として」

ウルフは即座に決断を下して、こちらに向き直った。「アーチー。クレッツマイヤー氏に電話して、豚の小腸があるかどうか訊いてみてくれ。二ポンドだ」

「わたしに手伝わせたほうがいいわよ」マリエラが口を出した。「ちょっと、コツがいるから」

最初の日にぼくがジャネットとすっかりお近づきになったのは、こういう事情からだった。小腸探しで市場まで車を運転するなら連れがいてもいいな、と思ったのだ。マリエラはウルフにべったりくっついているし、そもそもウルフにしたって実験の間はマリエラにべったりなので、ジャネットを連れていくことにした。家に戻ってきたときには、いろいろな意味でジャネットは潔白だとぼくは判断していた。ただ、あまり意味がないのは認める。よほど見るからに嫌なやつでもない限り、匿名の手紙を送るような汚い手を使うなんて、ぼくにはとても信じられなかったから。おまけに、ジャネットはおしゃべりの間もどこか上の空で、それほど才気煥発という印象もなかった。まあ、ネロ・ウルフの事務所に行けと言われた理由を承知しているなら、状況が状況だけに、無理もない。それに、たぶんジャネットは承知していたはずだ。

ぼくは厨房のコンビーフ・ハッシュ研究家たちに豚の小腸を届け、ジャネットのいる事務所に戻った。アップタウンからの帰り道にジャネットに蘭の交配の話をしたので、交配記録カードの束を見せようと机にとりにいって、なくしものに気づいた。で、カードをジャネットに渡し、断りを言ってから厨房に引き返して、留守中にだれか事務所に入ったかとウルフに尋ねてみた。ウルフはマリエラの隣に立ち、フリッツがまな板で豚の小腸の下ごしらえをする様子を見守っていて、ぼくへの返事は唸り声だけだった。

「だれも厨房から出ていないんですか？」ぼくは食い下がった。

「いない」ウルフは短く答えた。「なぜだ？」

「だれかがぼくの棒つきキャンディーを食べたんですよ」ウルフを遊び仲間と一緒に残して、ぼくは事務所へ戻った。ジャネットは座ったまま、カードを膝に載せて眺めていた。ぼくはその前に立って、もの柔らかに尋ねた。

「あれをどうしたんだい？」

ジャネットは顔をあげた。頭を上向きにしたその角度から見ると、ジャネットは少しかわいらしくみえた。

「どうしたって……なにを？」

「きみがぼくの机からくすねたスナップ写真さ。ぼくが手に入れたきみの写真は、あれ一枚きりなんだ。どこにしまったんだい？」

「わたし……」ジャネットは口を閉じた。「とってません！」挑むような口調だった。

ぼくは腰をおろし、首を振った。「いいかい」と優しく諭す。「嘘をついちゃいけない。ぼくたちは戦友じゃないか。手をとりあって隠し場所にあった小腸を探した仲なんだよ。それも、雄豚の小腸をね。あの写真はぼくのものだし、必要なんだ。きみのバッグにひらひらと入ってしまったことにしようか。バッグを調べてごらん」

「入ってません」新たな気迫のこもった声と、新たな赤みの差した頬のおかげで、ジャネットはずっと人間味が増した。バッグは椅子の上、すぐ脇に置いてあり、左手がしっかりとつかんでいた。

「じゃあ、ぼくが調べるよ」と近づいてみた。

「だめ！」ジャネットは、「入ってないの！」と言って、腹に手のひらをあてた。「ここよ」

一瞬、飲みこんだという意味かと思って、ぼくはぴたりと足を止めた。椅子に戻って、言い聞かせる。「わかった。もう返してくれるね。選択肢は三つ。自分で引っ張り出すか、ぼくがやるか、ぼくが押さえつけている間にマリエラを呼んで探してもらうか。最初のが、一番レディにふさわしいな。

ぼくは背中を向けてるよ」

「お願い」ジャネットは腹に手をあてたままだった。「見逃して。あれはわたしの写真なんだから！」

「あれはきみの写真だけど、きみのものじゃない」

「ハドルストンさんがあなたに渡したのね」

わかりきったことを否定してもはじまらない。「だとしたら？」

「で、言ったんでしょ……あの人……わたしがあのひどい手紙を出した張本人だと思ってるって。そうに決まってる！」

「それは」ぼくはきっぱりと言った。「別の問題で、ぼくのボスが管理してるのは、あの写真さ。たぶん、ストライカー家の小人と巨人のパーティーを考え出したお嬢さんの写真ってだけで、他にたいした意味はないんだろう。ウルフさんに頼んだら、くれるかもしれない。ミス・ハドルストンが盗んだ可能性だってないわけじゃない。ぼくにはわからないんだ。どこで手に入れたか、ミス・ハドルストンは教えてくれなかったしね。わかっているのは、きみがぼくの机から写真を失敬したってこと、返してほしいってことさ。きみは別な写真を手に入れられるけど、こっちはそうはいかないからね。さあ、マリエラを呼ぶかい？」ぼくは顔の向きを変えて、今にも声を出しそうなそぶりをした。

「やめて！」ジャネットは椅子から立ちあがり、こっちに背中を向けて、体をもぞもぞさせていた。ぼくは渡された写真をウルフの机の文鎮の下に置いてから戻り、ジャネットの膝から床に落ちた交配記録のカードを集めるのを手伝った。

「なんてことをしてくれたんだ」ぼくは言った。「全部ぐちゃぐちゃぐちゃじゃないか。また順番どおりに並べるから、手伝ってくれよ」

しばらくは涙がこぼれそうな雰囲気だったが、こぼれはしなかった。ぼくらは一時間一緒にいて、楽しくとまではいかないが、とても和やかに過ごした。手紙について問いただすのは見合わせておいた。ウルフがどんな方針をとるつもりなのか、わからなかったからだ。

ウルフがようやく仕事にとりかかったとき、方針などなにもなかった。みんなが事務所に集まったのは九時過ぎ、コンビーフ・ハッシュと付け合わせを平らげたあとだった。料理は問題なかった。おいしかった。ウルフは二度お代わりをして、食事の間はもっぱらマリエラとしゃべっていたが、社交辞令ばかりではなく、紛れもない尊敬の念がこもっていた。ただ、食事のはじめに気まずい出来事があった。ジャネットがコンビーフ・ハッシュに手をつけず、フリッツはハムを少し切ってくるように言いつけられたが、マリエラはむっとしてこう言ったのだ。

「わたしが作ったから食べないんでしょ」

ジャネットは、そうではなくてコンビーフが好きじゃないだけだ、と言い張った。

そのあと事務所では、秘書とパーティー企画のアシスタントの間には、そもそも友情など存在しないことがはっきりした。二人とも相手が匿名で中傷の手紙を書いたと非難したり、あからさまに嫌っている様子をみせたわけではなかったが、ぼくがノートから顔をあげたときに気づいた視線や言葉のやりとりには、だれかがマッチで火をつけたら大炎上しそうな気配があった。ぼくの見たところ、ウルフはどうでもいい事実をあれこれ集めただけに終わった。当たり障りのない表現をすると、ジャネットもマリエラもお上手ばかり言ったのだ。二人によると、ベス・ハドルストンは申し分のない雇い主だった。巷（ちまた）でも有名な変わった趣味がときどき面倒を起こすこともあるけれど、べつに不満はない。ジャネットは勤めて三年、マリエラは二年。あんなひどい手紙を送れるような人物など、まったく心あたりはない。知っている限りでは、ベス・ハドルストンに敵はない――そう、もちろん人の気持ちを損ねたことはあったが、それがなんだというのか。ジャネットの便箋をここ数ヶ月の間に手に入れられた人物は大勢いるが、だれがとなると見当もつかない、などなど。ミセス・ジャーヴィス・ホロックスの娘さん、ヘレンはたしかに知り合いだった。マリエラの親友だった。亡くなってとても悲しい。そう、アラン・ブレイディ先生もとてもよく知っている。おしゃれで人気があり、若いのに腕がいいと評判だ。ジャネットかマリエラ、もしくはベス・ハドルストンと乗馬に行くことがよくある。

離だ。

乗馬学校で？　そうではない。ベス・ハドルストンはリバーデールの自宅にある馬小屋で馬を飼っていて、ブレイディ先生は午後の仕事が終わると、医療センターからやってくる。車でわずか十分の距離だ。

ベス・ハドルストンは一度も結婚したことがない。弟のダニエルは化学者らしいが、社会的にはまったく認められていない自称化学者だ。一週間に一度くらい、夕食を食べに姉の家にやってくる。ベスの甥のラリーは、まあ、いる、というだけの存在だ。若い男で、伯母の家に厄介になりながら、仕事の手伝いをして給料をもらっている。ベス・ハドルストンには、他に付き合いのある親戚や本当に気心の知れた友人はいない。ただし、老若男女問わず、何百人も友人はいる――。

こんな話が、二時間近く続いた。

二人を車まで見送ったあと――運転手はマリエラだった――ぼくは事務所に戻り、ウルフがビールのグラスをおろしてお代わりを注ぐのを、立ったまま見ていた。

「例の犯人の写真ですけど」ぼくは言った。「必要でしたら、文鎮の下に置いてあります。ジャネットには必要でした。つまり、手に入れたがっていたんです。ぼくが席を外した隙に写真をくすねて、あなたの前ではとても口に出せない私的な場所に隠したんです。方法はさておき、取り返しました。くれと頼むんじゃないかと思っていたんですが、頼みませんでしたね。もし、この事件を解決するつもりで――」

「けしからん事件だ」ウルフは飲み干したビールに向かって、あからさまにため息をついた。「われながら、うかつだった。明日、リバーデールへ行って、様子を探ってこい。召し使いたちをあたってみるといい。タイプライターは確認を。甥とは話をしてみて、わたしが会う必要があるかどうか判断してくれ。必要があるなら、連れてくるように。それから、ブレイディ医師をここへ。一番都合がいいのは、昼食後だ」

「かしこまりました」ぼくは皮肉をこめて答えた。

「二時頃だぞ。さあ、ノートを出せ。手紙の口述筆記を頼む。今夜中に速達で出すように。宛先はハーバードのマーチンゲール教授だ。親愛なるジョセフ。わたしは大変な発見をしました、コンマ、いやむしろ、コンマ、教示を受けたと言うべきでしょうか。昨年冬のわたしたちの議論をご記憶かと存じますが、豚の小腸を使う可能性について……」

第三章

一九三五年の二月、ウルフに使いに出されたとき、ある事件が起こって以来、ぼくは仕事で事務所を出るとき、必ず自問するようになった。銃を持っていくか？　あまり持ち歩くことはない。それでも、あの火曜日の午後に持参していたとしたら、間違いなく活用していたはずだ。ぼくの名前がアーチーでアーチボルドではないのと同じくらい確実に、あの忌々しいオランウータンを即座に撃ち殺していたにちがいない。

三十五丁目からリバーデールまで、以前は車でたっぷり四十五分はかかったのだが、今はウェストサイド・ハイウェイとヘンリー・ハドソン橋ができたおかげで、二十分あれば充分だ。ハドルストン邸を見るのははじめてだったが、新聞や雑誌の記事で予備知識があったため、動物用の柵にもまるで驚かなかった。柵と平行に走っている道路の空いた場所にロードスターを駐め、門を開けて入った。芝生を横切る小道を通って、家へ向かって歩きはじめる。周囲には大小の木が生えていて、右手の少し離れた場所には卵形の人工池があった。

家から二十歩くらい手前で、ぼくはふと足を止めた。どこから現れたのかわからないが、大きな黒い生き物が小道をまたいで通せんぼをしていた。歯を光らせてにやにや笑っている――いや、そう思える顔つきだったのだ。ぼくは立ったまま、相手を見据えた。やつは動かない。なんだこいつ、と歩き出したが、距離が縮まるとなにやら声をあげたので、ぼくはまた立ちどまった。わかったよ、ぼくは思った。これがおまえ専用の小道なら、前もって注意してくれればよかったのに。池の向こう側に別の小道があった。やつがなにをするつもりか気になるので、完全に背中は向けずに少し横向きで右方向へ歩き出す。で、なにをしたかというと、四つん這いであとをつけてくる。首をねじったままやつから目を離さないようにしていたら、池の脇の草地で下がった拍子に一本の丸太につまずいて見事に転び、危うく池に落ちるところだった。慌てて立ちあがると、縦長の丸太がこっちに向かって地面をじりじりと進んできた。群れのなかのワニの一匹だったのだ。オランウータンは座って笑っていた。笑い声をあげていたわけではないが、顔が笑っていたのだ。そのとき、ぼくはやつを撃ち殺していたはずだった。池を迂回して別の小道に入り、家に向かおうとしたが、十ヤード先でまたしてもやつが両足を広げて立ちふさがり、さっきと同じように声をあげた。ぼくは立ちどまった。

人の声がした。「鬼ごっこをしたがってるのさ」

すっかり猿に気をとられていて見落としていたけれども、その男もテラスの端にある背の低い木立の陰から出てきたばかりだった。ちらっと見たところ、緑のシャツに煉瓦色のズボン姿で、年はぼくと同じか少し下。偉ぶっているような感じだ。

男は言った。「鬼ごっこをしたがってるんだよ」

ぼくは答えた。「ぼくはしたくないね」

「機嫌を損ねたら、嚙みつかれるぞ。草地に逃げていって、タッチされそうになったら、かわす。三回かわしたら、つかまってやって、『ミスター』って感心した口調で声をかける。それだけさ。ミスターって名前なんでね」

「回れ右して、家に帰るさ」

「ぼくならやめとくなあ。ミスターが怒る」

「一発殴ってもいい」

「そうかい。やれるものなら、やってみな。ミスターにけがをさせて、伯母につかまったりしたらじゃないいし、だれが送ったのかは知らないいし、心あたりもない。伯母はもう少ししたらここへおりてくるが、今は二階でダニエル叔父さんと言い争いをしてる。ミスターをやり過ごすまでは、あんたを家に入れるわけにはいかないね」


……あんた、アーチー・グッドウィンだろ？ ラリー・ハドルストンだ。あの手紙を送ったのはぼく

「ここに来たらどいつもこいつも、この粗大ゴミみたいにじゃまくさいオランウータンと鬼ごっこをしなけりゃいけないのか？」

「オランウータンじゃない、チンパンジーさ。知らない相手とはあまりやらない。あんたが気に入ったんだろ」

そういうことなら、付き合ってやるしかない。芝生のほうへ逃げて、通せんぼをされ、三回かわしたあと、精一杯感心した口調で、「ミスター」と言ってやった。そして通過を認められた。ミスターは甲高い声を短くあげて、木に駆けのぼり、大きな枝に飛びうつった。手の甲に目をやったら、血が出ていた。ラリーはさして心配もしていない口調で、こう訊いた。

「嚙まれたのか？」

「いや、転んだときに擦りむいたんだろう。ただの擦り傷さ」

「ああ、モーゼにつまずいて転んでたよな。ヨードチンキを持ってくる」

たいしたことはないと断ったのだが、ラリーはぼくを連れてテラスから家に入り、広い居間に通してくれた。二対一の縦長の部屋で、大きな窓が数ヶ所と大きな暖炉が一つあり、椅子や背もたれのない長椅子、クッションなどもたくさん置いてあって、盛大なパーティーがその場で開けそうだった。ラリーが暖炉のそばにある壁付けの戸棚を開けたところ、滅菌ガーゼ、救急絆創膏、軟膏などがきれいに並んでいた。

ぼくは擦り傷にヨードチンキを薄く塗りながら、なにか言わなくてはならない気がして、口を開いた。「救急セットをしまっておくのに、ぴったりの場所だな」

ラリーは頷いた。「ミスターのせいさ。本気で嚙みついたりはしないんだが、皮膚に傷がつくくらいはしょっちゅうだ。それにロゴとルルはたまに甘嚙みするし——」

「ロゴとルル？」

「熊だよ」

「ああ、熊か」ぼくは近くを見回してからヨードチンキの瓶を棚に戻した。ラリーが扉を閉めた。

「そいつらは今どこに？」

「どこかで昼寝をしてるよ。午後はいつも昼寝だ。もう少ししたら、顔を出すだろ。テラスに行かないか？　なにを飲む？　スコッチ・ウィスキー、ライ、それともバーボン？」

テラスは気持ちのいい場所だった。家の陰になっていて、不規則な形の大きな敷石が並び、間には帯状の芝生。ぼくはラリーと一緒に一時間そこで座っていたが、収穫はほぼ三杯のハイボールどまりだった。ラリーには、あまり好意を持てなかった。俳優みたいなしゃべりかたで、シャツに合わせた緑のハンカチを胸ポケットに入れている。一時間足らずの間に、三回も名士録の話を持ち出す。腕時計は丸以外の形にする理由もないのに、やつのは六角形だ。ラリーは人生で一番単純な欲求をかろうじて満たすだけの才覚しかないようだったが、パーティーでは人気者になったかもしれないのは認める。秘密を漏らさなかったのも、たしかだ。例の手紙については心底怒っていたが、ぼくが聞き出せた情報はせいぜい、ラリーがタイプライターの使いかたを知っていること、マリエラがなにかの用事でダウンタウンに行っていること、ジャネットはブレイディ医師と乗馬に出かけていることくらいだった。ラリーはブレイディ医師について多少辛口なようだったが、確信は持てなかった。

五時になっても伯母さんはおりてこず、ラリーが様子を見にいったが、すぐに戻ってきて、二階まで来てくれと言った。そしてぼくを案内してドアを教えると、さっさとどこかへ行ってしまった。なかに入ると事務室だったが、だれもいない。室内は散らかっていた。電話帳が椅子の上に山積みになっている。吸い取り紙は、独立宣言が書かれたときから使われていそうな代物だ。タイプライターにはカバーがかかっていない。ぼくが眉をひそめて周りを見ていると、足音が聞こえ、ベス・ハドルストンがせかせかとやってきて、後ろから痩せた男も入ってきた。男の目はベスとそっくりで黒かったが、そのほかはなにもかも貧相で見栄えがしなかった。ベスはぼくの横をすっと通り抜けざまに、声をかけてきた。

「ごめんなさい。調子はどう? 弟よ。こちらはゴールドウィンさん」

「グッドウィンです」ぼくはぴしりと訂正し、ダニエルの手を握った。意外なことに、握り返す手は力強かった。ベスは机について、引き出しを開けていた。小切手帳を出し、ペン立てからペンをとって記入を済ませ、吸い取り紙でにじみをとろうとして逆に染みを作った小切手を弟に手渡す。ダニエルは一目見て、言った。

「だめだ」

「だめじゃない」ベスは突き放した。

「いいかい、ベス。これじゃあ――」

「これでやってもらわなきゃ、ダン。せめて今週はね。それでおしまい。千回も言ったことだけど……」

ベスは言いさして、ぼくを見やり、ダニエルに視線を戻した。

「わかったよ」ダニエルは小切手をポケットに突っこみ、椅子に座って、首を振りながら考えこんでいる様子だった。

「で」ベスはぼくに目を向けた。「どうしたっていうの?」

「自慢するほどの話はないんですが」ぼくは切り出した。「あの手紙と封筒には、山ほど指紋がついていました。ただ、弟さんや甥御さん、部下たちやブレイディ先生と話し合ったわけですから、全員手を触れたんでしょうね。どうです?」

「そのとおりよ」

ぼくは肩をすくめた。「そうですか。マリエラはウルフさんにコンビーフ・ハッシュの調理法を教えました。秘訣は豚の小腸だったんです。それ以外には、報告はなにもありません。いや、一つだけ。あなたから犯人だと思われていることを、ジャネットは知っていますよ。それに、あの写真をほしがってました」

「なんの写真?」

「あなたがゴミ箱に捨てろと言った、スナップ写真ですよ。ジャネットが見つけて、手に入れたがったんです。ジャネットが持っていちゃ、まずいことでも？」

「全然」

「この件について話しておきたいことは？　なにかの手がかりになるとか？」

「いいえ、あの写真は全然関係ないの。つまり、なんの手がかりにもならないってこと」

「ブレイディ先生には今日の二時に事務所に来てくれるように頼んだんですが、時間がないそうで」

ベス・ハドルストンは窓際に移動し、外を見て、戻ってきた。「ここへ来て、うちの馬に乗る時間はあるみたいよ」と皮肉る。「すぐに戻ってくるはず……馬小屋で話しているのが聞こえたと思ったんだけど……」

「先生はこの家に顔を出しますか？」

「出すでしょうね。カクテルを飲みに」

「よかった。ところで、ウルフさんからの伝言ですが、もう一つの手紙に指紋が残っている可能性がなくもないと。資産家の男性が受けとった手紙です」

「手元にないのよ」

「手に入れられないんですか？」

「たぶん無理でしょうね」

「警察に提出してしまったとか？」

「まさか！」

「わかりました。ぼくはミスターと鬼ごっこをして、甥御さんと話をしました。今度はジャネットが便箋類を保管している場所を確認して、タイプライターでサンプルを作りたいんですが。あれが問題のタイプライターですか？」

「そう。でも、先にジャネットの部屋に来てちょうだい。案内するから」

ぼくはついていった。ジャネットの部屋は家の反対側、同じ二階の端にあり、小さめだが、きれいに片づいて居心地はよさそうだった。ただ、便箋類は完全な当て外れだった。箱には入っていなかったのだ。鍵のない書き物机の引き出しのなかにあり、指紋の残りそうにない金属製の引き輪で開け、便箋でも封筒でも手を伸ばして好きにとればいい状態だった。ベスはぼくを残して出ていき、ぼくはなにも探すものがない部屋をざっと眺めてから事務室に戻った。部屋を出たときのまま、ダニエルはまだ椅子に座っていた。ぼくがジャネットの便箋を使って、タイプライターで何行かサンプルを打ち、ポケットに入れたとき、ダニエルは声をかけてきた。

「探偵か」

ぼくは頷いた。「世間からはそう呼ばれています」

「あの匿名の手紙を送ったやつを見つけようというんだな」

「そうです」ぼくは指を鳴らした。「あっという間にね」

「あんな手紙を送るやつは、フッ化水素酸の十パーセント溶液に顎まで沈めてやるべきだ」

「へえ、そいつは苦しいものなんですか？」

ダニエルは身震いした。「まあな。訊きたいことがあるんじゃないかと思って、ここに残っていたんだが」

「ありがとうございます。なにを訊きましょうか？」

「それが問題だ」ダニエルの顔が曇った。「話せることが、なにもないんでね。あればいいと、心底思ってはいるんだが。手がかりは持ってないし、怪しいと思うことさえない。ただ、参考意見なら一つある。偏見抜きの。いや、二つだ」

ぼくは腰をおろし、話を聞く構えをとって、「一つ目は?」と励ますように促した。

「ネロ・ウルフに伝えられるか?」

「伝えられますし、伝えるつもりですよ」

ダニエルはこっちをじろじろ見て、唇をすぼめた。「さっき、姉に五人の名前を出したな。姉の、それと、わたしの甥にもあたるラリー。ミス・ニコルズとミス・ティムズ。ブレイディ先生。それに、わたしだ。そのうち四人が、姉に損害があればとばっちりを受けるという事実には、一考の余地があるんじゃないか。わたしは実の弟で、姉に心底深い愛情を抱いている。二人の女性は姉に雇われて、結構な給料をもらっている。ラリーだってそうだ。叔父として、はっきり言わせてもらえば、結構すぎるくらいだ。姉がいなければ、石炭の輸送船で助手でもやって一日の稼ぎは四ドルってとこかな。ラリーの能力でなんとかなる仕事といったら、それくらいのものだろう。ともかく、あいつの生活は完全に姉頼みなわけだよ。だから、こう考えられるんじゃないか。ただの意見ではあるが、おそらくわたしたち四人は容疑者から外してもいい」

「いいでしょう」ぼくは言った。「残りは一人」

「一人?」

「そうですよ、ブレイディ先生です。ぼくが挙げた五人のうち、あなたが四人を除外した。はっきりブレイディ先生を名指ししている」

「とんでもない」ダニエルは困った顔になった。「それは誤解だ。ブレイディ先生のことは、ほとんど知らない。ただ、第二の意見がたまたま先生に関わっているが、あくまで個人的な意見だ。ミセス・ホロックスが受けとった手紙は読んだだろう？　じゃあ、気づいたんじゃないのか。あの手紙は一見ブレイディ先生を攻撃しているようだが、言い分がむちゃくちゃすぎて、先生は痛くも痒くもないってことに。ミセス・ホロックスの娘は、破傷風で死んだんだ。破傷風に間違った薬なんてありゃしない。正しい薬なんてものもない。毒素が神経中枢に達してしまったら、それまでだ。抗毒素は予防になるが、治療にはまるで、いや、ごくまれにしか効果を発揮しない。だから、ブレイディ先生に対する非難は、まるで非難になっていないんだ」

「参考になります」ぼくは認めた。「あなたは医者ですか？」

「いや。研究化学者だ。ただ、基本的な医学論文ならどれでも——」

「はいはい、あとで調べてみます。ブレイディ先生がお姉さんを破滅させるとして、どんな理由があると思います？」

「知っている限りでは、なにもない。皆無だ」

「じゃあ、先生も除外しましょう。全員が除外されましたから、あとはお姉さんしか残りませんね」

「姉だと？」

ぼくは頷いた。「お姉さんは自分であの手紙を送ったにちがいない」

ダニエルはかんかんに怒った。いや、相当な爆発ぶりだった。こんなに深刻な問題を冗談の種にするなんて、というのが逆鱗に触れた主な理由で、ぼくは良心的な態度をとって、宥める羽目になった。そのあと、ダニエルはむっつり黙りこんでしまった。続く十分間、ぼくはあれこれちょっかいを出してみたが、骨折り損のくたびれもうけで、事務室から撤退することに決めた。ダニエルの案内で階下のテラスまでいくと、声が聞こえてきた。

　あれがベス・ハドルストンの企画による楽しい集まりの見本なら、ぼくは自分流のほうがいい。まあ、客観的な評価ではないのは認める。ベスは特に企画したわけじゃなかったから。ベスはポーチにつり下げられたブランコ型の長椅子に寝そべっていて、そよ風にドレスを膝の上までまくりあげられ、歩行用でしかない二本の素足をむき出しにしていた。かかとの高い赤の室内履きを履いていたが、ぼくはだれの足であれ、靴下なしで靴を履くのは好きじゃない。ブランコの支柱に寄りかかって、敷石の上に座っているのは、二頭の中くらいの黒い熊で、棒形キャンディーを舐めながら、お互いに唸り合っていた。ラリー・ハドルストンはジョン・バリモア気どりで悠然と椅子に座っていて、その椅子の肘掛けにマリエラ・ティムズがちょこんと腰かけ、さりげなくラリーの肩に手を置いている。ジャネット・ニコルズは、乗馬服姿で別の椅子に座っていた。上気して赤らんだ顔というのはたいてい見栄えのしないものだが、ジャネットの場合はかえってきれいにみえた。ブランコの反対側には、やはり乗馬服姿で、精悍な顔をした細身で筋肉質の男が立っていた。

　ベス・ハドルストンからそのブレイディ医師に引き合わされて、握手のために歩み寄ろうとしたときだった。ぼくが二歩半進んだとき、突然、熊が夢のご馳走を見つけたみたいな勢いでこっちへ向かってきた。ぼくは一気に半マイルも横に飛び、二頭は勢い余ってそのまま通りすぎた。熊に向き直ろうとしたら、背後から別の大きな黒い物体が地獄から飛び出したコウモリみたいな勢いで通過し、ぼくは無我夢中でまた飛びのいた。二ヶ所から笑い声があがり、三ヶ所目からはベス・ハドルストンの声がした。

「あなたを狙ってたわけじゃないのよ、ゴールドウィンさん。ミスターが来るのを嗅ぎつけて、怯えたの。ミスターは熊をいじめるから」

熊の姿は見えなかった。オランウータンはブランコに飛びあがって、またおりた。ぼくはぷりぷりして言い返した。「ぼくの名前はグーレンワンゲルですけど」

ブレイディ医師がぼくの手を握りながら、笑った。「気にすることないですよ、グッドウィンさん。わざとですから。名士録に載っていない人の名前は、覚えられないふりをしてるんです。ベスの成功は、ひとえに上流崇拝根性のおかげ――」

「あなただってその一人じゃないの」ベス・ハドルストンは鼻を鳴らした。「上流階級の生まれで、上流がすばらしいと思ってるわけでしょ。わたしにとってはね、商売のたねなのよ。でも、お願いだからそんなこと……ミスター、悪い子ね。足をくすぐったりしないで！」

ミスターは勝手に仕事にとりかかっていた。もう赤い室内履きは脱がせて、敷石の右側にきちんと置いてあった。そして、右足の裏をくすぐりにかかる。ベスは悲鳴をあげて、ミスターを蹴った。ミスターが反対をくすぐると、また悲鳴をあげて左足で蹴った。それで満足したらしく、ミスターはそこから離れようとした。いずれにしても、次の騒動はわざとではなかった。執事の上着を着た男が、グラスとボトルを載せた盆を持って近づいてきていたのだが、ちょうどブランコの横にさしかかったときに、ミスターがぶつかったのだ。それも思い切り。執事は大声をあげてバランスを崩し、盆ごとひっくり返った。ブレイディがボトルを一本空中でつかまえ、ぼくも一本つかんだが、残りは全部石の上で粉々になった。ミスターは二十フィートも飛んで椅子に着地し、そこに座ってキャッキャと笑った。執事は全身を震わせていた。

「お願い、ハスケル」ベスが言った。「今は辞めないでちょうだい、お客様が夕食にいらっしゃるのよ。部屋に下がって、一杯飲んで休みなさい。ここは片づけておくから」

「わたしはホスキンズです」執事は上の空で答えた。

「そう、そうだったわね。さあ、下がって一杯飲んでいらっしゃい」

執事は下がり、残ったぼくたちは忙しくなった。ミスターはすぐに状況を理解して、よたよたと手伝いにやってきた。これだけはミスターのために言っておくが、ガラスの破片集めにかけては、ぼくが今までに見ただれよりも手早かった。ジャネットが家に入って掃除道具をとってきて、箒(ほうき)も二本あったのだが、敷石の間の芝生のせいできれいに掃けなくて手こずった。ラリーは改めて飲みものの用意をしにいき、結局マリエラが掃除機を持ってきて芝生のガラス片の問題を片づけた。ベスはブランコに乗ったままだった。ブレイディが破片を捨てにいき、ようやくぼくらは落ち着きを取り戻して、全員が飲みものを手にした。ミスターも。ただし、アルコールは抜きだった。じゃなければ、ぼくはその場には残らなかっただろう。マティーニを二杯引っかけたあいつがなにをやらかすか、それは飛行機から見物するに限る。

「今日はものが壊れる日みたい」ベスはオールドファッションド(ウィスキーカクテルの一種)を飲みながら言った。

「だれかがわたしの入浴剤の瓶を壊して、浴室中に散らかしたまま、逃げたのよ」

「ミスターですか?」マリエラが訊いた。

「そうじゃないと思うけど。あそこには一度も入ったことがないから。召し使いたちに訊いてみる勇気はなかったし」

しかし、ハドルストン邸では、ミスターがしらふか否かに関係なく、十五分と平和な語らいの時間が続くことはないらしい。ただし、今度の騒ぎはミスターとは関係がなかった。少なくとも直接的には。そもそも、その場の社交的雰囲気は、お世辞にも結構とは言えなかった。ある昔ながらの感情が交錯し、さほど上手にとり繕われていなかったのだ。ぼくは特に他人の心の動きに敏感なたちじゃないが、ネロ・ウルフほどの天才でなくてもちゃんとわかった。マリエラがラリー・ハドルストンにちょっかいを出し、その様子を見たブレイディの顔の筋肉がひきつり、ジャネットは困った顔で見て見ぬふりを決めこむ。ダニエルは別の心配事があるらしく、飲んだくれて心ここにあらずだ。ベスはぼくとブレイディの話に聞き耳を立てていたが、ぼくはただ事務所に来てもらう約束をとりつけていただけだった。今夜は都合がつかない、いや、明日ならなんとか……予定がびっしり詰まっていて……。

ベスが、夕食と給仕係のめどは立っているのかを確かめたほうがよさそうだと言い出し、起きあがって室内履きを履いたときに、騒ぎは起きた。片足を履き、もう片方に足を入れたとたん、悲鳴をあげて足を引っ張り出したのだ。

「痛っ！」ベスは言った。「このなかにガラスのかけらが！　親指を切っちゃった」

ミスターはベスのところに跳ねていき、残りの人間たちは周りに集まった。医者のブレイディがその場を仕切り、ぼくはたいして役に立たなかった。大きな親指の裏に半インチ程度の浅い切り傷だったが、少し血が出ていて、ミスターは悲しそうに鼻を鳴らしはじめて黙ろうとしなかった。ダニエルが救急セットを居間から持ってきて、ブレイディはヨードチンキをたっぷり塗ったあと、ガーゼと絆創膏できれいに手当をした。

「大丈夫よ、ミスター」ベスは宥めた。「おまえは心配しなくて……こら！」

ミスターがヨードチンキの瓶をかっさらっていった。栓を抜いて、中身を一滴ずつ慎重に、芝生の帯に垂らしていく。ミスターはブレイディやマリエラには渡そうとはしなかったが、主人のベスが命じると、自分で栓をして瓶を返した。ベスはその瓶を弟に渡した。

それが六時過ぎだった。ぼくは夕食に招かれていなかったし、いずれにしろ一日分の動物学は嫌と言うほど学んだので、挨拶をして帰った。ロードスターで幹線道路に入り、再び同類たちの間に交じると、ぼくは慣れ親しんだガソリンと都会の匂いが混じった空気を思い切り吸いこんだ。

事務所に戻ると、ウルフは最近買ったロシアの大型地図に印をつけていた。報告はあとで聞くと言われたので、ぼくは今日作ったサンプルとホロックス家の手紙のタイプ文字を比較して、同じ機械で打たれたことを確認してから、自分の部屋にあがってシャワーを浴び、着替えた。夕食後に事務所へ戻ると、ウルフは細大漏らさぬ詳しく完全な報告を求めた。つまり、まだ手がかりもなく、考えもまとまっていない状態なのだ。できれば報告書を作りたい、とぼくは言った。一語一句忠実に説明すれば、しかめ面をされて嫌な気分になり、話が脱線してしまうから。だが、ウルフは椅子にもたれて目を閉じ、はじめろと告げた。

話し終えたのは、真夜中近くだった。例によって何度か待ったがかかった。ウルフが総ざらえをしているときには、「その猿はヨードチンキを右手で芝生にこぼしたのか、それとも左手だったか?」くらいの質問は平気でする。ウルフが可動物で自ら現場に足を運んでくれれば、ぼくの息はだいぶん節約できるのだが、まあ、それが給料になるのだし。いや、その一部にね。

ウルフは立ちあがって伸びをし、ぼくはあくびをした。「それで」ぼくはわざと訊いてやった。「事件は解決ですか? 証拠も揃いました?」

「眠い」ウルフは歩き出したが、戸口で振り返った。「きみはいつもと同じぐらい間違いをしたな、想定内のことだが。しかし、重大な間違いはただ一つ、ミス・ハドルストンの浴室で瓶が壊れた一件の調査を怠ったことだろう」

「やれやれ」ぼくは言った。「それがあなたの精一杯なら、この先が思いやられるな。匿名の手紙が入った瓶じゃなかったんですよ。入浴剤の瓶なんですから」

「不合理な事実に変わりはない。およそありえない話だ。瓶を壊して、残骸を散乱させたまま、ただ出ていっただと？　そんなことをするものはいない」

「あなたはあのオランウータンを知りませんからね。ぼくとちがって」

「オランウータンではない。チンパンジーだ。たしかに、猿がやったのかもしれない。だからこそ、きみは調べてくるべきだったのだ。もし動物の仕業でないなら、どうもうさんくさい。きわめて不自然だ。ブレイディ医師が朝八時五十九分までに到着したら、植物室に行く前に会う。おやすみ」

第四章

それが八月十九日、火曜日の夜の話だ。二十二日の金曜日に、ベス・ハドルストンは破傷風を発症した。二十五日の月曜日、ベスは死んだ。戦争からピクニックまで、ありとあらゆることがいかに天候に左右されるかを示す一例だが、先日ウルフが友人と事件を話題にしたとき言ったように、仮に十九日から二十六日までの間にリバーデールを豪雨が襲っていたら、殺人犯を捕まえるどころか、殺人事件の証明すら不可能となっていただろう。だからといって、べつにウルフが大変な——いや、話が先走ってしまった。

二十日の水曜日、ブレイディはウルフと話をするために事務所にやってきた。翌日には、ベスの弟ダニエルと甥のラリーが来た。収穫はと言えば、男たちはお互い好意を持っていない、ほぼそれだけだった。その間に、ぼくはウルフの命令でジャネットに触手を巻きつけ、言葉巧みに死の抱擁へと誘いこんでいた。まあ、実際割の悪い仕事ではなかった。水曜の午後にはジャネットを野球観戦に連れていったのだが、意外にも彼女がバントと四球の区別をつけられるとわかって楽しかった。金曜の夜には一緒にフラミンゴ・ルーフ・クラブに行き、ジャネットがリリー・ローワンに負けないくらいダンスがうまいことを知った。体を寄せてきたりはしなかったし、少しぎこちない感じはしたが、ちゃんとリズムにのっていたし、次の動きもいつもちゃんと把握していた。土曜日の朝、ぼくはジャネットについて、以下のとおりウルフに報告した。

一、もしジャネットがベス・ハドルストンに恨みを抱いていたのなら、それを突きとめるには、ぼくより賢い人間が必要だろう。

二、都会より田舎暮らし向きだ、と思われる以外には、基本的にジャネットに不審な点はなかった。

三、匿名の手紙をだれが送ったか、もしくは送った動機について、ジャネットにはこれといった心あたりがない。

ウルフは言った。「気分転換に、ミス・ティムズをあたってみろ」

ぼくは、土日にマリエラをデートに誘うのは見合わせた。ジャネットから、週末にみんなでサラトガに行くと聞いていたからだ。月曜日の午前中は恋物語をはじめる暇はないだろうと思い、午後まで待って電話をかけたら、マリエラが出て、訃報を聞かされた。ぼくは植物室へ向かった。ウルフは株を増やすために、一列に並んだバンダの茎頂を切っているところだった。下着のシャツ姿でなかなかの見ものだ。ぼくは告げた。

「ベス・ハドルストンが死にました」

「邪魔をするな」ウルフは不機嫌だった。「打てる手はすべて打ってある。近々だれかがまた手紙を受けとるだろう。そのときに――」

「いえ。もう手紙はきません。ぼくは事実をお知らせしたんです。金曜の夜、足の親指の傷から破傷風菌に感染して、一時間ほど前に亡くなったそうです。教えてくれたマリエラは涙声でしたよ」

ウルフは顔をしかめた。「破傷風?」

「はい」

「五千ドル、手に入るはずだったのだが」

「そうでしょうね。もしあなたが少しは働いたほうがいいと考えて、こんな態度を改めていたら――」

「どうにもならなかった、きみもわかっているはずだぞ。わたしは新たな手紙を待っていたのだ。ファイルして、しまっておきなさい。ミセス・ホロックスの手紙もだ。申し出があれば返却できるように。片がついてよかった」

ぼくはよくなかった。事務所におりて、書類ホルダーをもう一度確認した。ホロックス家への手紙、ジャネットのスナップ写真。ぼくが作った二つの報告書、ウルフが口述したメモがいくつか。同点の野球の試合から四回で帰ろうとしているような気分だった。が、打つ手はなさそうだったし、ウルフにはっぱをかけたところで無駄に決まっている。ジャネットに電話して、なにかできることがあるかと訊いてみたが、弱々しい疲れた声で、思いつく限りではなにもないと言われた。

翌朝の『タイムズ』に死亡記事が出ていて、葬儀は七十三丁目のベルフォード・メモリアル・チャペルで、水曜の午後に営まれるとのことだった。八月とはいえ、むろん大勢の人が集まるだろう。なにしろ、ベス・ハドルストンの最後のパーティーなのだから。ようこそ、死のパーティーへ。ぼくは参列することに決めた。ぼくが自分の心をちゃんとわかっているのなら、単に好奇心とか、もう一度ジャネットに会えるから、という理由ではなかった。たとえダンスがうまかったとしても、女の子を見るために葬儀を行う礼拝堂へ足を運ぶ趣味はない。虫の知らせだったんだろう。ただし、そこで犯罪絡みのものを見つけたわけじゃない、ありえないものを見つけただけだ。遠くからだったので自分の目を信じられず、ぼくは大勢の人に交じって並び、棺の前を通った。が、近づいていくと、やはり間違いなかった。黒い蘭が八輪。この世で他の場所からは贈られるはずのない花。添えられたカードには見慣れた筆跡で、「N・W」のイニシャルが殴り書きされていた。

ぼくは家に戻り、ウルフは六時に植物室からおりてきた。ぼくはなにも言わなかった。穏当じゃないと判断したからだ。もっとよく考えてみる必要があった。


その日の夜、つまり、葬儀が終わった水曜の夜のことだ。玄関のベルで応対に出たら、昔なじみの殺人課のクレイマー警視がポーチに立っていた。ぼくは一応歓迎し、事務所に通した。ウルフはロシアの地図の印を増やしているところだった。挨拶を交わすと、クレイマーは赤革の椅子に腰をおろし、ハンカチをとり出して体の露出した部分の汗を拭い、葉巻をくわえてがっちり噛んだ。

「白髪が目立ってきましたね」ぼくは指摘した。「運動不足なんじゃないですか。あなたのような頭脳労働者は――」

「こんなやつ、なんで雇ってるんだか」クレイマーはウルフに言った。

ウルフはぼそりと答えた。「一度命を救われたことがあるので」

「一度ですって！」ぼくは、むっとして声をあげた。「最初は――」

「うるさい、アーチー。なんのご用ですか、警視？」

「ベス・ハドルストンが依頼した仕事の内容を知りたい」

「ほほう」ウルフの眉がわずかにあがった。「あなたが？　殺人課の？　なぜそんなことを知りたいと？」

「ある男が、本署で厄介を起こしているからだ。弟だ。姉は殺されたと言っている」

「本当に？」

「ああ」

「なにか証拠でも？」

「なにもない」

「じゃあ、なぜわたしを煩わせるんです？　いや、あなたまで頭を悩ませる必要がどこに？」

「やつを黙らせることができないからだ。警察委員長のところにまで行ったんだぞ。証拠は持ってないが、達者な口を持ってる。あいつの主張を話しておきたいんだが」

ウルフは椅子にもたれ、ため息をついた。「どうぞ」

「説明するとだな、やつが難癖をつけてきたのは四日前、先週の土曜日だ。前日に、姉が破傷風にかかった。足の親指のけがについては説明はいらんだろう、グッドウィンがその場にいたんだから」

「事情は聞いてます」

「そうだろうとも。弟のダニエルは、その傷から破傷風にかかるなんてありえない、と言うんだ。盆のグラスがテラスに落ちて室内履きのなかに破片が入りはしたが、きれいだった、ちゃんと見たと。室内履きも屋内用の清潔なもので、新品同様だった。さらに、裸足で歩いたりもしていなかった。あの傷から破傷風菌が侵入したはずがない、少なくとも、あんなに早く、あそこまでひどい症状を起こすほどの量だったとは考えられないとやつは主張した。で、土曜日の夜に部下を派遣したんだが、医者が患者に会わせてくれなかったし、もちろんなんの証拠も――」

「医師はブレイディ氏ですか？」

「そうだ。ともかく、弟は警察につきまとっている。ことに姉さんが死んでからはな。昨日の朝は、厄介払いのために刑事を二人派遣した。グッドウィン、おまえに訊きたいことがある。ガラスの破片はどんなだった？　室内履きのなかで、けがを負わせた破片だぞ？」

「わかってましたよ、本当はぼくに会いに来たって」ぼくは訳知り顔で応じた。「オールド・ファッションド用の、厚手の青いグラスの破片でしたよ。何個か割れたから」

　クレイマーは頷いた。「みんな、そう言う。室内履きは検査に送ったが、破傷風菌はなかったそうだ。もちろん、他の可能性もある。ヨードチンキと包帯だ。あの棚にあったものは全部検査に送ったが、ガーゼは殺菌してあったし、ヨードチンキも問題なし。当然菌は付着していなかった。その状況から――」

「替えの包帯」ウルフが呟いた。

「それはない。金曜日の夜、家に呼ばれたブレイディが見たら、最初に手当したときのままだったそうだ」

「ちょっと待った」ぼくは口を挟んだ。「わかりましたよ。間違いない。あのオランウータンだ。あいつが足をくすぐったんです。そのとき菌をこすりつけ――」

　クレイマーは首を振った。「それも調べた。家族の一人、甥がそんなことを言ったんでな。一つの可能性ではある。個人的にはいくらなんでも無茶だと思うが、可能性は可能性だ。次は医者、ブレイディの話だ」

「失礼」ウルフが話の腰を折った。「あの人たちと話したんですな。ミス・ハドルストンは亡くなる前、なにも言い残さなかったんですか？　だれにも？」

「たいしたことはな。破傷風の症状がどんなだか、知ってるか？」

「なんとなく」

「悪さをたっぷりする。ストリキニーネと似ているが、発作が落ち着く間がなくて、もっと長く続くぶん、たちが悪い。ブレイディが金曜の晩に着いたときには、もう患者の顎は完全にかたまっていた。ブレイディは楽にしてやろうとアベルチンを与え、最後までその処置を続けた。うちの部下が土曜日の夜に出向いたときには全身の痙攣（けいれん）で海老ぞりになっていたそうだ。日曜日、患者は歯の隙間から、みんなにお別れが言いたいと頼んだので、医者が一人ずつ会わせた。連中の供述はとってある。想像はつくだろうが、たいしたことは言っていない。もちろん、それぞれにほんの二言、三言話すのがやっとだった。ひどい状態だったからな。弟が、こんなふうに死ぬことになったのは、災難じゃなくてだれかの仕業だと言おうとしたんだが、ブレイディと看護婦に止められた」

「本人はそういった疑いをまるで持っていなかった？」

「はっきりと口にはしてない。どんな状態だったか、わかってるだろう」クレイマーは口の反対側へと葉巻を移した。「ブレイディの話だが、破傷風の毒素は三百分の一グレインで致死量だそうだ。菌と芽胞は多かれ少なかれ、どこにでもある。ただし、常識的に、馬の近くにはとりわけ多い。農場の庭の周りの土は菌まみれだ。ブレイディは直前まで乗馬をしていただろ、手当をしたときに自分の指で傷や包帯を汚染したんじゃないかと訊いてみたが、自分もニコルズって娘も手を洗ったと言っている。ニコルズも裏書きしてる。ブレイディは、ガラスの破片や室内履き、親指の皮膚や例の猿の手に破傷風菌がついていた可能性はきわめて低いと言っている。少なくとも、あんなに急激な症状をすぐに引き起こすほどの量はな。ただ、青信号で通りの角を渡っているときに車に轢(ひ)かれる可能性も低いが、ときどき事故は起こるから、とも話してた。火曜日の夜か水曜日に往診して抗毒素剤の注射を打たなかったのが悔やまれてならないが、そこまでした医者はこの世にいないだろうから、非があったとは感じていないそうだ。ブレイディが金曜の夜到着したときのように、毒が神経中枢に達してしまっていたら、抗毒素剤も手遅れだ。投与はしてみたようだがね。検死官に確認してもらったが、ブレイディの説明にはまったく問題がない」

「ブレイディ氏の推論には賛同しかねる」ウルフは断言した。「通りを渡る人間は、車に轢かれる可能性がきわめて高い。だからこそ、わたしは決してそんなまねをしないのだ。とはいえ、医師としての信頼性に問題はない。クレイマー警視、改めて訊きますが、こんな話でわたしを、いや、自分自身まで悩ませるのはなぜです?」

「それを知りたくて、ここへ来たんだ」

「正しい場所ではありませんな。自分の頭のなかを探してみなさい」

「ああ、そっちは問題ない」クレイマーは自信たっぷりだった。「納得している。あれは不慮の死だ。なのに、あの厄介な弟があきらめようとしない。ただ、やつに引導を渡して、つまみ出す前に、あんたと話しておいたほうがいいと思ったんだよ。内心で殺人を企んでるやつがあの家の近くにいたら、あんたなら絶対気づく。あんたはそういうやつだ。ミス・ハドルストンのために仕事にとりかかったばかりだったしな。あんたはつまらない窃盗事件に首を突っこんだりはしない。だから、仕事の内容が知りたいんだ」

「なるほど」ウルフは言った。「あの家の人たちはだれもあなたに説明しなかったんですか?」

「ああ」

「だれ一人として?」

「そうだ」

「では、どうやってミス・ハドルストンがわたしを雇ったことを知ったんです?」

「グッドウィンが現場にいたと弟が話したから、問いただしたんだ。だが、あんたの仕事の内容は知らないようだった」

「わたしも知りませんな」

クレイマーは血相を変えて、口から葉巻を外した。「いい加減にしろ! あんたになんの迷惑がかかるんだ? 今回くらい融通を利かせろ! おれはこの一件に片をつけたい、それだけだ。やらなきゃならん仕事があるんだ! おれが知りたいのは、ただ――」

「失礼」ウルフは冷たく遮った。「不慮の死で納得していると自分で言ったじゃないですか。犯罪の証拠はかけらもない。ミス・ハドルストンは内密の用件でわたしを雇ったのです。死んだからといって、契約から解放されるわけではない。仕事が強制終了しただけだ。もし事件だというなら、わたしを召喚すればいい。だが、事件ではない。ビールはいかがかな?」

「いらん」クレイマーは目を三角にした。「呆れるよ。自分の都合次第で、君子を気どるのか。単刀直入な質問に答えてくれ。ミス・ハドルストンは殺されたと思うか?」

「いや」

「じゃあ、純然たる不慮の死だと思うか?」

「いや」

「いったい、どう思ってるんだ？」

「なにも思っていません。その件については、なにも知らない。なんの興味もない。女が一人死んだ、すべての女と同じように。ミス・ハドルストンが安らかに眠らんことを祈ります。そして、わたしは報酬を手に入れそこなった。こう質問したら、どうなんです？　もしわたしが知っていることを知っていたとしたら、わたしがミス・ハドルストンに依頼された仕事の内容を洗いざらい話したとしたら、あなたはミス・ハドルストンの死をもっと詳しく捜査する必要性を感じるかどうかと？」

「いいだろう、そいつを訊く」

「答えはノーです。疑わしい事実を一つもつかんでいないのだから。ビールは？」

「もらおう」クレイマーは唸った。

クレイマーは瓶を一本空けたが、情報でも仮定の質問でもウルフから追加の譲歩は一つも引き出せないまま、席を立った。

ぼくは警視を玄関まで見送り、事務所に戻ってこう言った。

「縮れ毛のご老体も、だてに年齢を食ってきたわけじゃないみたいですね。もちろん、ぼくのやりかたを学ぶ機会に恵まれてきたわけですけど。現場じゃぼくと同じくらいきちんと調べたみたいですね」

「くだらん」ウルフは地図を置くために、盆を押しやった。「きみの意見に賛成していないわけではない。きみと同じくらい調べたというのは、そのとおり。だが、あの日の午後の出来事すべてを調べあげる判断力は持ち合わせていなかったし、犯罪があったとしてもそれを暴く絶好の機会を見逃した。先週は雨が降っていないだろう？　そういうことだ」

ぼくはわかったような顔でウルフを見た。「ははあ。答えるチャンスは何回ですか？」でも、ウルフはそれっきりぼくの質問を無視して、地図にかかりきりになった。ウルフをエンパイア・ステート・ビルから突き落としてやったらせいせいするだろうと思うことは何度もあるが、そのときもそうだった。仮にそこまでおびき寄せられる方法があればの話だが。もちろん、ぼくを煙に巻いているだけという可能性もあるが、そうは思えなかった。ウルフの口調は知り尽くしている。

おかげでその日の夜は台無しになった。ウルフの言葉はいったいなにを意味していたのかを解き明かそうとしていたら、三十秒で寝つくはずが、三十分かかった。おまけに、悪夢で二度目が覚めた。最初のは、屋根を通過してぼくの上に雨が降り、その雨粒の一つ一つが破傷風菌だった夢。二つ目は、百年も雨の降っていない砂漠で迷子になった夢。翌朝、九時にウルフが植物室にあがってしまうと、ぼくは意地になった。机に向かって、リバーデールのパーティーを、ウルフに報告したときのように一秒一秒心のなかで思い返した。そうしたら、わかった。電話だのなんだの、あれこれ邪魔が入らなければもっと早くわかっていたと思うが、いずれにしてもやっと答えが見つかった。見つかってしまえば、口紅みたいにはっきりしていた。

一つ必要なことがあった。それを解決するために、通りの先で自宅兼診療所を構えているヴォルマー先生に電話をかけ、破傷風について教えてもらった。死をもたらす破傷風は、猫の三分の一の生を持っている（「猫には九生ある」という諺より）。一つ目は毒、二つ目は菌、三つ目が芽胞だ。菌、または芽胞は体内に入ると毒素を作り、血液ではなく神経に伝わって、とんでもない悪さをしでかす。菌も芽胞も嫌気性だが、特に芽胞は土の表面や埃のなかで何年間も生きることができて、しかもそれが普通らしい。

さて、次はどうする？　このまま忘れる？　ウルフはそうした。が、そんなウルフには血も涙もない。一方ぼくは、昔も今も、血も涙もある男だ。それに、ここで成果を出せば大金星になり、ウルフにはいい薬になる。もう十一時近かったが、ウルフがおりてくる前に出かけたかったので、内線電話で用事があって外出すると断り、十番街の車庫まで歩いていってロードスターに乗りこんだ。アップタウンに向かう途中、四十二丁目あたりで金物店に寄り、長い刃の台所用包丁、細い移植ごて、紙袋を四つ買った。それから、角にあるドラッグストアの電話ボックスに入り、ハドルストン家にかけた。

マリエラの声が応答し、ぼくはミス・ニコルズと話したいと頼んだ。ほどなくジャネットが出た。もうハドルストン家を離れるかもしれないと思って引っ越し先を聞きたかった、とぼくは説明した。

「わざわざありがとう」ジャネットは答えた。「びっくりしたけど……嬉しい。てっきりあなたは……先週のことだけど……探偵の仕事をしているだけだと思ってたから」

「ばかなこと言うなよ」ぼくは言い聞かせた。「きみみたいにダンスがうまい娘なら、突然の電話でびっくりさせられることくらいあるさ。まあ、今はダンスをするような気分じゃないだろうけど」

「そうね、今はだめ」

「すぐ、そこを出るのかい?」

「今週はまだ。あれこれ後始末があって、ラリーさんのお手伝いをするつもりなの」

「そこを出ていくときは、住所を教えてくれるかな」

「なぜそんな……わかった、いいわ。本気で知りたいのなら」

「本気さ。車でそっちに顔を出しちゃまずいかな? ちょっと挨拶するだけだけど」

「いつ? 今から?」

「今すぐ。二十分で着くよ。きみに会いたい気分なんだ」

「どうして……」そして沈黙。「来ても大丈夫。わざわざ面倒じゃないなら」

面倒なんかじゃないと言って電話を切り、ぼくはロードスターに戻り、四十六丁目にあるウェストサイド・ハイウェイの入口目指して車を飛ばした。


時間的に最悪だったことは認める。仮に、十二時半から一時の間に着いていたら、先方は家で食事中だったかもしれないし、その場合にはぼくはもう済ませたからとテラスでジャネットを待つことができただろう。そうすれば絶好の機会になったはずだ。もちろん、それは骨折り損のくたびれもうけに終わっていただろうから、実際の微妙な到着時刻も結果的にはついていた。そんなこんなで、ぼくは柵の外に車を駐め、片方の尻ポケットに包丁を、反対側に移植ごてを突っこみ、畳んだ紙袋は上着の脇ポケットに入れて、芝生を歩いていった。すると、ラリーが池のそばに立って、水面を睨んでいた。ぼくが近づいてくる音に気づいたラリーは、今度はぼくを睨んだ。


「やあ」ぼくは愛想よく声をかけた。「おや、ワニはいないのかい?」

「ああ。もういなくなった」

「ミスターは?　熊たちもかい?」

「そうだ。ここでいったい、なにしてる?」

うまく宥めるのが大人の態度だったのだろうとは思うが、ぼくは本気で苛ついた。やつの言いかたにも、顔つきにも。それで、「ミスターと鬼ごっこをしに来たんだ」と言い捨て、家に向かいかけたら、ジャネットが芝生を突っ切って近づいてきた。記憶よりもかわいくみえた。いや、かわいいというよりも、目を引かれたのかもしれない。髪型が変わったみたいだった。ジャネットはぼくに、「こんにちは」と挨拶し、握手のために手を差し出した。そして、ラリーに声をかける。

「マリエラが例のコーリスの請求書の件を手伝ってほしいって。マリエラが来る前のものもあって、わたしの記憶は信用できないみたい」

ラリーはジャネットに頷き、ぼくの前に移動して、「なにを狙ってるんだ?」と問い詰めてきた。

「特になにも」ぼくは言った。「言論の自由、信教の自由、それから――」

「請求書があるんなら、郵送しろ。三パーセントくらいは支払われるから」かっとなったのを堪え、首を振る。「請求書はない。ミス・ニコルズに会いにきたんだ」

「ああ、そうかい。どうせ嗅ぎまわりにきたんだろ――」が、ジャネットがラリーの腕に手を置いていた。「お願い、ラリー。グッドウィンさんはわたしに会いたいって電話をかけてくださったの。ね?」

ぶんなぐってやりたいところだったし、ジャネットがラリーの腕に手をかけて顔を見あげている様子は見ているだけでむかむかした。それでも、ラリーは背を向けて家に向かって歩き出したので、我慢してそのまま行かせることにした。

ぼくはジャネットに訊いた。「なんであんなに荒れてるんだい?」

「やっぱり」ジャネットは言った。「なんだかんだ言っても、あなたは探偵なのね。ラリーはおばさまを亡くして……あれこれ辛いことが……」

「いいさ。きみがあの態度を嘆き悲しんでるって思いたいんならね。三パーセントがどうのこうのって、どういう意味だい?」

「あれは……」ジャネットはためらった。「そうね、べつに隠すことじゃないし。ミス・ハドルストンの後始末が大変なの。みんな、資産家だと思っていたんだけど、お金はすぐ、右から左だったらしくて」

「すぐどころじゃないね、債権者が三パーセントしかもらえないんなら」ぼくがテラスに向かうと、ジャネットも並んで歩き出した。「そういうことなら、弟も甥も大変だな。ラリーに悪いことをしたよ。本当に嘆き悲しんでるんだろうから」

「そんなこと言うなんて、意地悪よ」ジャネットがたしなめた。

「じゃあ、取り消す」ぼくは手を振った。「別のことを話そう」

ジャネットと一緒にテラスで腰をおろし、ちょっと席を外させる手を考えるのが上策だ、とぼくは計算していた。ほんの数分でいい。ただ、真昼の暑い太陽がかんかん照りつけていて、ジャネットはぼくを連れて家のなかに入った。一緒の長椅子に座ったらと勧められたが、尻ポケットに道具を入れていた都合上、安全第一で向かいの椅子に座った。それから、おしゃべりをした。

もちろん、一番手っ取り早いのは、ジャネットにぼくのやりたいことを打ち明けて、とっとと片づけることだ。そうしなかったのは、ジャネットが匿名の手紙の差出人か殺人犯じゃないかと疑ったからじゃない。当たり前のことだが、本当はジャネットに会いたい一心でここに来たわけじゃないとばらして、相手を傷つけたくなかったのだ。事と次第によっては、ジャネットといい関係を保つのがプラスになる。それで、舞台には一人であがることに決めた。そろそろ頃合いだ。五分間は確実にかかる用事をでっちあげ、できればジャネットを二階まで行かせたいと頭を絞りながら、ふと窓の外を見たぼくは目を丸くした。

ダニエル・ハドルストンがテラスにいた。小脇に新聞紙の包み、片手に刃の長い包丁、もう片方の手に移植ごてを持っている！

ぼくはもっとよく見ようと立ちあがった。

「どうしたの?」ジャネットも腰をあげた。ぼくはしーっと言って、耳元で囁いた。「探偵のためのレッスンその一。音を立てるな」

ダニエルはテラスの真ん中あたり、ブランコの前で立ちどまり、敷石に膝をついて、新聞紙の包みを置いた。横に畳んだ新聞紙数枚、移植ごてを並べて、包丁を芝生の帯と敷石の境目に突き刺す。こそこそするわけでも、背後を気にするでもなかったが、そそくさと作業を進めていった。移植ごてで芝生の帯の横幅一杯、長さ六インチ厚さ三インチをはがしとり、新聞紙でくるむ。二回目にその右側、三回目に左側をはがし、一枚ずつ別々に包んだ。

「なんのつもりで、あんなことを?」ジャネットが囁いた。ぼくはその腕をぎゅっと握った。

ダニエルの仕事は終わりかけていた。持ってきた包みを開けて、今はがしたのと同じような大きさのマット芝を三枚とり出し、掘った跡にはめ、敷石と同じ高さになるまで足で押さえつけた。そして、はがした三枚を新聞紙で包み、包丁と移植ごても片づけ、どこか行くあてがあるような足取りで歩き出した。

ぼくはジャネットの手をとり、真剣この上ない目で見つめ、「聞いてくれ」と切り出した。「ぼくの唯一の欠点は好奇心なんだ。あとは完璧だけど。そこを頭に入れておいてほしいな。どのみち、きみはそろそろお昼ご飯の時間だよ」

ぼくの背中にジャネットがなにか話していたが、そのままドアに向かった。テラスに忍び出て、背の低い生け垣の陰へこっそり移動し、穴をあけて覗いてみた。ダニエルは四十歩ほど先の芝生を歩いていた。ぼくが車を駐めた私道にではなく、右側に向かって進んでいく。もう二十歩先へ行くのを待ってから隠れ場所を出ようと、ぼくは決めた。ついていた。突然、頭上で声がしたのだ。

「ちょっと、ダン叔父さん！　どこに行くんですか？」

ダニエルはその場で足を止め、振り向いた。首をねじって窺うと、二階の窓から突き出ているラリーの頭が、葉の隙間からちょっと見えた。マリエラが隣にいた。

ラリーが叫んだ。「用があるんですけど！」

「あとでな！」ダニエルが叫び返した。

「でも、もうお昼ですよ！」マリエラも声をかけた。

「あとでな！」ダニエルは背を向け、歩き出した。

「なあに、あの態度？」マリエラがラリーに言った。

「変わり者だな」ラリーが決めつけた。

二人の頭が引っこんだ。とはいえ、まだ外を見ているかもしれず、ぼくは家の角まで壁際を小走りで移動し、そこから常緑樹などを目隠しにぐるっと迂回してから、ダニエルが向かった方向を目指した。姿は見あたらない。屋敷のこちら側に来たのははじめてで、ぼくが最初に発見したのは、自分が茂みの真ん中にある柵にぶちあたったことだった。無理に乗り越えれば、音がする。そこで方向転換し、茂みに沿って全速力で走ったところ、すぐに小道に出た。やはりダニエルの影も形もない。小道の先の急な土手には石段があり、それを一番上までのぼったところで、やっと見つけた。百ヤードほど前方の柵に出入り口があり、その扉を閉めて、小さな木立の間の小道を進んでいる。包みはまだ小脇に抱えていた。ある意味ぼくは、ダニエルよりもその包みを重くみていた。下水に捨てられたら、どうなる？　そこで、通常の尾行よりも距離を詰めることにし、出入り口を抜けて小道に入り、あとを追った。それほど行かないうちに小道は終わり、ダニエルが足を止めた。ぼくは木立に飛びこんだ。

ダニエルが立ちどまったのは、舗装道路の歩道の端だった。車の行き交う様子からみて、幹線道路らしい。いや、間違いない。二階建てバスが揺れながら走ってきて、ダニエルの真ん前の縁石に寄って停まったのだから。バスはダニエルを乗せると、発車した。

ぼくは慌てて曲がり角まで追いかけた。そこはマーブル・アベニューという大通りだった。しかたない、これがリバーデールなんだ。バスは遠すぎて番号は読めなかったし、左右を見てもタクシーはいない。ぼくは道路に降り、最初に来た車の進路に立ちふさがり、止まれと指示するように片手をあげた。運悪く、乗っていたのはヘレン・ホーキンソン（一八九三～一九四九。有閑夫人を題材にした風刺漫画家）の漫画に出てきそうな有閑マダム二人だったが、選り好みしている時間はない。ぼくは後部座席に飛び乗り、運転手に私立探偵のライセンスをちらっと見せ、有無を言わさぬ口調で命じた。

「事件だ。急いで前方のバスを追ってくれ」

運転手の女は子供みたいな悲鳴をあげた。もう一人はこう言った。「警官らしくないわね。降りなさい。降りないなら、警察署に直行するわよ」

「やりたきゃどうぞ、奥さん。ぼくらが座っておしゃべりしている間に、ニューヨークで一番危険な悪党が逃走していくんだ。あのバスに乗ってるんですよ」

「そんな！　撃たれるじゃない！」

「大丈夫。武器は持っていない」

「なら、どこが危険なの？」

「もう結構」ぼくはドアの取っ手に手を伸ばした。「男が乗ってる車に頼むさ！」

が、車は走り出した。「そうはさせないわ」運転手が啖呵を切った。「運転はどんな男にも引けをとらないんだから。主人がそう太鼓判を押したもの」

その点は間違いなかった。一ブロックも進まないうちに五十マイルの速度に達し、追い越しもうまく、すぐにバスに追いついた。少なくともどこかのバスに。バスが街角で停車したとき、横に並んでくれと言ったら、それもうまくやってくれた。ぼくは片手で顔を隠しながらダニエルを探した。いた。「やつを尾行中なんです」ぼくは二人に説明した。「悪徳政治家との密会に向かうところだと思われます。空車が通りかかったら、ぼくを降ろしてくださっても結構。ただ、当然タクシーだと疑われる。身なりのいいきれいなご婦人が二人乗っている、こういう車なら絶対に怪しまれないでしょうが」

運転手がにんまり笑った。「そういうことなら」と請け合う。「市民の義務ね」

その言葉どおり、たっぷり四十五分間、バスの後ろについて車はゆっくりと走り続けた。リバーサイド・ドライブに入って、通りの終わりまでずっと走ったあと、ブロードウェイ、ダウンタウンへ向かった。間(ま)を持たせるくらいならできるだろうと、ぼくはギャングや誘拐犯などと渡り合った経験談を披露してやった。四十二丁目を越えてもダニエルはバスに乗ったままなので、行く先はきっと警察本部だなとげんなりした。本部に着く前にダニエルをつかまえる方法を考えるのに必死だったあまり、三十四丁目の歩道に降りたったのを危うく見逃すところだった。女性二人に礼を言ってとびきりの笑顔をふるまったあと、ぼくは車から飛び降りて、昼間の買い物客たちを避けながら追ったが、もう少しで見失うところだった。ダニエルは三十四丁目を西に向かって歩いていた。

八番街で、ダニエルはアップタウン方向に向かった。ぼくは二十ヤードの間隔を保ちながら尾行を続けた。

三十五丁目で、ダニエルはまた西に曲がった。

そこでぼくはもしかしたらと思った。当然だ。ダニエルは弾丸のようにまっしぐらに進んでいく。九番街の西まで来たとき、もう疑いの余地はなくなった。ぼくは距離を詰めた。ダニエルは建物の番号を確認しはじめ、階段にたどり着き、あがっていった。まったく、冗談じゃない。芝生の切れ端はぼくから逃げていったんじゃなかった。目指す相手はつかまった。ぼくはブルドッグみたいにこいつに食らいついて、ニューヨークの端からはるばるネロ・ウルフの玄関まで尾けてきたわけなのだった。

第五章

最後の二ブロックを進んでいるとき、ぼくは頭をフル回転させていた。ウルフにばれないようにするために三つのちがう方法を考え出し、結局すべて不採用にした。どれも上出来の作戦に思えるが、一つとして完璧な出来ではないことは、自分でよくわかっていた。ぼくがどんなにじたばたしても、ウルフはちゃんと見透かしてしまうに決まっている。結局、ぼくは階段を駆けあがってダニエルを追い抜かし、挨拶をした上で、玄関の鍵を開けて事務所へと案内した。

机に向かっていたウルフは、ぼくらの登場に顔をしかめた。「ご機嫌いかがですか、ハドルストンさん。アーチー、どこへ行っていた？」

「わかってます」ぼくは言った。「そろそろ昼食の時間ですね、だから手短に済ませますよ。まず、これをごらんください」ぼくはポケットから包丁、移植ごて、紙袋をとり出し、ウルフの机に並べた。

ダニエルは目を見張り、なにやら呟いた。

「このばかばかしいものはなんだ？」ウルフが訊いた。

「ばかばかしいものじゃありません」ぼくは言い返した。「道具です。昨日の夜もまだ、雨は降りませんでした。だから、リバーデールへ行って、オランウータンがヨードチンキをこぼした部分の芝生を失敬してこようと思いまして。ダニエルさんも同じことを考え、鼻の差でぼくの先を越したんです。芝生はこの新聞紙のなかに包みました。川に投げこむつもりかもしれないと思ったもので、尾行してきたら、ここに到着しました。結果的にはばかをみましたが、考えなしだったわけじゃありません。さあ、どうぞ笑ってください」

ウルフは笑わなかった。ダニエルを見た。「その包みの中身は今の話のとおりですか、ハドルストンさん？」

「そうだ」ダニエルは答えた。「わたしがやりたかったのは――」

「なぜわたしのところへ持ってきたんです？　わたしは化学者ではありませんよ。化学者なのは、ご自分でしょう」

「証拠能力を認めてもらいたかったせいだ。わたしの望みは――」

「警察へお持ちなさい」

「お断りだ」ダニエルの顔も、声もきっぱりしていた。「連中はわたしのことを厄介者としか思っていない。そのとおりかもしれない。それでも、こいつを自分で分析したとして、立会人なしでは――」

「自分でやってはだめです。同僚とか、友人とかがいるでしょう？」

「こいつを預けられるようなやつはいない」

「間違いなく、ヨードチンキがこぼされた部分の芝生なんですか？」

「間違いない。何滴か敷石の端にも付着していたから。それに、両脇の芝生もとってきたんだ。比較のためにな」

「筋が通っている。この手段を勧めたのは、だれです？」

「だれでもない。今朝、思いついたんだ。で、すぐに現場に行って――」

「ほほう。それは結構でした。フィッシャー研究所へお持ちなさい。知っているでしょう?」

「もちろんだ」ダニエルは顔を赤らめた。「ただ、今は現金の持ち合わせがなくて。あそこは高いから」

「信用貸しにしてもらえばいい。お姉さんの遺産がある。最近親者はあなたじゃないんですか?」

「遺産なんてない。債務が資産を大幅に上回っているんでね」

ウルフは渋い顔をした。「現金を持っていないとは、困ったものですな。けしからん、ちゃんと用意しておくべきだ。いいですか、わたしはこの件に関与していないのですよ。無関係だし、昼食の準備ができたところです。この場合、お引きとり願うべきでしょう。ただ、あなたは頭を使うことができるようだ。それはごくまれな現象ですから、無駄にするのは惜しい。アーチー。フィッシャー研究所のワインバッハ氏に電話をしなさい。ハドルストンさんがこれからお伺いするので、依頼する分析を大急ぎでやって、請求書をわたしに回すように、と。あなたは都合のよいときに、その代金を支払ってください」

ダニエルはためらった。「そういうのは得意じゃ……つまり、ツケを払うのは大の苦手で」

「これは払ってもらいます。わたしが払うようにしてみせます。アージロールとは、どんなものです?」

「アージロール? なんで……そいつは銀とタンパクを化合した消毒液だ。ビテリン銀だよ」

「ヨードチンキと同じような色がつきますな。破傷風菌はそのなかで生きていられるんですか?」

ダニエルは考えこんだ。「大丈夫だと思う。はるかに弱い消毒液だから――」

ウルフはじれったそうに頷いた。「ワインバッハ氏にそれを検査してみるように言いなさい」そして、立ちあがった。「昼食ができているので」

電話をかけ、包みとダニエルを送り出した上で、ぼくは食堂でウルフのいるテーブルについた。食事中に仕事の話は一切禁止だから、事務所に戻るまで待ち、話を切り出した。

「お話ししておきますが、ダニエルがあの芝生を採取しているところを、ジャネットが見ていたんです。マリエラと甥も——」

「そんな話をする理由がない。わたしは関係ない」ウルフは机に載ったままの包丁と移植ごてを指さした。「どこで手に入れた？」

「買ったんです」

「どこかに片づけてくれ。必要経費に入れてはいけない」

「じゃあ、自分の部屋に置いておきますよ」

「そうしてくれ、ぜひ。ヘーン氏への手紙の筆記を頼む」

その口調はこう告げていた。これでミス・ハドルストンとそれに絡む一件は終わりだ。この事務所でも、きみにも、そして自分にも。

間違いなくそうなっていたはずだ、ウルフの虚栄心さえなければ。いや、もしかしたら虚栄心ではなかったのかもしれない。自分の私生活に再びダニエルの侵入を許したのは、できるだけ早くフィッシャー研究所のツケを払ったほうがいいとダニエルに釘を刺したかったからという可能性もある。いずれにしても、数時間後の午後七時ちょっと前にダニエルが現れたとき、ウルフはフリッツに事務所に通せと命令した。ぼくはダニエルを一目見て、その目つきと歯を食いしばった口元から、収穫があったな、と気づいた。ダニエルはずかずかとウルフの机に近づいていき、宣言した。

「姉は殺された」

ダニエルはポケットから封筒をとり出し、一枚の書類を出して広げたが、両手が震えていて手こずった。少しふらついて、机の端に片手をついて体を支えると、周囲を見回して椅子を探し、へたりこむ。

「気が高ぶって、少し力が抜けたようだ」ダニエルは弁解した。「だいたい、朝食にリンゴを一個食べたきりだから」

この言葉さえなければ、ダニエルがどんなに抗議したとしても、ウルフは警察に行けと言い渡し、ぼくに追い出させたことだろう。この家の玄関から決して出ていくことのない一つの人種、それは空きっ腹を抱えた人間なのだ。ウルフは同情するどころか憤然とダニエルを睨みつけたが、ボタンを押し、現れたフリッツにこう尋ねた。

「スープはどこまでできている？」

「すっかりできています。マッシュルーム以外は」

「スープを一杯と、クラッカー、カッテージチーズ、それから熱い紅茶を持ってきてくれ」

ダニエルは断ろうとしたが、ウルフは聞く耳持たず、大きくため息をついて椅子にもたれ、目を閉じた。二十四時間にリンゴ一個しか口にしていない男は、痛ましすぎて見るに堪えないのだ。フリッツが盆を持ってきたときには、ぼくはもうダニエルの前にテーブルを用意しておいた。ダニエルはクラッカーを何枚かかむさぼるように食べ、スプーンですくったスープに息を吹きかけて飲んだ。

ぼくは封筒からとり出された書類、フィッシャー研究所の報告書を手にとり、目を通していた。スープを何口か飲んだあと、ダニエルは口を開いた。

「わかっていたんだ。自信があった。あんなこと、あるはずが――」

「食べなさい！」ウルフが厳しく命じた。

「食べている。大丈夫だ。アージロールだが、あんたの言ったとおりだった。名推理だな。アージロールが出て、他はなにも」フォークがカッテージチーズの大きな塊を口に届けたが、それでもダニエルはしゃべり続けた。「ヨードチンキの痕跡はまるでない。そして破傷風菌が何百万、いや、何億も検出された。あんなものは見たこともないと、ワインバッハは言っていた。おまけにアージロールや菌は全部、一枚の芝生の切れ端に集中していた。草の茎や土壌の表面にな。他の二枚からは、アージロールも菌もまったく検出されなかった。ワインバッハの話じゃ――」

玄関のベルが鳴った。それでも、ぼくは席を離れず、フリッツに任せた。厄介事が飛びこんでくるとは思えなかったからだ。が、結果から言うと、なによりもウルフの逆鱗に触れる力尽くの領土侵犯そのものが飛びこんできたのだった。保険の外交員とか、夫の素行調査をしたがっている人妻なら、蚊みたいなもので、払いのければいい。おまけに、払いのける役はぼくだし。ただ、今回はそう簡単な話ではなかった。フリッツが怒って抗議する声が聞こえ、ドアが勢いよく開いて、クレイマー警視がどかどかと入ってきた。本当にどかどかと入ってきたのだ。最初にぼくをちらっと見て、困ったような顔になった。次にダニエルに目を留めると、勝ち誇ったように唸り、両足を広げて怒鳴った。

「一緒に来い！」そしてぼくにも。「おまえもだ！　来い！」

ぼくはにやりと笑った。「もし暇ができたら、おもしろい文書があるのでちょっと読んでみたらどうです、アメリカ合衆国憲法という――」

「やめるんだ、アーチー」ウルフの口調は厳しかった。「いったいどうしたというんです、クレイマー警視？」

「どうもしていない」クレイマーは皮肉っぽく切り返した。「おれがどうかした、だと？　とんでもない」こんなに不機嫌で扱いにくい警視ははじめてだった。「いいか！」クレイマーは机に近寄り、ごつい指で叩いた。ハンマーのような音がした。「昨日の夜、この机に座って、あんたはなんと言った？　おれになにを話した？」

ウルフは不愉快そうに顔をしかめた。「クレイマー警視、その言いかたと態度は――」

「忘れているなら教えてやろう。あんたはベス・ハドルストンの死に興味はないと言ったんだ。なにも知らないと！　関心がないとな！」クレイマーは机を叩き続けている。「ところで今日の午後、署のやつがあることを思いついた。そういうことだって、ないわけじゃないんだぞ！　で、部下を一人あの家に派遣して、猿がヨードチンキをこぼした場所をハドルストンの甥から聞き、いざ分析のため芝生の一部を採取しようとしたら、もう持ち去られているじゃないか！　別の芝生できれいに穴埋めされていたが、ちがう草だった。部下が聞きこみをしたら、芝生を持ち去ったのはダニエル・ハドルストンの仕業だとわかった。グッドウィンもその場にいて一緒に出ていったとな！」

「一緒じゃありません」ぼくはきっぱり訂正した。「追いかけたんです」

クレイマーはぼくを無視した。「ダニエル・ハドルストンを探したが、見つからない。それで、あんたに会いに来たんだ。あんたとグッドウィンにな。そうしたら、なにが見つかった？　驚くじゃないか、ダニエルだ！　この事務所に座って、食事中ときた！　今までいろいろあったが、こいつは最悪だ！　証拠を持ち去り、隠滅し――」

「意味がわからん」ウルフは冷たく言い放った。「怒鳴るのはやめろ。ハドルストンさんの訪問の目的が知りたいのなら――」

「だれがあんたから聞くか！　本人から聞く！　グッドウィンにもな。別々の聴取だ。二人は本署へ連行する！」

「だめだ」ウルフは言った。「わたしの事務所からは連行させない」

この状況で一番重要な問題は、そこだった。二十分前、ウルフがダニエルを警察に追いやらなかった理由はただ一つ、腹をすかせていたせいだった。あのときなら、ぼくがダニエルに付き添って警察へ出向いたとしても、ウルフの食欲に一つも悪影響はなかっただろう。が、今は話がちがう。容疑者だろうが逮捕状があろうがなかろうが、ウルフから言い出したのでない限り、この家から警官がだれかを連行するのは、ウルフの自負心、虚栄心、物事の道理に対する耐えがたい侮辱なのだ。当然のことながら、ウルフはこの暴挙に匹敵するエネルギーを爆発させた。椅子のなかで、体をまっすぐに起こしたのだ。

「クレイマー警視」ウルフは言った。「おかけなさい」

「お断りだ」クレイマーは本気だった。「またおれをだますつもりだろう、例によって――」

「アーチー。クレイマー警視にフィッシャー研究所からの報告書を見せなさい」

ぼくは書類をクレイマーの鼻先に突きつけた。払いのけたいのは山々だったろうが、たとえ警視だろうと、警官なら書類を見ることを拒めるやつはいない。で、クレイマーは紙をひっつかみ、顔をしかめた。ダニエルがなにか言いかけたが、ウルフが黙らせた。ダニエルはチーズと最後のクラッカーを平らげ、紅茶に砂糖を入れてかき回しはじめた。

「それで、なんだ?」クレイマーは嚙みついた。「おれにわかるはずが——」

「あなたになにかわかることがあるのか、ときどき疑問に思うことがある」ウルフは冷たく切り返した。「わたしはこれまでも、今も、ミス・ハドルストンの死に関心はない。もっとも、あなたとハドルストンさんとアーチーはその件について、やいのやいのとわたしを責めるが。わたしには依頼人がいない。亡くなったのだから。あなたはハドルストンさんがここで食事をしてるのを見つけただけで、がみがみ言う。空腹だったら、腹を満たしてどこが悪いんです? 一時にハドルストンさんがあの芝生を持ってきたとき、わたしは警察に持っていけと言ったんですよ。ハドルストンさんの言い分は、警察に厄介者扱いされているということでした。研究所の報告を持って、ここへ戻ってきた理由は知りません。わたしが知っているのは、ハドルストンさんが空腹だったということだ。研究所で検査された芝生が、チンパンジーがヨードチンキ入りと思われる瓶の中身をこぼした場所のものかどうか確認できないために腹を立てているのなら、わたしにはどうしようもありませんな。ハドルストンさんがはじめて訴えてきた五日前に、なぜ自分で芝生をとりにいかなかったのです? 当然の行動だったのに」

「あのときは知らなかったんだ、チンパンジーがこぼしたなんて——」

「知らないのが悪い。きちんと質問すれば聞けた話です。調べるなら徹底的に、そうでないなら、一切手を出すべきではない。ともかく、ここに報告書があります。お持ちください。フィッシャー研究所から請求書が来るでしょうから。アーチー、記録しておいてくれ。あの瓶に入っていたのは、ヨードチンキではなかった。中身はアージロールで、破傷風菌だらけでした。きわめて悪質な行為ですな。犯人を殺すのに、これ以上極悪非道な方法は聞いたことがない。これより簡単で単純な手口もね。犯人は逮捕されるものと信じていますよ。当然のことだ、容疑者はたった五人……現場にいた五人です、アーチーを除いて」

「ちょっと待った」ダニエルが異議を唱えた。「それはちがう。あの瓶はいつだってあそこに置くことができた」

ウルフは首を振った。「そうではない。あの日の午後だけです。あの瓶がだれでも使える状態のままで、長期間戸棚に置いてあったとは考えにくいことを、必要であれば理論だてて話し合うこともできるが、幸い必要がない。あの日の午後四時には、戸棚にあった瓶にはちゃんとしたヨードチンキが入っていた」

クレイマーは唸った。ダニエルが追及した。「なぜ、そんなことがわかる?」

「その時刻に使用されたからです。アーチーが使った。ワニにつまずいて、手を擦りむいたのです」

「参った」クレイマーは腰をおろした。ダニエルがこちらを見たので、ぼくは頷いた。

ダニエルはウルフに目を向けた。顎ががっくりと落ち、顔は灰色だった。「じゃあ、あ、ありえないことだと……」ダニエルはどもった。

「なにがありえない?」クレイマーが問いただす。

「他のだれかがやったということは……」ダニエルはなにかを払いのけようとするように、力なく首を振った。と、急に激しい口調で怒鳴る。「そんなこと、信じられるものか!　あのなかのだれかだって?　二人の娘か、ラリーか、ブレイディ?」

「もしくはあなたか」ウルフは平然と続けた。「あなたも現場にいた。警察を動かそうとした点については、あなたは見かけよりもずっと悪知恵が働くとも考えられるのでね。まあ、そう怒らずに、落ち着いてください。さもないと、さっきのスープとチーズの消化に支障をきたしますよ。というわけで、クレイマー警視。あなたにお教えしておきましょう。これはとっさの犯行です。偶発的という意味ではない。それどころか、入念に計画された犯行です。ヨードチンキの瓶を空にして洗浄し、代わりにアージロールと破傷風菌の大群をたっぷり入れておいたのですから」

ウルフの口元が引き締まった。「きわめて悪質だ。こんなことを考えるのは、さぞかし嫌な人間でしょうな。ましてや行動に移すなど。が、実際に行われた。おそらくヨードチンキが必要になるような状況が作られるはずだったのでしょう。現実にそういう状況が作られていた、もしくは準備されていたと考えるだけの根拠があります。しかし、テラスでの事故は絶好の機会となり、見逃すには惜しかった。技術面からいえば、犯行は非常に巧みに考えられ、仕組まれていた。必要な行動は二つだけ。ミス・ハドルストンの室内履きにガラスのかけらを落とす。全員が集まってかけらを拾い集めていたのだから、造作もない。次に、戸棚にあったヨードチンキの瓶を偽物とすり替える。危険は一切なかった。ミス・ハドルストンが室内履きに足を入れる前にかけらを振り落としたら、なんにせよ、けがをしなかったら、また瓶をすり替えれば危険はない。むろん問題点はある。戸棚にある瓶が別の種類のラベルであれば――」

「全部同じラベルだった」クレイマーの厳しい声が響いた。

「全部?」

「ああ。あの家には台所もいれて、ヨードチンキの瓶が七本あった。どれも同じだ。大きさも、形もラベルも」

「まとめ買いしてたんですよ」ぼくは注釈を付け加えた。「ミスターと熊のせいで」

「そういったことは」ウルフは続けた。「まさにあなたが仕入れそうな情報ですな、クレイマー警視。七本。八本ではなく、七本。もちろんあなたは一つ残らず分析させ、すべてごく普通のヨードチンキであった、と」

「そうだ。どうしてそこで嫌味を言われなきゃならないんだ？　あんたの言う問題点をすっきりさせたじゃないか、だろう？　もう一つ問題点を挙げておこうか。犯人はヨードチンキの瓶をすり替えるために、テラスから離れて家に入らなければならなかった。グラスが壊れてから、ミス・ハドルストンがけがをするまでの間にな」

ウルフは首を振った。「無意味だ。その時間内に容疑者は全員家に入ったのだから。ミス・ニコルズは箒とちりとりをとりにいった。甥は別の盆に飲みものを用意しにいった。ミス・ティムズは掃除機を持ってきた。ブレイディ医師はガラス片を捨てにいった」

クレイマーは怒りに燃える目で、ウルフを睨んだ。「それでなにも知らないだと？　関心がない？　どの口が言う！」

「わたしは入っていない」ダニエルが口を挟んだ。「その時間内に、わたしはテラスを離れなかった」

「わたしの知る限りでは」ウルフは認めた。「おっしゃるとおり。ですが、わたしがあなたでしたら、その点を得意げに吹聴したりはしませんな。あなたはヨードチンキをとってきたではありませんか。ブレイディ医師が使ったのは、あなたが手渡した瓶だ。おや、またがっくり口を開けましたな。敵討ちを叫んだり、かっとしたり、呆れるほど忙しい人だ。正直なところ、あなたに実の姉を殺した嫌疑をかけられるかというと、難しいようですな。仮に犯人だとしたら、あなたの顔は、これまでに見たことがないほど自在に表情を操れるわけだ。夕食をご一緒してくだされば、食事が終わる前に結論が出るでしょう。ヤマウズラのマリネ。エン・エスカベーチェです」ウルフの目が輝いた。「もう用意が整っているはずだ」椅子を引いて、立ちあがる。「いいですか、クレイマー警視。どうやら容疑者は四人に絞られるようです。仕事が楽になるでしょう。これで失礼しますが――」

「いいとも。とっとと失礼してくれ」クレイマーも立ちあがった。「だが、ヤマウズラは一人で楽しんでもらおう。ハドルストンとグッドウィンは連れていく」クレイマーの目がぼくら二人をすばやくとらえた。「行くぞ」

ウルフは機嫌を損ねたようだった。「もう事件は整理してあげたではありませんか。どうしても今夜がいいのなら、後ほどそちらに出向けば済む。十時では？」

「だめだ。今、来てもらう」

ウルフの顎があがった。口を開きかけたが、また閉じる。なかなかの見物だった、特にぼくにとっては。ぼくはウルフの意表を突くのがどんなに難しいか、よくわかっている。至難の業なのだ。とはいえ、やったのがクレイマー警視だけに、素直に喜ぶことはできなかった。そこでぼくは口を出した。「ぼくはヤマウズラを楽しむつもりですよ。十時に行くかもしれないし、行かないかもしれない。事と次第によ――」

「うるさい、勝手にしろ」クレイマーはドスのきいた声で遮った。「おまえの相手はあとでしてやる。行こうか、ハドルストンさん」

ウルフは一歩進み出た。声が怒りで震えかけている。これまでにないことだ。「ハドルストンさんは、わたしが招待したお客だ！」

「おれが断った。来るんだ、ハドルストンさん」

ウルフはダニエルに向き直った。堪えがたいほどの怒りをかきたてられ、それでも必死に自分を抑えている。「ハドルストンさん。わたしは先ほどあなたを夕食に招待しました。あなたは法的にも道徳的にも、この人物の要求に従って同行する義務はありません。ただのこけおどしです。後ほどグッドウィン君があなたを車で――」

だが、ダニエルはきっぱりと告げた。「わたしは警視と一緒に行くよ、ウルフさん。警察を動かすのに何日もかけたわけだし……」

ヤマウズラは絶品だった。ぼくはウルフに負けないくらいたっぷり食べた。その点を除けば、今回はウルフの家で最も味気ない食事だった。ウルフはコーヒーまで一言も口をきかなかった。

第六章

ぼくがこんな経緯をあれこれ詳しく説明したのは、この悶着がなければベス・ハドルストン殺害犯は捕まらずじまいだったのではないかと思うからだ。クレイマーの部下のだれかが犯人を突きとめた可能性もないではないが、逮捕に充分な証拠を手に入れた可能性は万に一つもない。だいたい、ウルフは依頼人もなく、なんの責任もないので、手を引いていたのだ。そう、クレイマーがウルフの鼻先で夕食の客をさらっていくようなまねをしなければ、手を引いていただろう。ウルフは怒りのあまり、その夜は二度も胃薬のアンフォジェルを飲まなければならなかった。

二度もだ。最初は夕食の直後で、ウルフがぼくに部屋まで薬瓶をとりにいかせた。二度目は真夜中をとうに過ぎていて、ぼくがダウンタウンのクレイマー警視のところから帰ったときだった。こっそり階段を二つあがって自分の部屋へ入ったが、ちょうど服を脱ぎかけたところでテーブルの内線電話が鳴った。出ると呼び出しを食らったので、一階下のウルフの部屋へ行った。明かりがついていて、ベッドにウルフの姿はなく、浴室に行ってみたところ、またアンフォジェルを飲んでいた。そのしかめ面ときたら、ヘビー級チャンピオンのジョー・ルイスだってすぐさまリングから逃げ出しただろう。どちらにしても、十ヤードもの黄色い絹地にくるまったウルフは壮観だった。パジャマ上下を作るのにそれだけ必要だったのだ。

「それで？」ウルフは訊いた。

「なにも。型どおりです。尋問されて、調書にサインしました」

「この借りは返してもらう」ウルフは怒り狂ったガーゴイル（西洋建築物で雨樋の排水口となるグロテスクな怪物の石像）さながらの顔で、アンフォジェルの瓶を戸棚に戻した。「この薬を飲まなければならなくなったのは、春にウナギでとんでもない実験をしたとき以来だ。この借りは返してもらう。明朝早くにリバーデールへ行け。馬丁と話をして、聞き出す――」

「いないんじゃないですかね、もう。馬がいませんから。債権者は二パーセント受けとるんです」

「見つけだせ。どこにいてもだ。だれかが廐舎のあたりからなにか、なんらかの物質を最近持ち去っていなかったかを知りたい。小さな紙袋一杯の堆肥なら理想的だ。訊いてみるように。うるさいことを言うようなら、ここへ連れてきなさい。それから……屋敷に召し使いはいるのか？」

ぼくは頷いた。「執事がいます。給金をもらえるんじゃないかと粘ってるみたいですが」

「ミス・ハドルストンが浴室で壊れているのを発見した瓶について、聞きこみをするんだ。知ってることなら、なんでもいい。当時屋敷にいた他の召し使いにもあたってみるように。手に入る詳しい話を全部――」

「他の連中もですか？　マリエラやジャネット、ラリーとか」

「いや。その話は召し使い以外には持ち出すな。戻る前には電話をしろ。出発の前には、わたしの机に電話番号を置いていってくれ。リバーデールの屋敷、ハドルストン氏の家、ブレイディ医師。それで全部だ。この借りは返してもらう。おやすみ」

というわけで、ぼくたちは事件を手がけることになった。依頼人、手付金、報酬の見こみはないが、少なくとも事件はある。ぼくの後ろで暇そうに座ったままラジオを聞いていられるよりはましだ。

六時間の睡眠で妥協して、ぼくは翌朝八時前にリバーデールに着いた。前日私道に置きっぱなしにした車をとりにいかなければならなかったし、事前に電話はしなかった。玄関で出迎えたホスキンズから、馬丁はもういない、マリエラが住所を知っているのではないかと教えてもらった。ぼくとしてはジャネットに、だめならラリーにでも訊きたかったのだが、ホスキンズの話では二人とも朝寝坊で、マリエラならもう朝食を食べているということだった。そこで、住所を訊いてみたら、ついていた。オハイオ州のビュサイラスではなく、すぐそこのブルックリンだ。ブルックリンについては、ぼくと同じようにあれこれ言いたいことがあるかもしれないが、大きな取り柄が一つある。ニューヨークから近い。

そこの住所で馬丁を見つけてしまったあとは、今までで一番楽なお使いの一つだった。名前はティム・レヴァリー。頰に傷があるせいで人相が悪く思えたが、笑顔はよかった。ぼくは、他に目的があるふりをして慎重に探りを入れたが、すぐにこそこそする必要はないとわかって、単刀直入に訊いてみた。

「そうそう」ティムは答えた。「一ヶ月くらい前かな、いや、もうちょっと前か。ブレイディ先生が箱、キャンディーの空箱にぎっしり詰めて持ってったよ。手伝ったんだ。なんでも検査のために必要だとか。患者が一人、破傷風で亡くなったらしくて。名前は忘れたなあ」

ぼくはなんでもない顔をとり繕った。「どこで採取したんだい？　馬房で？」

「いや。堆肥の山から。山の真ん中くらいを掘り出してやったけど」

「その日はだれか一緒だったかい？　ミス・ティムズかミス・ニコルズとか？」

ティムは首を振った。「そのときは一人だったね。二人で乗馬をして……その日の連れがだれだったかは忘れたけど……いったんお屋敷に入って、それから一人で箱を持って引き返してきたんだ。ほしいものがあるからって」

「何日だったか思い出せるかな？　日付は？」

七月の最終週、それが精一杯だった。なに一つ抜けのないように細かい情報を仕入れ、必要なときはいつでも連絡がとれることを確認した上でティムと別れ、ぼくは最初の電話ボックスでウルフに電話をかけた。植物室から応答しているせいで花に気をとられているのか、ウルフが大喜びする気配はなかった。まあ、もともとそんな相手ではないが。そして、ぼくの新発見が残りの調査に変更をきたすことはないと念を押された。

リバーデールのハドルストンの屋敷に着いたのは、十時少し過ぎで、ぼくのつきはまだ続いていた。通用門で車を駐めずに私道へ入っていったら、裏口に続く小道の門が開いていたのだ。ホスキンズは台所にいて、暗い顔をしたお仕着せ姿のメイドと話をしていた。二人とも用心深い態度だったが、ぼくを敵視しているわけではなかった。ホスキンズはコーヒーを一杯勧めてくれたくらいだ。ぼくは招待を受けた。余計な邪魔が入らないようにと在宅状況を確認したところ、ラリーとマリエラは外出中で、ダニエルはその日の朝まだ来ておらず、警官も屋敷にいないと言われた。ジャネットはベッドで朝食を食べ終えたばかりだそうだ。邪魔者なし。が、クレイマーのところの代表団がいつ何時現れるかもしれないという気がしたので、時間を無駄にせず、すぐに本題を切り出した。

二人ともよく覚えていた。あの火曜日の午後、昼食後すぐにホスキンズは二階のミス・ハドルストンの部屋に呼ばれ、浴室を見るように言われた。ガラスの破片が浴槽と床一面に散らばっていた。浴槽の上の高い棚に置かれていた入浴剤の大瓶の残骸だった。割ったのは、ミス・ハドルストンではなかった。ホスキンズでもない。メイドも呼ばれたが、自分はやっていないと答えた。そして、メイドとホスキンズが片づけをした。犯人はオランウータンだろうか、とぼくは訊いた。そうかもしれない、と二人は答えた。あの猿はなにをしでかしてもおかしくない。が、二階に入るのは禁じられていたし、入ることはめったになかった。その日、家のなかにいるところを見られてもいない。

ぼくは詳細な情報を手に入るだけ仕入れた。壊れた瓶のかけらを確認したいとも頼んでみたが、クリーム色で厚手の重い瓶だったと説明されたものの、捨てられてしまっていた。そこで、ホスキンズに問題の浴室を見せてくれと頼んで、一緒に二階へ向かおうとしたら、メイドもミス・ニコルズの朝食の盆がどうとか言いながらついてきた。ベス・ハドルストンの部屋は寝室というより、博物館のようだった。壁には額に入ったサインつきの写真や手紙がぎっしりと並び、使えそうな隙間はすべて、エスキモーの衣装を着た女性のマネキンやら、数珠つなぎの提灯やらで埋め尽くされていた。が、ぼくの関心の的は、浴室だった。そこは色彩の海だった。世界大戦中の迷彩のつもりか、それとも、悪魔の虹なのか。目が眩んで満足のいく調査はできなかったが、入浴剤の瓶が載っていた棚の位置など細かい点はなんとか頭に入れた。ほぼ一杯の新しい瓶が置いてあったので、おろしてよく見ようと手を伸ばしかけたときだ。ぼくはさっと振り向いて聞き耳を立て、戸口に戻った。ホスキンズは死んだみたいに硬直し、部屋の真ん中で背を向けて立ち尽くしている。

「今の悲鳴は？」ぼくは訊いた。

「廊下の奥です」ホスキンズは振り向かずに答えた。「そちらには、ミス・ニコルズしか――」

耳をつんざくような悲鳴ではなかった。むしろ、かろうじて聞こえただけ、しかも一度きりだった。

が、悲鳴は悲鳴だ。ぼくはすばやくホスキンズの横を抜け、開いたままのドアから廊下に出て、奥へ向かった。

「右手の突きあたりのドアです」背後からホスキンズが声をかけた。ジャネットの部屋には以前行ったことがある、場所はわかっていた。ドアは閉まっていた。ノブを回してなかに入ると、だれもいない。が、室内のドアが開いていて、浴室の隅が少し見えた。近づいていくと、メイドの声がした。

「どなた?」

「アーチー・グッドウィンです。なにが——」

メイドはうろたえた様子で、戸口に出てきた。「入ってはいけません。ミス・ニコルズは服を着ていらっしゃらないので」

「わかった」ぼくは遠慮して足を止めた。「でも、悲鳴が聞こえた。助けがいるかい、ジャネット?」

「いえ、大丈夫!」見えないが、服を着ていないジャネットが答えた。なんとか聞きとれるくらいの、か細い声だった。「なんともないの」声が弱々しいだけではない、震えていた。

「どうしたんだい?」ぼくは声をかけた。

「たいしたことでは」メイドが答えた。「腕にけがを。ご自分で切ってしまったんです。ガラスの破片で」

「なんだって?」ぼくは目を剝いた。訊きはしたが、ぼくは答えを待たずに前に出てメイドを押しのけ、浴室に入った。ジャネットは文字どおり一糸まとわぬ姿で、全身濡れ鼠のまま、腰掛けに座っていた。メイドは女としての恥じらいに激震が走り、ジャネットの代わりにビートのように赤くなって騒ぎたてたが、ぼくは無視して払いのけ、棚からタオルをとってジャネットに渡した。

「ほら」ぼくは言った。「これでエチケットは守れるだろう。どうしてそんなけがをしたんだ?」

ぼくはジャネットの左腕を持ちあげて、調べた。傷は長さ一インチほど、手首と肘の中間あたりで、血とヨードチンキが混じっているせいか、実際よりもひどくみえた。どうみても気を失うほどの傷には思えなかったが、ジャネットは今にも失神しそうな顔をしている。ぼくはその手からヨードチンキをとりあげ、コルクの栓をした。

「わたし、悲鳴をあげたことなんてないの」ジャネットは顎までタオルにくるまっていた。「本当よ、一度も。でも、叫んだみたい……ガラスで切って……ミス・ハドルストンのすぐあとだし……」ジャネットは息を呑んだ。「けがをして悲鳴をあげたわけじゃないのよ。そこまで意気地なしじゃない、絶対に。叫んだのは、ボディブラシのなかにガラスが入ってるのを見たから……だって……まるで……」

「これです」メイドが口を挟んだ。

ぼくは受けとった。尖ったガラスの破片でクリーム色、ぼくの親指の爪くらいの大きさだ。

「あなたがお尋ねになっていた、ミス・ハドルストンのお部屋で割れた瓶のかけらのようです」メイドが教えてくれた。

「お土産にとっておくよ」こう言って、ぼくはヨードチンキの瓶を入れたポケットに、破片もしまった。次に、床からボディブラシを拾いあげた。びっしょり濡れていた。「つまり、浴槽に入って石けんをつけ、ブラシを使ったら、腕を切った。で、ブラシを見たら、毛の間にガラスが埋まっていて悲鳴をあげた。そうだね?」

ジャネットは頷いた。「悲鳴をあげるなんて、意気地なしだったけど」

「わたしはお部屋におりました」メイドが口を出した。「駆けこんだら――」

「わかった」ぼくは遮った。「ガーゼと包帯を頼む」

「戸棚のなかにあるけど」ジャネットが言った。

また出血してきそうだったので、ぼくはガーゼをたっぷり使って手際よく手当をした。ただ、本当に血が必要な場所は顔だった。ジャネットの顔はまだ真っ青で怯えていた。それでも、礼を言うときには、笑おうとしていた。

ぼくはきれいな丸い肩をなでた。「お礼なんていいさ。服を着るまで、下で待ってるよ。タオル姿もすてきだけど、念のため医者に抗毒薬を打ってもらったほうがいいと思うんだ。車で送っていく。きみのほうが――」

「抗毒薬?」ジャネットは息を呑んだ。

「そうだ」ぼくはもう一度なでてやった。「ただの予防措置さ。心配することはないよ。下で待ってるからね」

ホスキンズは廊下で右往左往していたが、ぼくがボディブラシを包む紙を一枚くれるだけで大丈夫だと言うと、ほっとしたようだった。ぼくは一階の居間で一人になるのを待って、ヨードチンキの瓶をポケットから出し、栓を抜いて臭いを嗅いでみた。中身が何であれ、ヨードチンキではなかった。元どおりしっかり栓をして、廊下の先にあるトイレに行って手を洗った。それから電話を見つけて、ウルフの番号にかけた。

ウルフ本人が出た。十一時になっていないので植物室にいたが、ぼくは事情を洗いざらい説明した。話が終わるやいなや、ウルフは切羽詰まった口調でこう言った。

「ミス・ニコルズをそこから連れ出せ！」

「はい。ぼくもそのつもりで――」

「いい加減にしろ！　今すぐにだ！　なぜ電話などかけた？　クレイマー警視が向かったら――」

「聞いてください」ぼくははっきり言ってやった。「ジャネットは丸裸だったんですよ。白い馬の持ち合わせはないし、ジャネットだってレディ・ゴダイヴァ（十一世紀イングランドの伯爵夫人。夫の圧政を諫めるため、裸で馬に乗り、長い髪で全身を隠して町内を横断したという伝説がある）みたいに裸を隠せるほどの長い髪じゃありません。服を着たら、すぐに出ます。あなたにはヴォルマー先生に電話をかけて、抗毒薬の用意を頼んでもらうつもりだったんですが。三十分くらいで着きます。それとも、ぼくがここからかけましょうか？」

「いや、わたしがかける。できるだけ早くそこを出るんだ」

「了解」

　ぼくは二階のジャネットの部屋の戸口に行って、通用門で待っていると声をかけ、外に出て車の向きを変えて通用門に回した。パトカーがひょっこり顔を出したらどの道を通ろうかと思案していたら、ジャネットが小道をやってきた。ヘアピンがちょっと曲がっているし、おしゃれとはほど遠い格好だが、ともかくボタンはすべてかかっていた。ジャネットに手を貸して車に乗せ、砂利を飛ばして屋敷をあとにした。

　ジャネットは話をする気分ではないようだった。ぼくは、ヴォルマー医師が昔からの友人で、ネロ・ウルフの家と同じブロックに自宅兼診療所があり、今からそこへ連れていくと説明した。ガラスの破片がどうやってボディブラシの毛の間に入りこんだか心あたりはあるかなど、少し水を向けてみたが、ジャネットには見当もつかないようだった。ジャネットに必要なのは、頼りになって手を握ってくれる男性だったが、ぼくは運転中だった。ジャネットは怯えきって、今にも気を失いそうだった。

ヴォルマー先生の診療所では、なにも説明する必要がなかった。ウルフが電話で連絡を済ませていて、診療所には通算二十分もいなかった。先生は傷を徹底的に洗浄し、診療所のヨードチンキを塗り、その腕に抗毒薬を打った。それからぼくを奥の部屋へ連れていき、持っているヨードチンキを貸してくれと言った。瓶を手渡すと、先生は栓を抜き、臭いを嗅いで眉をひそめた。そして、中身をガラスの瓶に少し移して、ぼくよりもっときつく栓をしてから、返してくれた。

「彼女はきっと大丈夫だ」先生は言った。「なんて恐ろしい手口だ。できるだけ早く電話すると、ウルフさんに伝えてくれ」

ぼくはジャネットに付き添って外の車に戻った。そこからウルフの玄関までは、わずか二百フィートの距離だが、最後の三十フィートは進めないことがわかった。家の前に車が二台駐まっていたのだ。ウルフの家に連れていかれる理由を、ジャネットは訊きもしなかった。ぼくに任せているらしい。玄関の鍵を開けたぼくは、安心させるようににやりと笑って、手招いた。

正面にある車の持ち主、つまり客がだれだかわからないので、ジャネットをまっすぐ事務所に案内するのはやめて、表の応接室に通した。が、一人の客がそこにいて、椅子にだらしなく座っていた。ジャネットはその男を見て、声をあげた。ラリー・ハドルストンだった。ぼくは挨拶をして、ジャネットに椅子を勧め、事務所との境のドアを使うのはやめて、廊下から回っていった。事務所にウルフの姿はなかったが、客がもう二人いた。ブレイディ医師とダニエル・ハドルストンで、二人の態度から判断すると、和やかな雰囲気でないのはほぼ間違いなかった。

おやおや、パーティーか、とぼくは思った。そして厨房に行くと、ウルフはいた。

ウルフは長いテーブルの脇に立ち、フリッツが混ぜ合わせた香辛料を子牛のレバーのスライスにすりこむ様子を見ていた。で、その横に立って一緒に見ているのは、これまでぼくが見たなかで、年齢問わず女では前代未聞の距離までウルフに近づき、あまつさえウルフの腕と体の間に手を滑りこませているのは、マリエラだった。

ウルフはほんの一瞬、ぼくに目を向けた。「戻ったのか、アーチー。今〝代用テラピン（北米産の食用淡水亀）〟を作っているところだ。ミス・ティムズの発案でな」ウルフは身を乗り出してレバーを覗きこみ、体を起こして、腹の底からため息をついた。そして、ぼくを振り返った。「で、ミス・ニコルズは？」

「応接室です。ヴォルマー先生はサンプルをとって、できるだけ早く電話すると言っていました」

「結構。一番温度の低い棚に置くんだぞ、フリッツ。時間はよくわからん。玄関の応対はアーチーに任せておけ。アーチー、わたしたちは忙しくて、手が離せない。三人ともだ。こっちへ、ミス・ティムズ」

ドアを通るとき、マリエラはウルフにくっついていることができなかった。隙間がなかったのだ。

第七章

ブレイディ医師が詰めよった。「ここで三十分以上待っていたんですよ。いったい、いつまでかかるんです？　一時には仕事があるんだが」

ぼくは自分の机にいた。ブレイディが一番近い、背もたれのまっすぐな椅子の一つに座っていた。ブレイディの隣がマリエラで、ぼくが読書するときに気に入って座る安楽椅子に納まっている。その隣がラリー、次がダニエル・ハドルストン。半円形に並んだ客の一番端が、赤革の椅子に座っているジャネットだった。肩が下がり、影が薄くなって半分になったみたいだ。ただ、それを言うなら、どっしりくつろいでいる人は、だれもいなかった。マリエラでさえも。仲間の一人にちらりと目をやってはウルフに視線を戻し、唇を噛み、咳払いを繰り返す。

ウルフの半ば開いた目がブレイディをとらえた。「残念ながら仕事には少し遅れるかもしれません、先生。申し訳ありませんが」

「だいたい、これはなんの茶番です？　電話の話では――」

「失礼」ウルフは鋭く遮った。「あの話はあなたをここに来させるためで」ウルフの視線がすばやく客を一巡りした。「もはや、わたしが電話で話したときの状況とはちがうのです、どなたにとっても。あのときはミス・ハドルストンが殺されたことが判明したと言いましたね。今はもう少し進展があります。わたしはミス・ハドルストンを殺害した犯人を知っています」

全員がウルフに注目した。マリエラの歯がさらに深く唇に食いこんだ。ジャネットは椅子の腕を握りしめ、息を凝らした。ダニエルはホイッスルを待つアメフトのハーフバックのように、顎を前に突き出し、前傾姿勢になった。ブレイディは喉の奥で音を立てた。理解可能な音を発したのは、ラリーだけだった。ラリーは声を荒らげた。

「知ってるだって？　ふざけんなよ」

ウルフは頷いた。「知っています。それが、第一の状況の変化です。もう一つは、ミス・ニコルズを殺そうとする企てがあったことです。失礼！　騒ぐ必要はありません。企ては失敗に終わったのですから」

「いつの話です？」ブレイディが質問した。「どういった企てですか？」

「ジャネットを殺す？」マリエラが信じられないと言わんばかりに声をあげた。

ウルフは二人に渋面を向けた。「邪魔をしなければ、話はもっと早く、スムーズに進みます。できるだけ、短時間で片をつけるつもりですので。お断りしておきますが、不快な時間を長引かせたくなどないのです。ことに、きわめて厭わしい人物がこの部屋に同席している以上、楽しいどころではありませんからな。その人物はXと呼びましょう。皆さんご存じのとおり、Xは匿名の手紙を送って、ミス・ハドルストンを傷つけようとしはじめた」

「嘘八百だ」ラリーがかっとして口を出した。「ぼくらの一人があの手紙を出したなんて、こっちが知るわけがない！　あんただって知りもしないくせに！」

「このようにしましょう、ハドルストンさん」ウルフはラリーに向かって指を一本、軽く動かした。

「わたしは自分の意見を述べます。あなたがたは信用性を検討する。最後に結論を下すので、あなたがたは同意するか否かを決める。さて、Xは例の手紙を送った。やがて彼は――英語の代名詞の欠陥により、ひとまず女性の除外を強いられることになりますが――結果に飽き足らなくなった。他になにかあったのかもしれませんが、どちらでもいい。いずれにしても、Xはもっと具体的で決定的な行動を起こすことを決意した。殺人です。先日ミス・ホロックスが破傷風で亡くなったのが、殺害方法のヒントになったのは間違いありません。馬房で少量の原料を手に入れ、水に浸し、必要な乳剤を加える。そして、漉し、アージロールと混ぜ、混合液をヨードチンキのラベルのついた瓶に入れ、ミス・ハドルストンの浴室の戸棚にあるヨードチンキの瓶とすり替える。しかし――」

「浴室に？」マリエラがまた信じられないとばかりに口を出した。

「そうです、ミス・ティムズ。しかし、Xは偶然ミス・ハドルストンの皮膚に傷ができるのを漫然と待つ相手ではなかった。さらに用意周到だった。入浴剤の瓶を壊して、ボディブラシの毛の間に、ガラスの破片を埋めこんだのです。見事なまでに単純だ。ガラス片がブラシに入りこんだのは、瓶が壊れたときだと思われるだろう。ミス・ハドルストンが見つけて取り除いたとしても、痛くも痒くもない。またやり直せばいい。ミス・ハドルストンが見つけなければ、皮膚を切り、そこにヨードチンキの瓶があるわけだから――」

「ばかばかしい」ラリーが思わず口を出した。「まさかそんなことが――」

「ありえませんか？」ウルフは切り返した。「アーチー、頼む」

ぼくは瓶の破片をポケットからとり出して、ウルフに渡した。ウルフは親指と人差し指でつまんで、みんなに見せた。「これです。問題のガラスの破片です」

みんなは首を伸ばした。ブレイディは身を乗り出して椅子から腰を浮かし、尋ねた。「いったいどうやって――」

「おかけなさい、ブレイディ先生。どうやって手に入れたか？　いずれ説明します。ここまでが犯人の下準備の話です。ところがある偶然により、もっとよい機会に恵まれたのです。ちょうどその日の午後、テラスでグラスの載った盆がひっくり返り、破片がそこらじゅうに散らばった。Xはその場でとっさにすばらしい手口を思いついた。破片を集めるのを手伝いながら、ミス・ハドルストンの室内履きに一つ落とし、用足しのため家に入ったのです。あのちょっとした災難のせいで、全員が入りましたからね。彼は二階に駆けあがり、ボディブラシからガラスの破片を取り除き、偽のヨードチンキの瓶を持って階下に戻り、居間の戸棚に置いて、もともとあった本物を隠したのです。活動的な人物なら、三十秒、長くても一分でやれたでしょう」

ウルフはため息をついた。「おわかりでしょうが、犯行はうまくいきました。ミス・ハドルストンは足を室内履きに入れて親指を切り、弟がヨードチンキを持ってきて、ブレイディ先生が塗布した。そして、破傷風にかかって死んだのです」ウルフは鋭い目をブレイディに向けた。「ところで、先生、そこで一つ疑問がわきます。あなたはヨードチンキ特有の臭いがないことに気づかなかった、この点について一言あってしかるべきでは？　単なる質問ですから」

ブレイディは顔を強張らせた。「わたしに関する限り」辛辣な口調だった。「あの瓶にヨードチンキが入っていなかったことは、まだ証明されていない。つまり――」

「意味がわからん。電話で説明したではありませんか。チンパンジーが瓶の中身をかけた芝生が分析されたのです。アージロールと異常なほど多い破傷風菌、ヨードチンキの痕跡はなし。現物は警察が保管しています。よろしいですか、先生。いや、皆さんも。話が進むにつれて、この質疑が不愉快だと感じられるかもしれませんが、警察の取り調べのほうがはるかに不愉快でしょう。あなたがたは二つに一つを――」

玄関のベルが鳴り、フリッツにはぼくに任せろと指示が出されていたので、ぼくは席を立った。決定的な場面を見逃したくなかったので大急ぎで行ったが、状況が状況だけに、当然用心はした。カーテンを引いて、覗き窓越しに外を確認したら、用心したかいはあった。ポーチでこんなに公僕がひしめきあっているのは、見たことがない。クレイマー警視、ロークリッフ警部補、ステビンズ巡査部長のそろい踏みだ。ぼくはドアチェーンをかけてドアが五インチしか開かないようにした上で、鍵を開けてノブを引き、隙間から声をかけた。

「お捜しの人たちは、もうここには住んでいません」

「ふざけるな、ばか野郎」クレイマーは失礼な口をきいた。「ドアを開けろ!」

「だめです。ちょうつがいが壊れているんで」

「開けろと言っただろう!　連中がここにいるのは知ってるんだ!」

「知ってはいませんよ。いや、あなたの知ったことじゃありません。もし、あなたと関わりがあるのなら、証拠を拝見しましょう。ない?　令状がないんですか?　判事はみんな昼食で外出中でしょうしねえ」

「うるさい、貴様がそういう考えなら――」

「ぼくは考えませんよ。考えの担当はウルフさんです。ぼくの担当は力仕事だけなんで。例えばこんな感じの」

ぼくは思い切りドアを閉め、鍵がかかったのを確認して、厨房に行った。椅子にのぼってベルのねじを外し、裏口の掛けがねをかけて、フリッツにそのままにしておくよう言い置き、事務所に戻った。ウルフは話をやめてこちらを見た。ぼくは頷き、椅子に向かいながら説明した。

「三人の怒れる男。きっと合法的に戻ってくるでしょう」

「顔ぶれは?」

「クレイマー、ロークリッフ、ステビンズです」

「ふん」ウルフは満足げだった。「ベルを止めろ」

「止めました」

「裏口に掛けがねをかけろ」

「かけました」

「それでいい」ウルフはみなに向かって言った。「警視、警部補、巡査部長がこの家を包囲しています。殺人事件の捜査中ではありますし、関係者全員がわたしにこの家へ呼び集められたことを知った以上、警察は鍵のかかったドアにむかっ腹を立て、爆発寸前でしょうな。こちらの準備が整ったら入れますが、それまでは立ち入りを認めません。今のうちに出ていきたいかたがいらっしゃるのなら、グッドウィン君が通りまでお送りします。出ていきますか?」

だれ一人動かず、口をきかず、息を殺していた。

ウルフは頷いた。「アーチー。きみのいない間に、ブレイディ先生が説明していた。テラスは屋外で風も少しあり、自分は、いや、だれだってヨードチンキの臭いがしないことに気づかなかっただろうとね。合っていますか、先生?」

「ああ」ブレイディは一言で片づけた。

「結構。わたしも同じ意見です」ウルフは一同を見回した。「結果、Xのとっさの犯行は成功しました。もちろん、あとで戸棚に本物のヨードチンキを戻し、偽物は回収した。彼の立場からすれば、ほぼ完璧な犯行だった。実際に完璧だったかもしれない、どんな捜査も太刀打ちできなかったかもしれない、チンパンジーが少量の混合液を芝生にこぼさなければ。Xが善後策を講じなかった理由は、わかりません。時間はたっぷりあった。何日も、幾晩も。チンパンジーの行動を見ていなかったか、危険性に気づかなかったのか。無鉄砲な人物なのはたしかですからな。そもそも、必要がなくなった時点で、偽のヨードチンキとミス・ハドルストンのボディブラシから取り除いたガラスの破片をちゃんと始末しておくべきだった。が、始末しなかった。犯人は――」

「なぜ始末しなかったとわかる?」ラリーが追及した。

「保管していたからですよ。そのはずです、使ったのですから。昨日、犯人は偽のヨードチンキをミス・ニコルズの浴室の戸棚に入れ、ボディブラシにガラスの破片をしこんだのです」

ぼくはみんなをいっぺんに見ていた、いや、見ようとしていた。ただ、彼もしくは彼女は、ぼくより上手(うわて)だった。はっともぎょっともしなかった人物は、驚いたふりがすごくうまくて、ぼくにとってはなんの足しにもならなかった。ウルフも全員を観察していた。唯一の可動部である目を細め、腕を組み、ネクタイに顎を載せている。

「そして」ウルフはここぞとばかりに声を響かせた。「うまくやってのけました。今朝のことです。ミス・ニコルズは入浴し、腕を切り、戸棚から瓶をとり出して、なかの液体を塗布し――」

「なんだって!」ブレイディが椅子から飛びあがった。「じゃあ、ミス・ニコルズは――」

ウルフは片手をあげてブレイディを止めた。「落ち着いてください、先生。抗毒薬はもう打ちました」

「だれが?」

「ちゃんと資格のある人物が。どうぞお座りください。ありがとう。ミス・ニコルズには、あなたの専門的な技能は必要ありません。が、わたしはあなたの専門知識を拝借したい。まずは……アーチー。ブラシは手に入れてきたか?」

ホスキンズがくれた紙に包んだままの状態で、ブラシはぼくの机の上に置いてあった。紙を外し、ウルフに差し出したが、ウルフは受けとらずに尋ねた。

「きみはボディブラシを使うんだな? どのように扱うのか見せてくれ。腕を洗うつもりで」

突拍子もないウルフの命令には慣れっこだったので、ぼくはおとなしく従った。手首からはじめ、肩と背中に向かってごしごしとこすっていく。

「それでいい、ありがとう。もちろん皆さんも、ボディブラシを使うなら、同じようなやりかたで使用するのでしょうな。つまり、円を描くようにとか、螺旋状に動かしたりはせず、縦方向、上下に動かす。それで、グッドウィン君の説明によると、ミス・ニコルズの腕は手首と肘の中程で縦に切れていた。間違いないですか、ミス・ニコルズ?」

ジャネットは頷いて、咳払いをした。「はい」小さな声だった。

「それで、長さは一インチほど。もう少し短い?」

「はい」

ウルフはブレイディに向き直った。「では先生、専門知識の出番です。どこを攻められても盤石の前提を構築するために。なぜミス・ニコルズは腕を一インチ近い長さまで切ったのでしょう？　刺さった、と感じた瞬間になぜブラシを放り出さなかったのでしょうか？」

「なぜ？」ブレイディは顔をしかめた。「決まってるじゃありませんか、感じなかったのですよ」

「感じなかった？」

「もちろんです。あなたがどんな前提を構築しようとしているのかは知りませんが、ブラシの毛が皮膚をこすっている最中に、尖ったガラスが刺さってもわからないと思いますよ。まったくね。出血に気づくまでは、切ったという感覚もなかったでしょう」

「ほほう」ウルフはがっかりしたようだった。「たしかですか？　証言できますか？」

「できますよ。もちろん」

「医師ならだれでもそう証言する？」

「もちろんですとも」

「では、そのように受けとらなければなりませんな。つまり、それが事実なのだと。わたしの話は終わりました。今度はあなたがたが話す番です。あなたがた全員がね。もちろん、これはきわめて変則的なやりかたです。全員がこんなふうに集まっているのですから。しかし、きちんと個別に話を聞くとなると、時間がかかりすぎるので」

ウルフは椅子にもたれ、壮大な腹部の頂点で指先を合わせた。「ミス・ティムズ、あなたからはじめましょう。どうぞ話してください」

マリエラはなにも言わなかった。ウルフの視線は受けとめたようだったが、口は開かない。

「さあ、ミス・ティムズ？」

「わからない……」かすれた声が出て、マリエラは咳払いをした。「わからないわ。わたしになにを言わせたがっているのか」

「意味がわからん」ウルフは鋭く切り返した。「よくわかっているはずです。あなたは賢い女性だ。あの家で二年間暮らしていたんですよ。悪意なり恐怖なり、どんな感情のしこりでもかまいませんが、それがこのなかの一人に芽生えて、殺意にまでふくれあがっていたと思われる。あなたがまったくそれに気づかなかった？　信じられませんな。夜までここに缶詰にして、質問責めで聞き出してもいいのですが、今話してもらいたい」

マリエラは首を振った。「なにもないんだから、聞き出せないでしょ」

「話すつもりはない？」

「話せないのよ」マリエラは浮かない表情だった。「なにもないから」

ウルフはマリエラから視線を外した。「ミス・ニコルズ？」

ジャネットは首を振った。

「二度言わなくてもおわかりですな。ミス・ティムズへのお願いと同じです」

「わかってます」ジャネットは唾をのみ、か細い声で続けた。「なにも話せないんです、本当に」

「あなたを殺そうとした相手についてさえもですか？　今朝、だれがあなたを殺そうとしたのか、見当もつかない？」

「はい……つきません。だから、こんなに怖いんです。だれがやったか、わかりません」

ウルフはぶつぶつ言って、ラリーに向き直った。「ハドルストンさん？」

「知るもんか」ラリーはけんもほろろに言い捨てた。

「なにもない、と。ブレイディ先生？」

「どうやら」ブレイディは冷たく答えた。「あなたは話を終える前に行き詰まったようですね。あなたはミス・ハドルストンを殺した犯人を知っていると言った。もし——」

「わたしは、この方法がよりよいと考えているのです、先生。なにか言うことはありますか？」

「ありません」

「今回の事件のどのような面に関しても、なにもない？」

「ありません」

ウルフはダニエルに目を向けた。「ハドルストンさん。あなたは既にわたしや警察に話しました。なにか新しく言うことはありますか？」

「ないようだ」ダニエルはのろのろと答えた。この場のだれよりもしょげた様子だった。「わたしもブレイディ先生に賛成だ。もし、あんたが——」

「そうだろうと思いました」ウルフは切り捨てた。その目が半円形に並んだ客をざっと見渡した。「あなたがた全員に警告します。もちろん、一名は除外しますが。警察があなたがたを絞りあげるとなれば、大変不愉快な思いをしますよ。彼らは関連性があろうがなかろうが、おかまいなしですから。例えば、ミス・ティムズが色仕掛けでラリー・ハドルストンさんの気を引こうとしていた事実まで重要視するでしょう」

「そんなことしてません！」マリエラが怒って声をあげた。「そんなこと一切——」

「いえ、していました。少なくとも八月十九日火曜日には。グッドウィン君の報告はたしかです。ハドルストンさんの椅子の腕に腰をおろしていましたね。目で誘いかけ——」

「してませんったら。ラリーの気を引こうなんて――」

「彼を愛しているのですか？　手に入れたいのですか？　好意を持っているんですか？」

「とんでもない！」

「では、警察はますます疑うでしょうな。あなたがミス・ハドルストンの財産目当てに甥を狙っていたと勘ぐるでしょう。財産と言えば、弟さんがミス・ハドルストンに金をせびり、その額に不満を持っていたことをご存じのかたもいるはずです。それでもなにも言わないのなら――」

「不満などなかった！」ダニエルが割りこんだ。顔が赤らみ、声が高くなる。「あんたには人を中傷する権利などないんだぞ」

「中傷などしていない」ウルフは手厳しかった。「警察がどんなことに食らいついてくるか、例を挙げているだけです。あなたがお姉さんを恐喝していたと考えるくらいは朝飯前で――」

「恐喝だと！」ダニエルは怒り狂ってわめいた。「姉は研究のために出資していたんだ」

「研究？」甥が割りこみ、鼻で笑った。「研究ねえ！　生命の霊薬が？　さあ皆さん、お立ち会い――」

ダニエルは飛びあがった。一瞬ラリーに傷害行為を働くつもりかと思ったが、ダニエルは演説をするために立ちあがっただけのようだった。

「今のは」ダニエルの顎は怒りで震えていた。「真っ赤な嘘だ。わたしの論拠、手法はともにきわめて科学的だぞ。生命の霊薬？　そんな考え、非現実的で受け入れようがない。正しい科学用語は『万能薬』という。姉は想像力と見識に恵まれていて、わたしの考えを買い、何年も気前よく――」

「万能薬ですと！」ウルフは信じられないといった様子で目を見張った。「しかも、このわたしはあなたのことを頭が使えると評したのに！」

「保証する、説明を聞いて――」

「不要です。座りなさい」ウルフは不機嫌だった。「あなたがお姉さんの金を浪費してもわたしの関知するところではありませんが、わたしが関知しておくべき事柄が何点かある。あなたがたはそれを知っていながら、口にしない。愚の骨頂ですな」ウルフはブレイディに向かって指を一本軽く動かした。「先生、あなたは恥を知るべきです。分別をわきまえなくては。遅かれ早かれわかってしまう事実を隠しておくなんて、お粗末もいいところだ。あなたは今回の事件では、どのような面に関してもなにも話すことはないと言った。破傷風菌を抽出すると称して、馬房の堆肥を一箱手に入れた件は？どうなんです？」

ダニエルは声をあげ、頭を回してブレイディを睨みつけた。ブレイディはぎくりとしたようだが、予想したほどではなかった。一瞬ウルフを見つめ、落ち着いて答えた。「たしかに話しておくべきでした」

「言うことはそれだけですか？　警察が捜査を開始したとき、なぜそのことを言わなかったんです？」

「捜査するような事件性はない、と思っていたからですよ。今朝、あなたが電話をかけてくるまで、ずっとそう思っていたんです。役に立ちそうもなかったし」

「堆肥はなにに使ったんですか？」

「病院に持っていって、同僚二人と少々実験をしました。ある議論を解決しようと。そのあと、処分しました。すべてです」

「その件について、このなかで知っていた人はいますか?」

「さあ」ブレイディは眉を寄せた。「そうだ、思い出した。意見を言ったんです。みんなに小さな切り傷がどれだけの危険性を伴うものか――」

「わたしは知らないぞ」ダニエルが険しい声で口を出した。「もしそんなまねをしたと知ってたら……」

二人は睨み合った。ダニエルはなにやら口のなかで言い、腰をおろした。

電話が鳴った。ぼくは椅子の向きを変え、応答した。ヴォルマー先生だった。ぼくが頷くと、ウルフは受話器をとった。電話を切ったあと、ウルフは一同に向かって告げた。

「今朝、ミス・ニコルズが傷の手当に使った瓶からは、うまく分配すれば、一つの町を全滅させられるだけの破傷風菌が含まれていたそうです」ウルフはブレイディをじっと見つめた。「先生、さっきの話を警察がどんなふうにとらえるか、察しがつくのでは? ことに、隠していたとなればね。多大な面倒を引き起こすことでしょう。こういう場合には、専門家の指導がない限り、詭弁や隠蔽行為は禁物なのですよ。ところで、あなたはいつからミス・ハドルストンとお知り合いで?」

「ちょっとした付き合いができたのは、しばらく前ですね。数年前かな」

「親しくなってから、どれくらい経ちます?」

「親しかったというほどでも。二ヶ月前からわりとよく寄らせてもらうようになったのですが」

「どういうわけで? 恋愛関係になったのですか?」

「だれと?」

「ミス・ハドルストンと」

「まさか」ブレイディは呆気にとられただけでなく、ばかにされたと思ったらしい。「母親くらいの年齢の女性ですよ」

「では、なぜ急に通うようになったんです？」

「それは……人間はいろいろな場所に行きますからね、それだけです」

ウルフは首を振った。「感情抜きではありえないことです。筋金入りのけちで、わずかな金も惜しかった？　ただで乗馬ができるわけだし？　そうは思えませんな。あなたの収入なら、おそらく不足はないはずだ。単に便利だからか？　そうではない。回り道になり、かなりの手間だ。わたしの推測した理由は、月並みな婉曲語句を用いるなら、恋情です。あなたはミス・ニコルズに恋をしたのですか？」

「いや」

「では、なんなのです？　お断りしておきますが、先生、わたしはこの問題を警察よりもよほど品位を尊重しながらお尋ねしているのですよ。理由はなんです？」

ブレイディの顔に妙な表情が浮かんだ。正確には、連続して妙な表情を浮かべた。最初は全否定、次は躊躇（ちゅうちょ）、そして困惑。最後は覚悟が決まったようだ。その間ずっと、ブレイディの目はまっすぐにウルフを見つめていた。そして突然、口を開いた。これまでにない大きな声だった。「わたしはミス・ティムズに恋をしたのです。彼女に夢中なんです」

「あら！」マリエラがびっくりして大声をあげた。「そんなこと一度も――」

「どうか邪魔しないでください」ウルフはにべもなく遮った。「自分の気持ちを、ミス・ティムズに打ち明けたのですか？」

「いえ、黙っていました」ブレイディはくじけなかった。「勇気がなかったので。ミス・ティムズはかなり……わたしに望みがあるとは……彼女はとても気が多くて……」

「嘘ばっかり。よくわかってるはずでしょ――」

「失礼」有無を言わさぬ口調だった。ウルフの視線が右から左へさっと動き、逆戻りした。「つまり、ブレイディ先生が厩舎で堆肥の箱を手に入れた事実を、あなたがたは一人を除いて全員知っていたわけだ。そして、揃ってその情報をわたしに隠していた。救いようのない人たちですな。では次の情報、もっと明確に関連性のある問題に移りましょう。ミス・ハドルストンはここへ来た日、ミス・ニコルズが自分に恨みを抱いている、例の匿名の手紙を送った犯人だと思う、こう言っていました。あなたがた全員に――ミス・ニコルズ、あなたも含めて――お訊きします。恨みとはなんです？」

だれも答えなかった。

「一人ずつお訊きしましょう。ミス・ニコルズ？」

ジャネットは首を振った。蚊の鳴くような声だった。「なにも。なにもありません」

「ハドルストンさん？」

ダニエルは即座に答えた。「見当もつかないね」

「ミス・ティムズ？」

「知りません」マリエラは答えた。ウルフの視線が一瞬マリエラに注がれる。嘘をついていると、ちゃんと見抜いているんだ。

「ブレイディ先生？」

「知っていたらお話ししますが」ブレイディは答えた。「知りませんね」

「ラリー・ハドルストンさん？」

ラリーは口の端を歪めて、貼りつけたような笑顔でウルフを待ち構えていた。「さっきも言ったけどな」つっけんどんな答えが返ってきた。「知るもんか。最後まで答えは同じだ」

「ほほう。では、ちょっと時計を拝見できますか？」

ラリーは目を剝いた。

「腕にはめている、その六角形の時計ですよ」ウルフは言った。「ちょっと見せてもらえますかな？」

ラリーの顔はちょっと前のブレイディのように、百面相を演じた。最初は困惑、次は反抗、最後におもしろがっているような表情になった。ラリーは食ってかかった。

「ぼくの時計に、なにをしようってんだ？」

「見たいのです。ささやかなお願いではありませんか。これまであなたは、そう協力的ではありませんでしたし」

ラリーはまた唇をねじ曲げて笑みを浮かべた。時計のベルトを外して立ちあがり、机越しにウルフに手渡す。ウルフは時計を握って、ぼくに声をかけた。

「アーチー、ハドルストン事件のファイルを」

ぼくは席を立って戸棚を開け、ファイルをとり出して持っていった。ウルフは受けとって、大きく広げた。

「そこにいてくれ、アーチー。防護壁、兼、証人として。証人は二人のほうがいいだろう。ブレイディ先生、差し支えなければ、グッドウィン君の隣に立って、よく見ていてくれませんか？　ありがとう」

ウルフの目が、ブレイディとぼくの隙間からラリーをしっかりととらえた。「あなたはきわめて愚かな青年ですな、ハドルストンさん。実に考えが浅い。わたしがあなたの腕時計のケース部分からミス・ニコルズの写真を見つける気だと踏んで、あてがはずれて悔しがるだろうと内心ほくそ笑んでいたんでしょう。見こみ違いだ。さあ、先生、アーチー。よく見ていてください。ここが時計の裏側ですね。そして、こちらがミス・ニコルズの写真。六角形に切りとられていて、明らかにぴったりの大きさですな。ケースを開ければ白黒はっきりしますが、今はやるつもりはありません。後ほど開けて、実際にこの写真が収まっていたことを証明するために顕微鏡で比較検査を……アーチー!」

ぼくは防護壁になった。なにもなかったとしても、やつの不作法には平手打ち一発の借りがある。でも、実際にはやらなかった。ラリーはごちゃごちゃご託を並べながら、ブレイディとぼくの間に割りこんで時計をひったくろうとしただけだったからだ。ぼくは腕を伸ばしただけで、ラリーを止めて椅子へと押し戻し、その場に待機した。

「ですから」ウルフは何事もなかったかのように続けた。「時計と写真は別々の封筒に入れて保管します。このように。ハドルストンさん、わたしがあの写真をどうやって手に入れたのかと考えているのでは?　あなたの伯母さんがここに残していったのです。そろそろ少しは力を貸してくれてもいいのではありませんか?　検証可能な質問からはじめましょう。伯母さんはいつ、あなたからあの写真をとりあげたんです?」

ラリーは鼻で笑おうとしたが、あまりうまくいかなかった。顔の筋肉が勝手な動きをして、表情がうまく保てなかったのだ。

「もう」ウルフは続けた。「警察を迎える頃合いかもしれませんな。警察ならもっと手っ取り早くあなたから――」

「このデブの悪党！」が、さっきの食ってかかるような調子とはちがって、ラリーは半べそをかくような声になっていた。

ウルフは顔をしかめた。「もう一度やってみましょう。どのみち、あなたはこういった質問に答えることになります。わたしが嫌なら、もっと瘦せてはいても、もっとしつこい人たちを相手に。それとも、召し使いや友人知人から、根掘り葉掘り聞き出したほうがいいと？　今でも充分不体裁なのに、さらに体裁を悪くするだけですよ。伯母さんはいつ、あの写真をとりあげたんですか？」

ラリーの顎が動いたが、舌は動かなかった。ウルフは十秒待って、事務的に言った。

「アーチー。警察をなかへ」

ぼくは一歩進んだが、二歩目を踏み出す前にラリーが怒鳴った。

「汚いぞ！　いつとられたかなんて、百も承知のくせに。ここに来る日にとられたんだ！」

ウルフは頷いた。「話がわかってきたようだ。しかし、伯母さんがあなたとミス・ニコルズの関係に反対したのは、それがはじめてじゃなかったんでしょう？」

「ああ」

「道徳的見地から反対を？」

「まさか。ジャネットとの結婚に反対したんだ。婚約を破棄しろと言われたよ。婚約は秘密にしてあったけど、伯母は感づいて、ジャネットを問いただした。そしたら、認めたもんで、伯母がぼくに手を切らせたってわけさ」

「結婚を誓っていた仲だったのだから」ウルフは舌なめずりしそうな声ですらすらと続けた。「当然、あなたは復讐に燃え――」

「ちがう！」ラリーは身を乗り出した。顎が思うようにならないらしい。「そんな考えは今すぐ捨てるんだな。濡れ衣を着せようったって、そうはいかないぞ！　ぼくはジャネットと結婚したいと本気で思ったことなんてなかった。そもそも、結婚する気はさらさらなかったんだ！　嘘だと思うなら、ぼくの友達に訊いてみろ！」

「ほほう」ウルフはほとんど目を閉じた。「あなたのような人間にも友達が？　いることは、いるんでしょうな。それはさておき、伯母さんに婚約を破棄させられたあとも、写真は腕時計に入れておいたんですか？」

「ああ、しかたなかった。つまり、ジャネットへの辻褄合わせもしなきゃならなかったんでね。一緒の家に住んでるし、そんなにあっさり片づけられない。怖かったんだ。あんたはジャネットがどんな女か、知らないからな。で、わざと伯母の前で腕時計を開けたのさ、あの面倒くさい写真をとりあげてくれるだろうと思って。ジャネットはあの写真になにか意味があると思ってたみたいなんだよ。あれがなくなったと知ったら、きっと――」

「ミス・ニコルズが匿名の手紙を送ったことを知っていたんですか？」

「いや、知らなかった。やばいなとは思ったけど、知ってはいなかった」

「あなたはやはり、やばいなと思ったんですか、伯母さんが――」

「やめて！　やめなさい！」

ジャネットだった。

大声をあげたわけではない。その必要もなかった。その口調だけで、なんでも、だれでも止められた。それは、忘れさられた古い墓のなかから聞こえてくるような声だった。ま、そんな声を想像できたらの話だが。ジャネットは口以外の体の部分を、まったく動かさなかった。目はウルフの顔だけをじっと見つめている。その目つきに、ぼくはどこか別の場所を見なくてはいけなくなった。どうやら他の人も同じ威力を感じたようだ。みながぼくと同じことをしていた。ぼくらはウルフを見つめた。

「おや」ウルフは落ち着いていた。「あなたにはちょっと辛い話でしたかな、ミス・ニコルズ?」

ジャネットはウルフを睨み続けていた。

「思ったとおりだ」ウルフは続けた。「あなたの内面はすべて瓦礫（がれき）と化している。もうなにも残っていない。一番簡単な方法は、わたしが口述した告白書に、あなたがサインすることです。それが済んだら、知り合いの『ガゼット』紙の編集者にコピーを一部送ります。今夜の第一面に掲載されるでしょう。告白書と一緒に専用の写真が一枚あれば、先方には好都合でしょうな。グッドウィン君が喜んで撮影します。満足のいく仕上がりにしますよ」

そういうことか、とぼくは思った。ウルフはクレイマーを笑いものにするだけでなく、手痛い黒星を進呈するつもりなんだ。ダニエルがなにやらぶつぶつ言い、ブレイディも同じように呟いたが、ウルフが静かにと身振りで制した。

「あなたの面目のために」ウルフは先を続けた。「お話ししておきますが、あなたが真犯人であることは決して明らかだったわけではありません。今朝グッドウィン君がリバーデールから電話してきて、ようやくわかった次第です。もっとも、九日前にラリー・ハドルストンさんがここに来たときには、むろん六角形の腕時計に気づきましたし、あなたの写真が入れられていたのだろうと推測はしていましたがね。とはいえ、あなたの今日のふるまいは、愚の骨頂でしたな。おそらく昨日、芝生がはがされるのを見て、どのような結果がもたらされるかを悟り、強い不安に陥ったのでしょう。そして、凶行を自作自演して疑いを逸らそうとした。少し前、わたしはブレイディ先生に尋ねましたね。ガラスの破片が肌を刺すのを感じた瞬間に、あなたがブラシを放り出さなかったのはなぜか？　先生は当然ながらこう答えた。ガラスが皮膚を切る感覚がわからなかったせいだと。あの質問の狙いがなんだったか、わかりましたか？」

ジャネットは答えなかった。

「あの質問こそ」ウルフは言った。「まさに事件の核心だった。ブラシを一インチにも満たない長さしか引っ張らずに投げ出したのは、ガラスが入っていることをあなたが知っていたせいだ。ガラスが腕を切ることを知っていた。自分で入れたからだ。そうでなければ、切り傷はずっと長いはずです。おそらく腕の半分くらい。グッドウィン君がブラシの使いかたを実演するのを見ましたね、手首から肩へとこすっていた。だれでもそうする。百歩譲っても、ブラシを一インチも動かさずに止めるものはいない。しかし、その点を抜きにしても、今日のあなたのように、第三者があなたを殺害する計画を企てたと偽装するつもりだったのなら、今朝の行動はまるで支離滅裂だ。そんな人物がいたとしたら、事件が起こったあとだけに、仮にあなたが偽のヨードチンキを使ったとしても、まず間違いなく抗毒薬が投与され、計画は完全な失敗に終わるくらいの見当はついたでしょう。一方、自分で事件をでっちあげたあなたは、抗毒薬を投与されれば安全だと承知していた。あなたは本気で――」

「やめなさい！」ジャネットはさっきとまったく同じ口調で言った。ぼくはとても目を向けられなかった。

が、それは間違いだった。ジャネットを見なかったことが、だ。なんの前触れもなく、ジャネットは電光石火で動いた。あんまり突然で光線のようにすばやかったので、ジャネットがウルフの机にあったガラスのかけらをひったくったとき、ぼくはまだ椅子のなかだった。ぼくが反応したときはもう、ジャネットは向きを変えてラリー・ハドルストンへ矢のように飛びかかっていた。ガラスのかけらを握った指が、ラリーの顔めがけてまともに襲いかかった。全員が反応はしたのだが、一人も間に合わなかった。ラリーでさえも。ダニエルがジャネットの左腕ごとがっちりと抱き留め、ぼくはもう片方の腕と手首を押さえたが、ラリーの頬には目の下から顎の近くまで、真っ赤な液体が流れていた。

ジャネットを除いた全員が声をあげた。言葉も少しは混じっていた。

「うるさい!」ウルフは怒鳴った。「アーチー、居眠りから覚めたら――」

「そっちこそ寝ぼけないでください」ぼくは言い返した。「ぼくはあなたみたいな天才じゃないんですよ」そして、ジャネットの手首にちょっと圧力をかけた。「放すんだ、いい子だから」

ジャネットはガラスのかけらを床に落とし、据わった目をしてその場に立ち尽くしている。ブレイディがラリーの頬の具合を診た。

「かすっただけです」ブレイディは言い、ハンカチを広げた。「ほら、これで押さえるんだ」

「なにすんだよ!」ラリーがわめいた。「傷でも残ったら――」

「嘘よ」ジャネットは言った。「嘘つき!」

「なんだと?」ラリーが睨んだ。

「ミス・ニコルズは」ウルフが口を挟んだ。「結婚を望んでいなかったし、する意思もなかったというあなたの発言は嘘だ、と言っているのですよ。わたしも同感ですな、それでなくても、この場の雰囲気はもう充分に悪い。あなたはミス・ニコルズの恋情と期待をあおった。ミス・ニコルズはあなたを自分のものにしたかったのです、理由は見当もつきませんがね。ミス・ハドルストンに仲を裂かれると、ミス・ニコルズは攻撃に出た。復讐のため？　そうです。もしくは、あなたの伯母さんに伝えるため、いや、警告するためめか。『彼をわたしのものにさせてくれなければ、あなたを破滅させてやる』と？　おそらく、そうでしょう。それとも、あなたの伯母さんを破滅させて、残骸のなかからあなたを回収するため？　考えられなくはない。いや、この三つすべてではないのですか、ミス・ニコルズ？」

ジャネットはウルフに背を向けてラリーを見ていて、なにも言わなかった。ぼくはジャネットをしっかりつかまえていた。

「しかし」ウルフは続けた。「あなたの伯母さんがわたしに会いにきたため、ミス・ニコルズは怖くなった。その上、同じ日の夜にここに来て、この写真を見つけた。あなたが腕時計に入れていた写真です。ミス・ニコルズは怯えただけでなく、怒り狂った。非常に感じやすい、若い女性のことですから——」

「参ったな」ブレイディが小声で思わず漏らした。「感じやすいとは！」

ジャネットの頭の天辺から足先まで震えが走った。ぼくは腕を引いてジャネットの体の向きを変え、赤革の椅子まで連れていった。ジャネットは崩れるように座った。ウルフが素っ気なく命じた。

「アーチー、ノートを。いや、最初にカメラだ——」

「もう、いや！」マリエラが声をあげ、立ちあがった。なにかつかまるものをと伸ばした手の先には、たまたまブレイディの腕があった。「もう無理よ！」

ウルフは二人に向かって顔をしかめた。「先生。ミス・ティムズを連れ出して、蘭を見せてやってください。三階上です。それから、けが人も連れていって、手当をお願いします。必要なものはフリッツが用意しますので。その際、ヨードチンキの臭いの確認をお勧めしますよ」

その日の午後六時、ぼくは自分の机に向かっていた。事務所は静かで、平和だった。ウルフは完璧にやってのけた。クレイマーは警官隊と令状と一緒に、ライオンのように襲来したが、陳述書の山と自供書一通と殺人犯一人とやり場のない怒りを抱えて、羊のように帰っていった。ぼくのようなクレイマーの忠実な友人にとっては愉快な出来事だったのに、植物室からウルフを乗せておりてくるエレベーターの音が聞こえてきたとき、ぼくは手が一杯で机から振り返る暇もないふりをしていた。ウルフの存在に気づきもしないつもりだった。ウルフはマリエラを、今の状況ではリバーデールに帰すわけにはいかないし、他に行くところがないとか言い訳をして、ここに引き留めているのだ。ふん！

でも、冷たく追い払う機会はなかった。二人は事務所のドアを素通りして、厨房へ行ってしまったのだ。ぼくは机にしがみついていた。時間は過ぎていったが、苛々してちっとも仕事が手につかなかった。七時頃玄関のベルが鳴って、出ていったところ、ブレイディがいた。招待されたという話だったので、ぼくは厨房へ案内した。

厨房は暖かく、明るくて、おいしそうな匂いで一杯だった。フリッツはよく熟れたパイナップルを切っているところだった。ウルフは窓の近くの椅子に座って、湯気の立つシチュー鍋の味見をしていた。マリエラは長テーブルの端にちょこんと腰をかけ、足を組み、ミント・ジュレップ（バーボンに砂糖と水を加え、ミントの葉を添えたロングカクテル）をちびちびと飲んでいた。空いている手の指を、ブレイディに向かって挨拶代わりにひらひらと動かす。ブレイディは呆気にとられて足を止め、そのまま目をぱちくりさせてマリエラ、ウルフ、フリッツと見て、またマリエラに視線を戻した。

「参ったな」ブレイディは言った。「結構なことで。あなたがたがパーティーをやる気分になれるとは。今の状況では――」

「意味がわからん!」ウルフが切り捨てた。「これはパーティーでもなんでもない。ただの食事の準備ですよ。ミス・ティムズにとっては、忙しくしているほうがずっとましです。ヒステリーを起こしたほうがいいとでも? スプーンブレッド(スプーンで食べるスフレのように柔らかいパン)について話し合った結果、今オーブンで二種類焼いてみているところです。卵二つと卵三つ。牛乳を六十五度にしたものと、沸騰させたもの。ジュレップをどうぞ、ミス・ティムズが勧めていますよ。アーチー、ジュレップはどうだ?」

ブレイディはマリエラからジュレップを受けとったが、口をつけずにテーブルに置き、マリエラに腕を回してぐっと力をこめた。マリエラには、嫌がったり引っかいたりするようなそぶりはまったくなかった。ウルフは見て見ぬふりをしながら、平然ともう一口鍋の味見をした。フリッツは切ったパイナップルの形を整えはじめた。

マリエラは大きく息をした。「ちょっとぉ、息がぁ、苦しいんだけどぉ」

ウルフが愛想よく訊いてきた。「ジュレップはどうだ、アーチー?」

ぼくは返事をせずに背を向け、廊下に出て帽子をかぶり、外に出てドアを叩きつけるように閉めた。通りの角まで歩いていって〈サムの店〉に入り、カウンターのスツールに座る。そんなつもりはなかったのだが、独り言を言っていたらしい。カウンターの向こうから、サムがこう訊いてきた。

「スプーンブレッド? なんだい、そりゃ?」

「話しかけられるまで口をきくな」ぼくは決めつけた。「ハムサンドと毒薬を一杯くれ。毒薬が切れてたら、ミルクでいい。新鮮でオランウータン百パーセントのミルクだ。ぼくは裸の女殺人鬼と鬼ごっこをやっていたんだ。殺人犯の女をどうやって見分けるか、知ってるか？　簡単だぞ。一晩ヨードチンキに漬けておいて、チーズを包む布で水気を切って、豚の小腸一ポンドを加える……なんだ？ああ、ピクルス抜きのライ麦サンドか。ちょっとぉ、息がぁ、苦しいんだけどぉ」

ウルフにこの件について尋ねたことは一度もないし、尋ねるつもりもない。ただ、ぼくなりに多少の推理をまとめた。そのうちのいくつかを紹介しよう。

一、ぼくが葬儀に行くと知って、ただ、ぼくを悩ませたいがために蘭を贈った。

二、昔、二人の間になにかあった。ウルフが若くて魅力的だったとき、ベス・ハドルストンも同じだったとき、二人は……知り合いだったのかもしれない。ベスがウルフに気づかなくても、無理はない。実の母親だって、見分けられるかどうか疑問だから。ウルフだって十五や二十の過去はある。ぼくだって、それくらいは知っている。

三、ウルフは借りを返した。最初の日、だれかの発言から、ベスが殺されるとウルフは見抜いていた。もしくは、そういう恐れがあると考えた。ただ、面倒を避けたい一心からか、もしくは豚の小腸入りのコンビーフ・ハッシュに夢中だったせいで、なんの手も打たなかった。いざベスが埋葬されるとなったとき、ウルフは借りがあると感じた。で、なにを贈ったか？　ただの蘭、ありきたりの蘭か？　ちがう。黒い蘭だ。有史以来、この地球上で黒い蘭がはじめて棺に手向けられたのだ。借りは帳消し。全額支払い済み。受取証をファイルへ。

四、三番に決めようかと思う。

五、でも、やっぱり謎は謎だ。ぼくがいつもとちがう目で見つめているのに気づいたとき、ぼくがなにを思い悩んでいるか、ウルフはちゃんとわかっているのだ。

翼の生えた銃

第一章

その若い女性は、ハンドバッグからピンク色の紙片をとり出し、赤革の椅子から立ちあがってネロ・ウルフの机に置くと、また腰をおろした。職務上、内容は把握しておくべきだと思ったし、ウルフをそんなはるか彼方まで身を乗り出した上に手を伸ばす重労働から解放してやろうと、ぼくは腰をあげ、ちらっと見てから紙片を手渡してやった。五千ドルの小切手だった。その日、八月十四日付けで宛先はウルフ、マーガレット・ミオンのサインがあった。ウルフは確認して、机の上に戻した。

「きっと」ミセス・ミオンは言った。「話のきっかけには、それが一番いいだろうと思って」

ぼくは自分の机について彼女を観察しながら、判断を修正していた。今日、日曜日のお昼過ぎに、ミセス・ペギー・ミオン（ペギーはマーガレットの愛称）が面会予約の電話をかけてきたとき、ぼくは数ヶ月前に新聞に掲載された彼女の写真の漠然とした記憶を掘りおこし、会ってわくわくする女性ではないだろうと判断したのだが、考えなおしかけていた。器量はそこそこでしかないが、ミセス・ミオンの魅力は生まれつきのものからじゃなく、その使いかたから生まれていた。ごまかすのがうまい、という意味じゃない。口元は笑ってもかわいくはないけれども、笑いかたがチャーミングなのだ。目だってなんの変哲もない茶色の目で、男心をそそりはしないが、ウルフからぼくへ、左手に座っている連れの男性へと、視線を動かす様子を見ているとうっとりしてしまう。三十までにあと三年、とぼくは見当をつけた。

「どうだろう」連れの男が彼女に言った。「まず少し質問に答えてもらうべきじゃないかな?」

緊張の感じられる、少々かたい声だった。顔つきも声と同じだ。なにか悩みがあって、他人の目を気にしていられない状態なのだ。彫りの深い灰色の目、形のよい顎、もっと幸せそうなときなら、男のなかの男と認められたかもしれない。だが、この場に座っている今はだめだった。なにかが心を苛んでいるのだ。ペギーがフレッド・ウェプラー氏と紹介したとき、『ガゼット』紙の音楽評論家の名前だと気づいたが、ペギーの写真が公表される原因となった事件の記事に名前が出ていたかどうかまでは、思い出せなかった。

はねつける感じはないものの、ペギーは首を振った。「それじゃだめよ、フレッド、だめなの。ウルフさんにちゃんと話して、ご意見を聞くしかないのよ」そして、ウルフにほほえみかけた。いや、実際はほほえみじゃなく、単に唇を動かすときの癖だったのかもしれない。「あなたと面会したほうがいいことを、ウェプラーさんは完全には納得してくれなくて。説得しなければなりませんでした。男性は女性より用心深いから。そうでしょう?」

「そのとおり」ウルフは認め、付け加えた。「ありがたいことだ」

ペギーは頷いた。「わたしもそう思います」そして、小切手を指さす。「その小切手を持参したのは、本気だと証明するためです。八方ふさがりの状況から、助け出していただきたいんです。わたしたちは結婚を望んでいますが、できません。いえ、つまり自分の気持ちだけで言えば、わたしはウェプラーさんと結婚したいのです」ペギーはウェプラーを見つめた。今度は間違いなく笑顔だった。「フレッド、あなたはわたしと結婚したい?」

「ああ」ウェプラーはぼそりと答えた。と、急に顎をあげて、挑むようにウルフを見た。「こんな話、決まり悪いのはおわかりでしょう？　あなたの知ったことじゃないんだ。それでも、わたしたちは助けを求めてここへ来てしまった。わたしは三十四になりますが、生まれてはじめて……」ウェプラーは言いさした。ちょっと間をおいて、くそまじめな口調で宣言する。「わたしはミセス・ミオンを愛しています。彼女と結婚することが、人生最大の願いなんです」ウェプラーは恋人に目を向け、訴えるように囁きかけた。「ペギー！」

　ウルフは唸った。「その点は既定事項として認めますよ。あなたがたお二人は結婚を望んでいる。なぜ結婚しないんです？」

「できないからです」ペギーが答えた。「簡単な話です。もとはと言えば……あの、四ヶ月前の四月に、わたしの夫の死亡記事が新聞に掲載されたのをご存じでは？　オペラ歌手のアルベルト・ミオンですけど」

「多少は。改めて思い出させていただけると結構ですな」

「つまり、夫は亡くなったんです。自殺でした」今は笑顔のかけらもなかった。「フレッド……ウェプラーさんとわたしが発見しました。四月の火曜日の午後七時、イーストエンド・アベニューの自宅マンションで。ちょうどその日の午後、フレッドとわたしは愛しあっていることに気づいて――」

「ペギー！」ウェプラーが鋭く制した。

　ペギーはウェプラーにちらっと目を向け、ウルフに戻した。「直接確認したほうがいいでしょうね、ウルフさん。ウェプラーさんは、問題を理解するのに必要最低限のことだけを話すべきだという意見です。わたしはなにもかも話さない限り、わかってもらえないと思っています。あなたのご意見は？」

「お話を聞いてみるまで、なんとも言えませんな。続けてください。質問があれば、それはそのときに」

ペギーは頷いた。「きっとたくさん質問が出てくるでしょうね。あなたはだれかに恋をして、それを知られるくらいなら死んだほうがいいと思ったことはありますか？」

「まったくありません」ウルフはきっぱり断言した。ぼくはまじめな顔をとり繕った。

「そうですか。わたしはあります、確実に。とはいえ、だれにも気づかれませんでした。本人にさえも。知っていた、フレッド？」

「知らなかったよ」ウェプラーもきっぱり言い切った。

「あの日の午後までは、です」ペギーはウルフに説明した。「ウェプラーさんはわたしたちのマンションの昼食会に来ていました。そのすぐあとだったんです。他の人たちが帰ってしまって、気づいたら見つめあっていました。彼から打ち明けたのか、わたしから打ち明けたのか。どっちだったか、わかりません」ペギーはすがるような目でウェプラーを見た。「こんな話、気まずいのはわかってるのよ、フレッド。でも、状況を知らなければ、わたしたちがなぜスタジオのアルベルトに会いに行ったのか、理解できないわ」

「理解してもらう必要があるのか？」ウェプラーが問いただした。

「もちろんよ」ペギーはウルフに向き直った。「あのときのことをわかるように説明するのは、無理なようです。わたしたち二人はすっかり……つまり、愛しあっていたんです。それだけのことですが、かなり長い間口に出さないでいたせいか、よりいっそう……一気に燃えあがったのでしょうね。フレッドはすぐに夫に会いたい、事情を打ち明けて、今後のことを決めたいと言うので、わたしも承知しました。それで二階へ――」

「二階？」

「ええ。複層型マンションなんです。上の階が防音仕様の夫のスタジオで、そこで歌の練習をします。ですから、フレッドがスタジオへ――」

「待ってくれ、ペギー」ウェプラーが止めた。そしてウルフに目を向ける。「当人から聞いたほうがいいでしょう。わたしはスタジオに行って、ペギーを愛していること、そして、彼女もミオンではなくわたしを愛していることを伝え、良識ある対応を頼みました。離婚もかなり良識的な行動と認められるようになっていますから。ただ、ミオンはそう考えませんでした。良識なんてまるで持ち合わせていなかった。暴力を振るったりはしませんでしたが、あんまりな態度で。しばらくすると、わたしはギフ・ジェームズと同じことをやりかねない気がして、出ていきました。そんな状態でミセス・ミオンのところには戻りたくなかったから、スタジオのドアから直接廊下に出て、その階からエレベーターに乗りました」

ウェプラーは言葉を切った。

「それで？」ウルフが先を促した。

「わたしは歩いて頭を冷やそうとしました。公園まで歩いていき、しばらくして落ち着いてから、ミセス・ミオンに電話をかけたんです。そして公園で会って、ミオンの態度を説明し、家を出て一緒に来てくれるように頼みました。ミセス・ミオンはうんと言おうとしませんでした」ウェプラーはちょっと間をおいて、続けた。「すべてを話す必要があるのなら、知らせるべき問題が二つあります」

「関連があるのでしたら、どうぞ」

「関連はありますとも。第一に、ミセス・ミオンにはもともと自分の財産があります。ミオンにとっては、それも魅力の一つだったのです。一方、わたしには関心がない。この点が重要なんですよ」

「どうも。で、二つ目は？」

「第二は、ミセス・ミオンがすぐに夫と別れなかった理由です。知っているとは思いますが、ミオンは五、六年間、メトロポリタン歌劇場でテノールのトップ歌手を務めてきました。が、声が出なくなった。一時的に。バリトン歌手のギフォード・ジェームズが拳でミオンの首を殴り、声帯を傷つけたのです。三月はじめの出来事でした。その結果、ミオンはシーズンをやり遂げられなかった。手術しましたが、声は戻らず、当然ミオンは気落ちしていたのです。そんな状況なので、ミセス・ミオンは夫を見捨てようとしなかった。なんとか口説き落とそうとしたが、承知してくれない。あの日のわたしは、人生ではじめての経験や、ミオンの言いぐさのせいで、どうかしていた。で、冷静に対処できず、公園にミセス・ミオンを置き去りにして、ダウンタウンのバーへ行き、酒を飲みはじめたんです。長い時間、かなりの量を飲みましたが、酔えなかった。七時頃になって、彼女をもう一晩もあの家には置いておけない、絶対にもう一度会って、さらっていこうと決めました。思い詰めたわたしは、イースト・エンド・アベニューへ戻り、十二階にあがったんです。ベルのボタンを押す決心がつくまで、たぶん十分ぐらい、廊下で立っていて、ようやく鳴らすと、メイドがなかに入れてくれて、ミセス・ミオンを呼んできました。ただ、なんだか最初の勢いがなくなって、わたしは一緒にミオンと話し合おうと言っただけでした。ミセス・ミオンも賛成したので、上階へ行ったら――」

「エレベーターで？」

「いや、部屋のなかにある階段からです。二人でスタジオに入りました。ミオンは床に倒れていた。駆けつけたら、脳天に大きな穴があいていました。死んでいたんです。ミセス・ミオンを連れ出して歩かせたが、階段は二人並んで歩くのには狭すぎた。彼女が足を踏み外して、中程まで転がり落ちてしまって。わたしは部屋まで彼女を抱いていき、ベッドに寝かせて、電話のある居間へ行きかけました。そのとき、先にしなければならないことに、気づいたんです。部屋を出て、エレベーターで一階におり、ドアマンとエレベーター係をまとめて呼んで、その日の午後にミオンの家、十二階か十三階にあげた人物について尋ねました。絶対にだれも言い忘れないようにと、念を押して。二人が名前を答えたので、書きとめました。それから部屋に戻って警察に通報を。そのあと、しろうとが人の生死を判断するのはまずいと気づいて、同じマンションに住んでいるロイド医師に電話をしました。先生はすぐに来て、わたしがスタジオに案内したんです。入って三、四分もすると、最初の警官が到着して、当然——」

「失礼」ウルフが不機嫌そうに遮った。「すべてとはいえ、多すぎる場合もあります。あなたたちが抱えている問題については、まだ触れてもいないようですが」

「いずれはその話に——」

「ですが、わたしが手伝えば、話はもっと早くなるでしょう。先ほどから、記憶がよみがえってきましたのでね。医者と警察は、ミオン氏の死を確認した。リボルバーの筒先が口に突っこまれ、発射された弾丸が頭蓋骨の一部を吹っ飛ばしていた。拳銃は死体の横の床に落ちていて、所有者はミオン氏、スタジオで保管されていた。抵抗の痕跡、他の傷はなかった。声を失ったことは、自殺の立派な動機になる。従って、型どおりの調査のあと、装塡されたリボルバーの銃身を相手に抵抗されることなく口へ入れるのは難しい点を考慮して、自殺と断定された。それで合っていませんか?」

二人とも、合っていると答えた。

「警察が再調査をはじめたのですか? それとも、おかしな噂話が流れているとか?」

二人ともちがうと答えた。

「では、そのままにしておけばいい。どこに問題が?」

「あるんです、わたしたちに」ペギーが答えた。

「なぜです? あなたがたのどこに問題が?」

「なにもかもにです」ペギーは手を振った。「いえ、そうじゃなくて……なにもかもじゃなくて、一つだけ。夫が亡くなって、その、型どおりの調査が済んだあと、わたしはしばらく家を離れていました。戻ってきてから……この二ヶ月間、何度かウェプラーさんと一緒に過ごしたんですが、しっくりしないんです。なんというか、お互い違和感を覚えて。一昨日の金曜、わたしはコネチカットの友人のところへ週末旅行へ行ったんですが、そこにウェプラーさんもいました。お互い、相手が来ることは知りませんでした。で、昨日と昨晩、そして今朝も話し合って、ここに来て、力を借りようと決めたんです。いえ、わたしがそう決心して、彼はわたしを一人で行かせるわけにはいかないと」

ペギーは身を乗り出し、必死の面持ちで訴えた。「なんとか助けてください、ウルフさん。わたしは彼を愛しているんです、心から。彼はわたしを愛していると言ってくれますし、本当なのはわかっています！ 昨日の午後、十月には式を挙げようと決めました。なのに、夜にはまた言い合いがはじまって……言葉の問題じゃないんです。視線が合うと、目の奥になにかわだかまりがあるんです。そんな目をしたまま、それを隠そうとしながら、結婚するなんて無理……」

ペギーが軽く身震いした。「何年も……永遠に？　無理です！　無理なのは、お互いわかっているんです。地獄みたいな生活になるでしょう！　つまり、疑問が一つあるんです。だれがアルベルトを殺したのか？　彼？　それとも、わたし？　まさか本気で思ったりはしていません、ウェプラーさんがやったなんて。それに、ウェプラーさんだって、わたしがやったとは思っていないでしょう……そう思いたいわ。でも、目の奥にその疑問が潜んでいて、お互いそれに気づいているんです！」

ペギーは両手を差し出した。「ですから、はっきりさせていただきたいんです」

ウルフは鼻を鳴らした。「意味がわからん。あなたがたに必要なのは、平手打ちか、精神科医ですよ。欠点はあるかもしれませんが、警察だって無能ではないんです。彼らが納得しているのであれば――」

「でも、そこが問題なんです！　警察だって納得しなかったでしょう、わたしたちが本当のことを話していたら！」

「おや」ウルフの眉があがった。「あなたがたは嘘をついたんですか？」

「はい。嘘をつかなかったにしても、本当のことを言わなかったんです。話していないんです、わたしたち二人が最初にスタジオに行って夫を発見したときには、銃がなかったことを。銃は見あたらなかったんです」

「ほほう。間違いありませんか？」

「絶対に間違いありません。あのとき……あのとき見た現場ほど、はっきり、なにもかも目に焼きついている光景はありません。銃はありませんでした」

ウルフはウェプラーに矛先を向けた。「あなたも同意見ですか？」

「ええ。そのとおりです」

ウルフはため息をつき、「そうですか」と認めた。「あなたがたが本当に厄介な羽目に陥っているのは、わかりました。平手打ちでは解決になりませんな」

ぼくは椅子のなかで体を動かした。背骨の付け根がうずうずしていた。西三十五丁目にあるネロ・ウルフの古い褐色砂岩（ブラウンストーン）の家は、生活するにも働くにもおもしろい場所だ。シェフ兼家政担当のフリッツ・ブレンナーにとっても。屋上の植物室で一万株の蘭を育てて世話をしているセオドア・ホルストマンにとっても。主に一階の広い事務所で活躍しているぼく、アーチー・グッドウィンにとっても。もちろん、ぼくは自分の仕事が一番おもしろいと思っている。有名な私立探偵の腹心の助手になったら、あらゆる種類の厄介ごとや問題などが、しょっちゅう耳からあふれるほど飛びこんでくる。消えたネックレスから、新手の脅迫までなんでもござれだ。本当に退屈な依頼人はまずいない。ただし、ぼくの背骨をうずかせる事件は、一種類しかない。殺人だ。この恋人たちが本当のことを話しているとしたら、殺人事件が起きたのだ。

第二章

二時間以上経って、二人が帰ったとき、まるまる二冊のノートが文字で一杯になっていた。

もし、ウルフとの面会予約の電話をかける前に二人がじっくり考えていたなら、電話などなかっただろう。ウルフが指摘したとおり、二人の望みはどれもこれも月のように手に入れられるはずのないものばかりだった。第一に、四ヶ月前の殺人を、殺人だったことを世間には伏せたままでウルフに調査させたがっていた。第二に、二人のうちどちらもアルベルト・ミオンを殺害していないことを証明してもらいたがっていた。これは真犯人を突きとめる以外に方法がない。第三に、二人のうちどちらかが犯人だという結論に達したら、事件を揉み消して、忘れてもらおうとしていた。二人の言い分ではどちらも完全に無実なので、はっきりそうは言わなかったが、要するにそう望んでいたのだ。

ウルフはその点を簡単に、わかりやすく整理した。「わたしが依頼を引き受けた場合」ウルフは告げた。「殺人の有罪を確定する証拠を見つけたら、犯人がだれであれ、証拠の扱いはわたしだけの自由裁量とさせてもらいます。わたしは正義の女神アストライアでもサディストでもありませんが、考慮の余地を残しておきたいのです。ただし、あなたがたが今手を引きたいのであれば、この小切手はどうぞお持ちください。グッドウィン君のノートは破棄されます。あなたがたがここに来たことを、わたしたちは忘れることができますし、忘れることにしますので」

こう言われて一瞬、二人はまた、もう少しで席を立って引きあげそうになった。とりわけフレッド・ウェプラーは帰りたそうだった。が、帰らなかった。二人は見つめあい、その目がすべてを物語っていた。自分がこの二人にかなり好意を持っている、それどころか、感心さえしはじめていると、ぼくが判断した頃には、二人ははまった罠からなんとしてでも抜け出す決心をかためていた。互いに見交わした二人の目はこう言っていた。「行こう、結婚しよう、愛しい人。そして、忘れてしまおう。さあ」次はこうだ。「きっと幸せになれる」続いて、こう。「そう、そうに決まっている、でも……。でも、わたしたちがほしいのは、一日や一週間の幸せじゃない。ずっと幸せでなければ。そう、わかってる……」

こんなやりとりにしがみついているには、常識的な判断力はもちろん、強靭な精神力も必要だ。ぼくもつい、何度か身につまされた。もちろん、ウルフの机の上には五千ドルの小切手があったことだし。

二冊のノートは雑多な情報で一杯になり、事件に直接関係あるかもしれないし、ないかもしれない細かいことが、千項目も書きとめられていた。例えば、ペギー・ミオンと夫のマネージャーのルーパート・グローブはそりが合わなかったこと。ギフォード・ジェームズが、第三者の目の前でアルベルト・ミオンを殴ったときのこと。ミオンの損害賠償請求に対する、いろいろな人々の反応。とはいえ、全部の情報を使うのは無理だし、そもそもウルフだってほんの一部しか必要としないのだ。だから、ぼくが選別することになる。当然、銃はA級の重要証拠だ。新品で、ギフォード・ジェームズに殴られて声帯を傷めた翌日、ミオンが買ったものだった。ジェームズに仕返しをするためではなく、今後の護身のためだと周囲に説明していたそうだ。外出の際には必ずポケットに入れて持ち歩き、家にいるときはスタジオにあるエンリコ・カルーソー（一八七三～一九二一。天才的なテノール歌手）の胸像の下に置いていた。わかっている限りでは、一発しか発射されたことはない。その一発がミオンの命を奪ったわけだ。

ロイド医師が到着して、ウェプラーがスタジオに案内したとき、銃は床の上、ミオンの膝からそう離れていない場所にあった。ロイドの手が伸びかけたが、触れずに引っこみ、警察が到着したときには銃はもとの位置に置かれたままだった。ペギーの話では、ウェプラーとスタジオに入ったときには絶対になかったそうで、ウェプラーも同調した。警察は指紋についてはーー言も触れなかったが、銃から照合可能な指紋はほとんど検出されないのだから、当然と言えば当然だ。二時間半の間、ウルフはしきりに銃に話を戻したが、つまるところ、銃に翼は生えていなかった。

事件当日の状況や関係者については、漏れなく情報が集まった。午前中は無関係のようなので、問題は五人が集まった昼食時からだった。出席者はミオン、ペギー、ウェプラー、アデル・ボズリーという女性、それからロイド医師だ。友人同士の集まりというよりは、仕事絡みの会食だった。ウェプラーが招かれたのは、二度と歌えまいとの噂が根も葉もないデマだという記事を『ガゼット』に書いてもらおうという思惑がミオンにあったからだ。アデル・ボズリーはメトロポリタン歌劇の営業担当責任者で、ウェプラーの仕事に協力するために加わった。ロイド医師が同席したのは、執刀したミオンの声帯の手術は成功で、十一月に幕開けを迎えるオペラのシーズンには偉大なテノール歌手は以前と変わらぬ活躍をするのは間違いないと、ウェプラーに保証するためだった。ウェプラーが記事を書くことに同意しただけで、特に何事もなかった。アデル・ボズリーとロイド医師は帰り、ミオンは防音のスタジオへ行ってしまい、ウェプラーとペギーは目が合って、エデンの園以来人生で最も重要な事実に、突然気づいたのだった。

一時間ほど経って、別の集まりが開かれた。場所はスタジオで、午後三時半頃。ただし、ウェプラーとペギーは出席しなかった。その頃には、ウェプラーは歩いて頭を冷やし、電話を受けたペギーが公園まで会いにいっていたのだ。だから、スタジオでの会合についての情報は、また聞きだった。ミオンとロイド医師の他に、四人が出席した。オペラの営業担当のアデル・ボズリー。ミオンのマネージャーのルーパート・グローブ。六週間前にミオンの首を殴ったバリトン歌手、ギフォード・ジェームズ。ジェームズの弁護士、ヘンリー・アーノルド判事。今度は昼食よりもさらに温かみのない集まりで、ミオンが正式に声帯損傷の賠償金二十五万ドルをギフォード・ジェームズへ求めた件について話し合われた。

ウェプラーとペギーが聞いたところによると、ミオンがカルーソーの胸像のそばから銃をとってきて目の前のテーブルに置き、話し合いはのっけから緊張が高まり、かなり白熱した場面もあったらしい。その場にいなかったため、二人は細かい経過をほとんど把握していなかったが、いずれにしても銃が火を噴くことはなかった。それどころか、話し合いが終わったときには、ミオンは元気でぴんぴんしていた——声帯を除いて——という証拠もたっぷりある。話し合い終了後に、ミオンは電話を二回かけていた。理髪店と、オペラの後援をしている資産家の女性だ。その少しあと、マネージャーのルーパート・グローブもミオンと電話で話した。そして五時半頃には、ミオンは階下に電話をかけて、ベルモットの瓶と氷をメイドに頼み、届けさせている。メイドが盆をスタジオに持っていったとき、ミオンは無傷でちゃんと立っていた。

ぼくは全員の名前の綴りに注意しながらノートをとった。そのうちの一人に殺人犯のレッテルを貼るのが、ぼくらの仕事になるらしいからだ。特に、最後に書いた名前には気をつけた。クララ・ジェームズ、ギフォードの娘だ。クララには注目点が三つあった。その一、ギフォードがミオンに暴力を振るった理由だ。ミオンが娘によからぬふるまいをしたとギフォードが知った、もしくは、疑ったせいらしい。事実なのか、それとも単なる勘ぐりだったのか、ウェプラーとペギーは知らないそうだ。その二、ウェプラーがドアマンとエレベーター係から聞いたところ、事件当日の午後、ミオンを訪ねた客の一覧表の最後を飾るのが彼女の名前だった。二人によれば、クララは六時十五分頃に来て、スタジオのある十三階でエレベーターを降り、それからまもなく、十分ほどで十二階にエレベーターを呼び、帰っていった。その三、今度はペギーの話だ。ウェプラーが怒って帰ったあとも、ペギーはしばらく公園に残り、五時頃に家に着いた。スタジオにはあがらず、夫とは顔を合わせなかった。六時過ぎ、たぶん六時半くらいに玄関のベルが鳴ったが、メイドはコックと一緒に台所に入っていたため、ペギーは自分で応対に出た。いたのは、クララ・ジェームズだった。青ざめて、ぴりぴりしている様子だったが、クララはいつでも青ざめて、ぴりぴりしている。アルベルトを呼んでくれと頼まれて、ペギーは上のスタジオにいると思うと答えた。クララは、いなかった、もういいと言った。クララはエレベーターのボタンを押しにいったが、ペギーは先にドアを閉めてしまっていた。もともと客を歓迎する気分ではなかったが、とりわけ、クララ・ジェームズは願い下げだったのだ。

三十分ほどして、ウェプラーがやってきた。二人が一緒にスタジオに行ったところ、アルベルトはちゃんといたが、もう無傷でも、立ってもいなかった。

その状況説明には一晩かかるほどの突っこみどころがあったが、ウルフは自分で重要だと判断した点に焦点を絞った。それでも、質疑応答は三時間目に突入し、ノートも三冊目に入った。ぼくとしては確認の必要があると思った問題をいくつか、ウルフは完全に無視した。例えば、アルベルトは他人の娘及び（あるいは）他人の妻によからぬまねをする癖があったのかどうか。もしそうなら、相手の名前など。二人の話から推測すると、アルベルトは他の男性に優先権を認められた女性にもこだわりを持っていなかったようなのだが、ウルフは関心を示さなかった。話の終わり頃には、またしても銃に話を戻し、二人がなにも新しい情報を出さないと、しかめ面で厳しく問い詰めた。二人が意地を張り続けていたところ、ついにウルフは堪忍袋の緒を切った。「あなたがたのうち、どちらが嘘をついているんです？」

二人は不服そうな顔をした。「そんなことを言っても、そちらの時間を無駄にしているだけだ」ウェプラーがやり返した。「ついでに、わたしたちの時間も」

「おかしいでしょう？」ペギーが抗議した。「わざわざここに来て、小切手を渡し、そのくせ嘘をつくなんて。ちがいます？」

「では、あなたがたはおかしい」ウルフは冷たく決めつけた。そして、ペギーを指さす。「聞きなさい。今の話はうまく通用したかもしれない、なにも矛盾点はないのだから。そう、一つを除いては。だれが死体のそばの床に銃を置いたのか？　あなたがたがスタジオに入ったとき、銃はそこになかった。あなたがたは揃って間違いないと言いましたね、それは受け入れましょう。あなたがたは現場を離れ、階下へ向かった。あなたは倒れ、ウェプラーさんが部屋まで抱いていった。あなたは意識を失っていたわけではありませんね？」

「ええ」ペギーはウルフの視線を受けとめた。「歩けたでしょうけど、フレッドが……抱いていきたがったんです」

「そんなところでしょうな。で、ウェプラーさんはあなたを抱いていった。あなたは自分の部屋で休むことになった。一方、ウェプラーさんは一階におりて、殺人事件の容疑者として有力な人物の名前を聞きとった。すばらしく早手回しですな、余計なことですが。それから十二階に戻って警察に通報し、さらに医師に電話をした。医師は同じマンションに住んでいたので、すぐに駆けつけた。あなたとウェプラーさんがスタジオを出てから医師が来るまで、わずか十五分ですよ。スタジオから十三階の共用廊下へ出るドアは、閉めると鍵のかかるオートロックで、ドアは閉まり、鍵がかかっていた。その十五分間には、だれも入れそうにない。あなたはベッドから出て、居間に移動したのでしたな。つまり、あなたに見られずに居間を通ることはできなかった。メイドとコックは台所にいて、なにが起きているか、まったく気づいていなかった。従って、だれもスタジオに入って、銃を床に置きはしなかった」

「だれかがやったんです」ウェプラーは頑固だった。

ペギーは言い張った。「だれが鍵を持っていたのか、わたしたちにはわかりませんから」

「さっきもそう言いましたな」もう、ウルフは二人を同時に相手どっていた。「だれもかれもが鍵を持っていたとしても、わたしは信じませんし、他の人も信じないでしょうな」ウルフの目がこちらを向いた。「アーチー。きみはどうだ?」

「再現映画をぜひ見たいもんですね」ぼくは答えた。

「わかりましたか?」ウルフは二人に追い打ちをかけた。「グッドウィン君はあなたがたに偏見を持ってはいません。その逆です。お二人のために、消火作業をするつもりで張り切っているんですよ。あなたがたが見つめあう様子を見物するのに夢中で、ノートがお留守になっているくらいです。そんなグッドウィン君でもわたしの意見に賛成で、あなたがたは嘘をついていると考えている。床に銃を置くことができた人物が他にいなかったのだから、どちらかがやったのだ。その点について、知っておく必要があります。やむを得ない状況だったのかもしれませんな。もしくは、やむを得ないと思ったか」

ウルフはウェプラーに目を向けた。「あなたが気付け薬を出そうとミセス・ミオンの化粧台の引き出しを開けたとします。そこに銃が入っていた。臭いがして、発射されたばかりだとわかる。あなたはとっさに、だれかがミセス・ミオンに疑いを向けるために置いたのだと判断する。そのあとの自然な行動とは？　あなたがとった行動そのものです。銃を持ってスタジオにあがり、死体のそばに置いて、ミセス・ミオンには黙っている。もしくは――」

「でたらめだ」ウェプラーが気色ばむ。「とんでもない言いがかりだ」

ウルフはペギーに視線を移した。「もしくは、あなたが自分の寝室で銃を見つけたとしましょう。ウェプラーさんが一階へ向かったあとだった。当然、あなたは――」

「そんな、ありえません」ペギーは負けなかった。「自分で置いたのでない限り、どうやってそんなものが寝室に？　夫は五時半には生きていました。わたしが家に帰ったのはその前です。七時にフレッドが来るまで、ちゃんと家に、居間や寝室にいました。だから、あなたの考えが――」

「わかりました」ウルフは一歩譲った。「寝室ではなかった。それでも、別のどこかにあったのです。どちらかから真実を教えてもらえない限り、先に進めません。いい加減にしなさい、銃は空を飛びはしなかったんですぞ。他の人たち、少なくともそのうちの一人からは、たっぷり嘘を聞かされると覚悟していましたが、あなたがたには真実を話してもらいたい」

「もう話しました」ウェプラーが断言した。

「いや、まだだ」

「では、打つ手なしだ」ウェプラーは立ちあがった。「行こう、ペギー?」

二人はまた見つめあった。そして、さっきの無言劇を再演する。「ずっと幸せでなければ」の台詞までくると、ウェプラーは腰をおろした。

が、台本には出番のないウルフが、割りこんだ。「打つ手なし」素っ気ない声だった。「つまり、ゲームは終了ですな」

あとはもう、ぼく次第だった。ウルフがはっきり手を引くと宣言してしまったら最後、梃子でも動かない。ぼくは立ちあがって、きれいなピンク色の小切手をウルフの机からとりあげ、自分の机に置いて文鎮を載せ、腰をおろしてにやりと笑いかけた。

「あなたの言い分が正しいとしても」ぼくはウルフに意見を言った。「だからといって、それが鉄の掟ではありませんよ。いつか、ここに座って嘘をついた依頼人の一覧表を作ったらいいんじゃないですか。マイケル・ウォルシュ(『ラバー・バンド』より)、カリダ・フロスト(『赤い箱』より)、それにあのカフェテリアの男、プラット……(『シーザーの埋葬』に登場するトマス・プラットか)いやあ、大勢いますね。ですけど、連中の金は問題なく使えましたよ。それに、話についていけないほど、ノートがお留守だったわけじゃありません。それも全部無駄ってわけですか?」

「そのノートについて」ウェプラーが断固とした口調で言う。「はっきりさせておきたいことがある」

ウルフはウェプラーに目を向けた。

ウェプラーが見返す。「わたしたちがここへ来たのは、ある問題についてあなたと内密に話し合い、調査してもらうためだった。あなたはわたしたちを嘘つき呼ばわりし、このまま話を続けるべきかどうか疑問に思うが、ミセス・ミオンが望むのであれば、わたしとしては異存はありません。ただし、断っておきたい。わたしたちがあなたに話した内容、最初に現場に入ったときには銃がなかったという話を警察や第三者に漏らしたら、そのノートがあっても、わたしたちは否定しますよ。否定して、絶対に認めません」ウェプラーは恋人を見た。「そうするしかない、ペギー。いいね？」

「ウルフさんは警察にしゃべったりしないわ」ペギーは自信ありげに言い切った。

「そうかもしれない。だが、もししゃべったら、ぼくと話を合わせて否定してくれるね。だろう？」

「もちろんよ」ペギーは約束したが、ウェプラーからガラガラヘビの退治を手伝ってくれと頼まれたような答えかただった。

ウルフは唇をぐっと結んだまま、二人を見ていた。銀行に向かう途中の小切手がぼくの机にあることだし、この二人を嘘つきの依頼人の一覧表に加え、その上でなんとかする決心をしたのは間違いなかった。ウルフはいったん両目を見開いて休ませ、また半ばまで閉じて、話を続けた。

「今の問題は、事件解決までに他の問題と一緒に片づけることにします」ウルフは通告した。「むろんおわかりでしょうが、あなたたちが無罪だと推測しているわけです。とはいえ、これまでにわたしは誤った推測を千もしてきましたので、あまり意味はありません。あなたがたのどちらかに、ミオン氏を殺害した人物の心あたりはありますか？」

二人とも、ないと答えた。

ウルフは唸った。「わたしには、あります」

二人はまじまじとウルフを見た。

ウルフは頷いた。「さらなる推測にすぎませんが、有望だと思います。それが真実だと証明するには一仕事しなければならない。手始めに、あなたがたが名前を出した人たちに会う必要があります。六人全員です。できれば、先延ばしにしたくない。殺人事件の調査をしていることをその人たちに明らかにしたくないと言う以上、なにか口実を設けなければなりませんな。ミセス・ミオン、ご主人は遺書を書いていましたか？」

ペギーは頷き、たしかにそのとおりだと答えた。

「相続人はあなたですか？」

「はい、わたしは……」ペギーは手を振った。「相続する必要はありませんし、ほしくもありませんけど」

「しかし、遺産はあなたのものだ。それなら、好都合だ。ミオン氏への暴行に対してジェームズ氏から支払われる予定の損害賠償金は、遺贈資産の一つです。あなたにはその賠償金を請求する権利があることになる。わたしが会いたいと考えている六人は全員、大なり小なり、その事件に関係していた。今すぐ手紙を書いて、今夜速達で出します。賠償金問題では、わたしがあなたの代理人となったので、明日の夜事務所まで来てくれと通知するのです」

「そんなこと、無理よ！」ペギーはうろたえて、大声を出した。「絶対に無理です！　ギフに損害賠償を求めるなんて、夢にも――」

ウルフは拳で机を叩き、「いい加減にしろ！」と怒鳴った。「ここから出ていけ！　さあ！　殺人事件が、紙人形を切るみたいにあっさり解決するとでも思っているのか？　最初にわたしに嘘をつき、今度は人に迷惑はかけられないと言う。そのなかには殺人犯もいるんだぞ！　つまみ出せ、アーチー！」

「よくぞ言ってくれました」ぼくは小声でウルフに言った。ぼくもうんざりしてきたのだ。依頼人志望者二人を睨みつけ、「救世軍をあたってみたらいい」と言ってやった。「困った人を助けるのは、お手のものだろうから。このノートは全部持っていっていいですよ。実費で十五セント。速記の代金はサービスしておきます」

二人は顔を見合わせた。

「いずれにしろ、ウルフさんはみんなと会う必要があると思うよ」ウェプラーは認めた。「それには口実が必要だし、今の話はたしかにうまくできてる。きみはあの人たちに借りがあるわけじゃない。どの人にもね」

ペギーは折れた。

一番大事なのは住所を教えてもらうことだったが、それを含めて細かい話が片づくと、二人は帰っていった。しおしおと帰っていく依頼人たちと、それをぱっぱと送り出すぼくらのふるまいからは、信頼の絆などまったく感じられず、ペギーたちは依頼人というよりいいカモにみえたかもしれない。それでも、小切手はぼくの机の上にあった。二人を見送って事務所に戻ると、ウルフは目を閉じて椅子にもたれ、不機嫌そうに眉をひそめていた。

ぼくは伸びをして、あくびをした。「きっとおもしろくなりますって」と励ます。「損害賠償をふんだくることに狙いを絞るんです。客のなかに殺人犯がいたら、いつまでそれを隠していられるか試しましょう。ぼくは、評決に達した陪審員団が法廷に戻ってくる前には気づくほうに賭けますけど」

「うるさい」ウルフは唸った。「愚か者どもめ」

「まあまあ、そう言わずに」ぼくはたしなめた。「恋は盲目って言うじゃありませんか。だからこそ、目の利くプロを雇わなきゃならないんですよ。選んでもらったんですから、光栄だと思って喜ばなきゃ。恋愛中の大嘘の一つや二つ、なんだって言うんですか。ぼくの経験じゃ——」

「うるさい」ウルフはもう一度言った。目が開いた。「ノートを。手紙はすぐに出す必要がある」

第三章

月曜の夜のパーティーはたっぷり三時間続いたが、殺人の〝さ〟の字も出てこなかった。とはいえ、それほど楽しい集まりだったわけではない。送った手紙には、ウルフがミセス・ミオンの代理人であり、弁護士や裁判に持ちこまずにギフォード・ジェームズに適当な賠償金を請求できるかどうかと、その妥当な金額を見定めたい、こうはっきりと書いてあった。客が全員、その心づもりで集まったのは言うまでもない。張本人のギフォード・ジェームズ、娘のクララ、弁護士のヘンリー・アーノルド判事。営業担当のアデル・ボズリー。医学の専門家としてニコラス・ロイド医師。ミオンのマネージャーだったルーパート・グローブ。これで六人だ。ぼくらの広い事務所には、この人数でちょうどいい。ウェプラーとペギーは呼ばれていなかった。

ジェームズ三人組は一緒で、おまけに時間ぴったりの九時ちょうどに到着したため、ウルフとぼくは事務所で飲む夕食後のコーヒーをまだ済ませていなかった。連中を一目見たくてたまらなかったので、ぼくはフリッツには任せずに自分で応対に出た。フリッツはシェフ兼家政監督で、ウルフの日々の生活を永遠に喜びの種とするために、ぼくに負けず劣らず貢献している。まず気になったのは、バリトン歌手が真っ先に敷居をまたぎ、娘と弁護士をあとから入らせたことだ。ときどきリリー・ローワンに付き合って、オペラ観賞の二人席の客になることもあったので、ジェームズの六フィートという身長やがっしりした肩、偉そうに気どった歩きかたは、はじめて見るわけではなかったが、五十近いはずなのに、若々しくて驚いた。ジェームズはぼくに帽子を渡したが、まるでぼくが八月十五日月曜日の夜、彼の帽子を受けとるためだけに産まれてきたみたいな態度だった。残念ながら、ぼくは落っことしてしまったが。

父親の埋め合わせに、クララがぼくに目を留めてくれた。それだけでも、クララがとても目ざといとわかる。応対に出た召し使いに目を留めたりするやつなんて、いないからだ。なのにクララは、父親の帽子をぼくが取り落とすところを見ていただけでなく、目を留めてくれた。おまけに、「身をやつしているけれど、あなたはだれ？　またあとでね」と語りかけているのも同然になるまで、目を留めている時間を引きのばした。ぼくは好感を持った、ただし留保つきだ。ペギー・ミオンが言ったように、クララは青白くてぴりぴりしていたが、それだけでなく、青い目が光っていた。クララのような年頃の娘は、あんなふうに目を光らせてはいけない。それでも、ぼくは長い間注目してくれたことに感謝して、にやりと笑ってみせた。

その間に、ヘンリー・アーノルド判事は自分で帽子をかけていた。ぼくは当然、昼間のうちに六人全員について調べ、この男が『判事』と敬称をつけられるのは、昔どこかの市の下級判事だったからにすぎないと知っていた。そうは言っても、判事と呼ばれている相手だからと期待していたら、実物を見てがっかりさせられた。アーノルド判事は気取り屋のちびで、灰皿を置けそうなほど平たい禿げ頭だし、鼻は顔にめりこんでいた。これで結構な数のブロードウェイのお偉いさんたちを顧客リストに載せているのだから、外見よりも中身のほうが上出来なのにちがいない。

事務所に案内し、ウルフに紹介しながら、ぼくは三人を黄色い椅子へ割り振ろうとした。が、バリトン歌手が目ざとく赤革の椅子を獲得してしまった。そのあと、客に注文された飲みものを用意するフリッツを手伝っていたら、ベルが鳴り、ぼくはまた玄関へと戻った。

今度はニコラス・ロイド医師だった。帽子はかぶっていなかったので、取り扱いの問題は起こらなかった。ぼくを探るような目で見るのは、貧血とか糖尿病とかなんとかじゃないかと調べる、単なる職業的な癖なんだろう。しわの寄った端正な顔だちと心配そうな黒い目のせいで、医者、それも外科医だと顔に書いてあるみたいだった。調査で判明した立派な評判どおりの印象だ。事務所に通して、飲みもののテーブルが視界に入るとロイドの目は輝き、一晩中最大の利用者――バーボンのミント水割りの――となった。

最後の二人は一緒に来た。少なくとも、ドアを開けたときは、ポーチに二人で立っていた。ジェームズが先に赤革の椅子をせしめていなければ、ぼくはたぶんアデル・ボズリーをそこに座らせただろう。アデルはぼくと握手をして、何年も前からアーチー・グッドウィンに会いたいと思っていたと言ったが、単なる営業活動だろうと右から左へ聞き流した。ともかく、ぼくの机からだと、客の大部分は横顔か、斜め四十五度の顔しか見えないが、赤革の椅子に座った相手は真正面を向いている点が問題で、ぼくは眺めのよいほうが好きなのだ。アデル・ボズリーは写真を壁に飾っておきたいほどの美人だったわけではないし、クララ・ジェームズが産まれたときには五、六年生になっていたはずだが、日に焼けたなめらかな肌、控えめな口紅のかわいらしい口元、きれいな茶色の瞳は、目の保養になった。

ルーパート・グローブは握手を求めなかった。ぼくはべつに気を悪くしたりはしなかった。アルベルト・ミオンの仕事面では管理がうまかったのかもしれないが、自分の体に関しては管理不行き届きだ。太っていても威厳を保つことはできる。フォルスタッフ（シェイクスピア作『ヘンリー四世』などに登場する、陽気で太った騎士）やネロ・ウルフがいい例だ。しかし、この男は均整の観念を完全に失っていた。足が短く、体のボリュームは中央部分の三分の一に集まっている。失礼にならないようにと顔を見るつもりなら、注意を集中する必要がある。ぼくはそう努力した。全員を品定めする必要があったからだが、よく動く抜け目のなさそうな黒い目を除けば、グローブには特に記録すべき点は見つからなかった。

新しい客二人が座り、飲みものを手にすると、ウルフは早速火蓋を切った。暑い夜に協力をお願いしなくてはならないのは恐縮だが、関係者全員が意見を述べてはじめて、今争点となっている問題に公明正大な解決策が見いだせる。客たちはざわつき、あきらめから激しい苛立ちまで、さまざまな反応を示した。アーノルド判事は、アルベルト・ミオンが死亡した以上、法律上の争点となる問題は存在しないと食ってかかった。

「意味がわからん」ウルフは切り捨てた。「もし本当にそうであれば、弁護士であるあなたはわざわざここまで来なかったでしょう。いずれにしても、この会合の目的は、法律上の争いにするのを避けることですので。あなたがたのうち四人は、今日ミセス・ミオンに電話をかけ、わたしが彼女の代理人であるかを問い合わせ、間違いないとの返事を得ましたね。わたしはミセス・ミオンに代わって、事実を集めたい。依頼人に不利益を与えることのない範囲で、一つ、お断りしておいたほうがいいでしょう。ミセス・ミオンはわたしの勧告に従います。わたしが彼女に大金を請求する権利があると決断した場合、もちろんあなたがたは異議を申し立てられる。しかし、わたしが賠償を請求する権利がないという結論に達すれば、ミセス・ミオンはそれで納得します。そういう責任を負う立場から、わたしはすべての事実を必要としているのです。従って――」

「あんたは裁判官じゃない」アーノルドが決めつけた。

「そう、おっしゃるとおり。そちらがこの問題を法廷に持ちこみたいのなら、どうぞご勝手に」ウルフの目が動いた。「ミス・ボズリー。あなたの上司はこの手の問題が表沙汰になることを喜ぶでしょうか？　ロイド先生。あなたはここで話しますか、それとも専門家として証言台に立つほうがいいと？　グローブさん。もしミオン氏が生きていたら、どのように感じるでしょうかね？　ジェームズさん、あなたはどう思いますか？　表沙汰になるのは、ありがたくないのでは？　ことに、お嬢さんの名前が持ち出されるのですから」

「なぜ娘の名前が出てくるんだ？」ジェームズが鍛え抜かれたバリトンで問いただした。

ウルフは片手の手のひらを向けた。「証拠になるでしょうから。ミオン氏に暴行する直前、あなたがこう言ったことが立証されるでしょう。『おれの娘に手を出すな、この下司野郎』」

ぼくは片手をポケットに入れた。ぼくには経験に裏打ちされた決まりがある。目の前の客のなかに殺人犯がいるとき、もしくはその可能性があるとき、銃は手の届くところになければならない。いつも保管している机の三番目の引き出しの奥では、手の届く範囲には入らない。客が集まる前にポケットに移しておくことにしている。ぼくが手を突っこんだのは、そのポケットだった。ジェームズが暴君のような男だと、承知していたからだ。が、ジェームズは椅子から動かず、すかさず言い返しただけだった。「嘘だ！」

ウルフは唸った。「あなたがそう言うのを、十人が聞きました。あなたが宣誓の上で否定したとしたら、その十人全員が召喚され、反対の証言をするでしょうな。そうなれば、さぞや世間は騒ぐことでしょう。わたしとしては、ぜひともここで話し合うべきだと思いますが」

「なにを知りたいんだ?」アーノルド判事が訊いた。

「事実です。手始めに、今議論になった問題を。わたしの発言が間違いなら、そうと知っておきたい。グローブさん、あなたは例の暴行が行われたとき、その場にいましたね。わたしが引用した言葉は、ジェームズさんの発言どおりでしたか?」

「はい」グローブの声は、高音のテノールだった。なかなかいい。

「ジェームズさんがそう言うのを聞きましたか?」

「ああ」

「ミス・ボズリー。あなたは?」

アデルは気まずそうだった。「その話はもっと――」

「失礼。あなたは宣誓しているわけではなく、わたしは事実を集めているだけなのです。なおかつ、わたしは嘘をついたと言われました。ジェームズさんがさっきの言葉を口にするのを聞きましたか?」

「はい、聞きました」アデルの目がジェームズをとらえた。「ごめんなさい、ギフ」

「でも、本当じゃない!」クララ・ジェームズが声をあげた。

ウルフは声を荒らげた。「わたしたち全員が嘘をついていると?」

廊下でぼくに目を留めてくれたとき、ウルフには用心しろと、なんならクララに注意してもよかったのだ。おしゃれな若い女性だから、とか、目が光るから、なんてことだけが理由じゃない。しっかり食べていないのがわかる、ほっそりした体つきだったからだ。ウルフはしっかり食べない人間に我慢がならないのだ。見た目だけでウルフがクララに偏見を持つだろうと、ぼくにはわかっていた。

が、クララはウルフに言い返した。「そうは言ってないわよ」小馬鹿にするような言いかただった。「そんなにかりかりしないで！　わたしが言ってるのはね、わたしが父に嘘をついたってこと。アルベルトとわたしのこと、父は勘違いしていたの。わたしが大げさに言っただけ、だって……理由なんてどうでもいい。要するに、父にした話は、本当じゃなかったのよ。あの晩、父にもそう話したから！」

「どの晩です？」

「家に帰ったとき。『リゴレット』のあと、舞台で打ち上げパーティーがあったの。そのとき父がアルベルトを殴り倒した、舞台の上でね。家に帰ったあと、アルベルトとのことはでたらめだって、父に教えたのよ」

「どっちが嘘なんです？　最初、それとも、あとですか？」

「クララ、答えちゃいけない」アーノルド判事が、弁護士ぶって口を出した。ウルフに難しい顔を向ける。「今の話は、まったく関連性がない。事実を集めるのは結構だが、関連性のある事実に限る。ミス・ジェームズが父親に話した内容は、重要性がない」

ウルフは首を振った。「それはちがう」ウルフの視線が右から左に移動し、戻ってきた。「どうやら、はっきり伝わっていなかったようですな。ミセス・ミオンは法律的というより、むしろ道義的に正当な請求権の有無について、わたしの判断を求めているのです。ミオン氏に対するジェームズさんの暴行に道義的な理があるようなら、わたしが最終決定を下す際の材料となるでしょう」ウルフはクララをじっと見据えた。「ミス・ジェームズ。わたしの質問に関連性があるにせよ、ないにせよ、答えにくいのはたしかですので、不正な答えを引き出す恐れがあります。質問を撤回しましょう。代わりに、こうお尋ねします。あなたは舞台の打ち上げに先立ち、ミオン氏があなたを誘惑したと父親に思わせたのですか?」

「さあ……」クララは笑った。鈴のようなソプラノの笑い声で、なかなかかわいらしかった。「古風でお上品な言いかたね。ええ、そうよ。でも、でたらめだったの」

「ですが、あなたは信じた。でしょう、ジェームズさん?」

ギフォード・ジェームズは限界ぎりぎりのようだった。たしかに、赤の他人から娘の名誉に関してこんな誘導尋問をされれば、我慢も限界にちがいない。ジェームズは無理をして、冷静そうに威厳を保ちながら答えた。「娘の話を信じたかと言うのなら、そのとおりだ」

ウルフは頷いた。「では、この問題はこれくらいで」ほっとしたような口調だった。「この問題が片づいて、ありがたい」視線が移動する。「さて、グローブさん。ミオン氏が亡くなる数時間前、スタジオで行われた会合について教えてください」

ふとっちょルーパートは小首をかしげ、抜け目のなさそうな黒い目でウルフの視線を受けとめた。「あの会合は」高音のテノールで話しはじめる。「ミオンが起こした損害賠償請求について話し合うのが目的だった」

「あなたもその場に?」

「当然だ。ミオンの相談役で、マネージャーだから。他には、ミス・ボズリー、ロイド先生、ジェームズさん、アーノルド判事がいた」

「話し合いの手はずを整えたのは、あなたですか?」

「まあ、そんなところだ。アーノルドから申し入れがあったので、ミオンに伝え、ロイド先生とミス・ボズリーに電話をした」

「それで、なにが決まりました？」

「なにも。つまり、なにもはっきりとは決まらなかった。被害の程度の問題があって……ミオンがまた歌えるようになるまで、どれくらいかかるかという」

「あなたの立場は？」

グローブの目が険を帯びた。「わたしはミオンのマネージャーだと言わなかったかな？」

「たしかに聞きました。今の質問は、損害賠償の支払いに関して、どのような立場をとっていたか、という意味だったのですが」

「仮払いとして、即刻五万ドル支払われるべきだと考えていた。仮にミオンの声がすぐに治ったとしても、それと同額以上の損失を既に被っていた。南米ツアーがキャンセルになり、契約していたレコードが何枚も作成不能となって、ラジオの出演依頼も――」

「五万ドルなんて、とんでもない」アーノルド判事が嚙みついた。ちびでも声帯にはなんの問題もなかった。「わたしが提示した金額は――」

「金額が聞いて呆れる！　だれだって――」

「失礼」ウルフは指の関節で机を軽く叩いた。「ミオン氏の立場は？」

「もちろん、わたしと同じだ」アーノルドを睨みながら、グローブが答えた。「前もって話し合っていたので」

「ごもっとも」ウルフの目が左に移動した。「その点について、どう感じましたか、ジェームズさん？」

「わたしとしては」アーノルドが割って入った。「依頼人に代わってわたしが話すべきだと思う。いいね、ギフ？」

「やってくれ」バリトンがぼそっと答えた。

アーノルドはやった。三時間のうちの、一時間近くをかけて。意外なことに、ウルフはアーノルドを止めなかった。で、ウルフは長年組み立ててきた弁護士に関する持論を支持する材料をさらに集めたいがために、好き勝手にしゃべらせておくのだなと、ぼくは結論づけた。ぼくの結論が正しければ、材料は集まったはずだ。アーノルドはすべてについて、しゃべりまくった。不法行為者については山ほど意見を持っていて、二世紀もさかのぼり、とりわけその精神状態に重点をおいた。もう一つ、くどくどとまくしたてたお題は、損害発生の主因だった。主因についてはものすごい熱弁ぶりだったが、複雑すぎてぼくは話についていけず、聞き流してしまった。

それでも、たまには筋の通ったこともしゃべった。あるときにはこう言った。「原告側のいわゆる仮払金という考えかたは、到底認めがたい。仮に賠償を約束していたとしても、その総額、もしくは、正確な算出方法について合意していない限り、さらなる支払いを求めるのは不合理だ」

また、こうも言った。「実際問題として、そこまで高額な金銭の要求は恐喝とみなせる。裁判になれば、また、娘に暴行が加えられたとの事実の認識に基づく衝動的な行為だと申し立てれば、陪審が賠償金を認める可能性が低いことは、そちらもちゃんと承知しているのだ。しかし、こちらがそのような抗弁方法を望まないことも知っている」

「『事実の認識』ではない」ウルフが訂正した。「単なる思いこみだ。娘が誤った情報を父親に伝えたと断言しているのですから」
「事実の認識だと証明できたはずだ」アーノルドは引き下がらなかった。

ぼくは眉をあげてクララを見た。あからさまに自分の嘘と真実の時間表を否定されたわけだが、クララも父親もそのほのめかしに気づかなかったか、問題を蒸し返したくなかったらしい。

さらにまた、アーノルドはこう言った。「たとえわたしの依頼人の行為が不法であり、損害賠償が請求できるとしても、その金額は、傷害の程度が明らかになるまでは合意できない。公正に鑑みて、一般権利放棄と引き替えに全額で二万ドルを提示した。先方は拒否した。今すぐ仮払いを求めるというのだ。わたしたちは原則に基づき、拒否した。最終的に一点だけ、合意に達した。損害賠償の総額について合意に達するように努力を続けるべきだと。もちろん、ロイド先生が同席していたのは、そのためだ。治療後の経過予想を訊かれて、先生は……いや、また聞きにする必要はないな。本人がいるんだから、直接説明してもらえばいい」

ウルフは頷いた。「お願いします、先生」

ぼくは思った。やれやれ、また専門家のご登場か。

が、ロイド医師には思いやりがあった。専門用語をぼくたちにも通じる程度に嚙みくだき、所要時間も一時間から大幅に短縮してくれた。口を開く前に三杯目のバーボンのミント水割りを一口飲んだが、そのおかげで整った顔から幾分しわが消え、目に浮かぶ心配そうな表情も多少やわらいだ。

「やってみましょう」ロイドはゆっくりと話し出した。「あのとき話した内容を正確に思い出してみます。最初に、殴打により生じた損傷について説明しました。左側の甲状軟骨と披裂軟骨がひどく、また、輪状軟骨も多少傷ついていました」ロイドは笑みを浮かべた。エリートっぽい笑いかただったが、嫌味ではなかった。「手術まで要しない可能性があるとみなし、必要な治療を施しながら、二週間経過を観察しました。が、手術が避けられないと判明したのです。オペ中に直接確認したところ、思ったほど重症ではなく、正直ほっとしましたよ。簡単な手術でしたので、きわめて順調に回復しました。あの日の段階で、二ヶ月、長くても三ヶ月経てば全快すると保証してもさほど問題はなかったでしょう。しかし、声帯は非常にデリケートな器官ですし、ミオンのようなテノールはきわめて特別なものですから、慎重を期して、仮にミオンが次のオペラのシーズン、七ヶ月後までに歌手として復活、完全な復活を遂げられなければ、きわめて遺憾で想定外の結果だとの説明にとどめました。実際の所見はそれよりも楽観的である、とも付け加えましたが」

　ロイドは口を尖らせた。「こんな内容だったと思いますね。ただ、わたしの経過予想についてレントナー先生に確認していただくべきだという提案がありましたので、ぜひお願いしたいと答えました。損害賠償の金額の決定に、大きな要因となるようでしたから、こちらとしても一人で全責任を負うのはありがたくありませんでしたし」

「レントナー？　だれです、それは？」ウルフが尋ねた。

「マウント・サイナイ病院のエイブラハム・レントナー医師ですよ」ジャッキー・ロビンソン（一九一九〜七二。黒人初のメジャーリーガー）ってだれだ、と訊かれて返事をするときのぼくみたいな口調で、ロイドは答えた。「電話をして、翌朝の予約をとっておきました」

「絶対必要だと、わたしが言った」ふとっちょルーパートが偉そうに口を出した。「ミオンは将来いつか、ではなく、直ちに金をもらう権利があった。先方は賠償の総額について話がまとまらない限り、支払わないと言う。仮に総額を決めなければならないとしたら、万が一にも不足が発生しないよう、念には念をいれておきたかった。断っておくが、あの日ミオンはまったく歌えなかったんだぞ」

「少なくとも二ヶ月間、歌うのはピアニッシモでも無理だったでしょう」ロイドも加勢した。「それが最短期間だと、診断しました」

「今の話では」アーノルド判事が割って入った。「われわれが専門医のセカンドオピニオンを求めるという提案に反対していたように聞こえる。それには抗議をしておかねば――」

「反対しただろう！」グローブがわめいた。

「していない！」ギフォード・ジェームズの声が轟いた。「こっちはただ――」

三人は嚙みついたり唸ったり、激しく言い争いをはじめた。今までぼくは、ミセス・ミオンに金が渡るのか、その場合はいくらになるのか、という大きな問題のために連中は体力を温存しているんだろうと思っていたが、ちがうようだ。連中の一番大事な目的は、どんな些細なことでも合意をするという危険を絶対に避けることだった。三人が目指す結論――つまり、結論がないという結論――へ到達するのを辛抱強く待った上で、ウルフは新たな意見を求めてアデルに向き直り、声をかけた。

「ミス・ボズリー。あなたの意見を聞いていませんでしたな。あなたはどちらの味方です？」

第四章

アデル・ボズリーは二杯目のラム・コリンズを時折口に運びながら、座って見物していた。小癪なほど、澄ましこんでいる。八月半ばだというのに、こんがり小麦色に焼けているのは六人のうちアデルだけだった。太陽への営業活動は申し分ないようだ。

アデルは首を振った。「わたしはどちらの味方でもありません、ウルフさん。わたしの唯一の利害は、勤務先メトロポリタン・オペラ協会の利害です。わたしどもは当然、この件がスキャンダルになることなく、個人間で解決することを望んでいます。係争中の問題に関しては、どちらの側にもなんの意見もありません」

「かつ、なんの意見も表明しない?」

「はい。わたしは両者に問題の解決を促すだけです。可能であれば、ですけど」

「へえ、ご立派ね!」クララ・ジェームズが急に口を出した。鼻で笑っている。「少しは父を助けてくれてもいいんじゃない?　あんたは父のおかげで今の仕事にありついたんでしょ。それとも——」

「黙りなさい、クララ」ジェームズが父親の威厳をこめて命じた。

が、クララは父親を無視して、最後まで言ってのけた。「それとも、もうきっちりお返しは済ませたってわけ?」

ぼくはびっくりした。アーノルド判事は困った顔をした。ふとっちょルーパートは含み笑いをした。ロイド医師はバーボンの水割りをあおった。

ぼくはアデルになんとなく親近感を抱きはじめていて、彼女が光る目をした痩せっぽちのクララになにか投げつけるのを期待したが、父親に文句を言っただけだった。「この生意気な娘、なんとかできないの、ギフ?」

答えを待たず、アデルはウルフに向き直った。「ミス・ジェームズは想像力がたくましいようで。今の当てこすりは記録しないでいただきます。どなたにも」

ウルフは頷いた。「いずれにしても、今回の問題には関係ないでしょう」そして、顔をしかめた。「関係のある話に戻りましょう。話し合いが終わったのは、何時でした?」

「ええと……。ジェームズさんとアーノルド判事が一番早く、四時半頃に帰りました。そのすぐあと、ロイド先生も。わたしはミオンさんやグローブさんと少し残って、それから帰りました」

「どこへ行きました?」

「ブロードウェイの事務所へ」

「事務所にはどれくらいいましたか?」

アデルはびっくりした様子だった。「さあ……。いえ、もちろん、それもわかります。七時少し過ぎまでです。仕事がありましたし、ミオンさんの家での話し合いをタイプして、社外秘の報告書を作りましたから」

「亡くなる前に、ミオン氏にもう一度会いましたか? もしくは電話をかけた?」

「会う?」アデルはさらにびっくりした。「無理に決まっているじゃありませんか。ミオンさんは七時に死んでいるのを発見されたんですよ、知らないんですか？　その時間なら、わたしが事務所を出る前です」

「電話はかけましたか？　四時半から七時の間に？」

「いえ」アデルは困惑して、少し苛ついてきた。ぼくははっとした。危ない、ウルフは薄氷の上に足を進めている。口外無用の殺人の話まで、もう一歩じゃないか。アデルは続けた。「質問の意図がわかりません」

「わたしにもわからん」アーノルド判事が強い口調で割りこみ、皮肉な笑みを浮かべた。「変死の発生時刻に所在を確認するのが癖になっているんなら、話は別だが。いっそのこと、全員に訊いたらどうなんだ？」

「まさに、そのつもりでした」ウルフは平然と受け流した。「わたしとしては、なぜミオン氏が自殺を決意したのかを知りたい。ミセス・ミオンへ伝える最終意見に関係がありますから。話し合いが終わったとき、ミオン氏は苛々していたが、落ちこんだり、頭に血がのぼっていたわけではなかった、という意見が二、三人から出ましたな。ミオン氏は自殺しました。その点、警察が判断を誤るはずがありません。ですが、動機は？」

「あなたは」アデル・ボズリーが口を出した。「歌手の気持ちを、ことにミオンさんのような偉大な芸術家の気持ちを理解していないようですね。もし、一音も歌うことができなかったら、囁き声か小声でしかしゃべれなくなったら、どういう気持ちになるか。生き地獄ですよ」

「だいたい、あんたはミオンを直接知らないからな」ふとっちょルーパートが意見を披露した。「リハーサルで、ミオンが天使のようにアリアを歌っているなと思ったら、泣きながら飛び出していったことがあった。音を止めるところをスラーでつなげてしまったようだから、と。ある瞬間には空を舞い、次の瞬間には奈落の底へ落ちこんでしまう」

ウルフは唸った。「そうは言っても、ミセス・ミオンの道徳的立場を確立するため、自殺に先立つ二時間に、ミオン氏がだれになにを言われたかはすべて、今回の調査に関連があります。あの日、話し合いが終わってから七時まで、あなたがたがどこにいて、なにをしたかを知りたい」

「参ったな」アーノルド判事が両手をあげた。そして、おろした。「わかった、時間も遅くなってきたようだ。ミス・ボズリーが言ったとおり、依頼人とわたしは一緒にミオンのスタジオを出た。それから〈ホテル・チャーチル〉のバーに行って、酒を飲みながら話をした。少ししたら、ミス・ジェームズも加わって、一杯飲むのに充分な時間、三十分くらいはそこにいたが、先に帰った。ジェームズさんとわたしは七時過ぎまでそこに一緒にいた。その間、どちらもミオンと連絡をとっていないし、他の人間に連絡させてもいない。これで充分な説明になると思うが？」

「ありがとうございます」ウルフは礼儀正しく応じた。「もちろん、今のお話を裏書きしますね、ジェームズさん？」

「ああ」バリトン歌手は、ぶっきらぼうに答えた。「実にばかばかしい」

「たしかにそんなふうに聞こえてきましたな」ウルフは認めた。「ロイド先生、かまいませんかな？」

かまうなんて言えまい、ロイドはこの家で一番上等なバーボンをたっぷり四杯飲んで、さっきからご機嫌だったのだから。実際、かまわなかった。「結構ですとも」とすんなり話し出す。「五人の患者を往診しました。二人は五番街のアッパーイーストサイドで、一人は東六十丁目、それから入院中の患者を二人。六時少し過ぎに帰宅し、風呂に入って、着替え終わったとたん、ミオンの件でフレッド・ウェプラーから電話がかかってきました。もちろん、すぐに駆けつけました」

「ミオン氏に会ったり、電話をかけたりはしなかった？」

「話し合いのあとスタジオを出てからは。連絡するべきだったのでしょうが、まさかあんなことになるとは……わたしは精神科医ではありませんが、主治医でしたからね」

「ミオン氏は感情の起伏が激しかった？」

「ええ、そうでしたね」ロイドは唇を突き出した。「むろん、医学的な言いかたとはちがいますが」

「たしかにそのとおり」ウルフも同意した。そして、視線を移した。「グローブさん。あなたにはミオン氏に電話したかと尋ねる必要はありませんな。かけたことが記録に残っているのですから。五時頃でしたね？」

ふとっちょルーパートは、またちょっと首をかしげた。どうやら、人と話すときのお気に入りのポーズらしい。ウルフの言葉を訂正する。「五時過ぎだった。十五分くらいは過ぎていたと思うが」

「どこからかけました？」

「ハーバード・クラブ」

ぼくは思った。へえ、ハーバード大卒にもいろんなやつがいるわけだ。

「なにを話しました？」

「たいしたことは」グローブの唇がねじれた。「あんたの知ったことじゃないね。まあ、他の人たちが答えたんだから、わたしも足並みを揃えるとするか。ある商品の宣伝を千ドルで引き受けるかどうかの確認を忘れてね、代理店から返事を催促されていた。五分も話さなかったな。最初はやらないと言っていたが、結局は承知した。それだけだ」

「自殺の覚悟を決めたような感じはありましたか？」

「ちっとも。ふさぎこんでいたが、当然だろう。歌えないし、最短でも二ヶ月は歌える見こみも立たなかったんだから」

「ミオン氏に電話したあとは、なにを？」

「そのままクラブにいた。そこで夕食を食べて、食べ終わらないうちにミオンが自殺したと連絡が入った。おかげで、アイスクリームとコーヒーを逃したままだ」

「それはお気の毒です。ミオン氏に電話したとき、ジェームズさんへの要求をごり押ししないように、再度説得しようとしたのではありませんか？」

　グローブが顔をあげた。「わたしがなにをしただって？」と聞き返す。

「ちゃんと聞こえたはずです」ウルフは遠慮なくやり返した。「なにを驚くんです？　ミセス・ミオンのために働いているんですから、当然聞いていますよ。あなたは、そもそもミオン氏が賠償を求めることに反対し、思いとどまらせようと説得していたそうですな。表沙汰になったときの悪影響を考えれば、そこまでする価値はないと。ミオン氏は自分の賠償請求に協力するよう命令し、拒めばマネージメント契約を解除すると脅したとか。間違いありませんね？」

「ちがう」グローブの黒い目は怒りで燃えていた。「全然ちがう。わたしは自分の意見を言っただけだ。請求すると決まったときは協力した」声がさらに一段階高くなった、ありえないと思っていたのに。「ちゃんと協力したぞ！」

「わかりました」ウルフは逆らわなかった。「ミセス・ミオンの請求について、今の意見は？」

「そんな権利があるとは思えない。奥さんが金を手に入れるなんて、到底無理だろう。わたしがジェームズの立場だったら一セントも払わないね、絶対に」

ウルフは頷いた。「あなたはミセス・ミオンをよく思っていない、そうですね？」

「はっきり言えば、そのとおり。そう、昔から気が合わない。奥さんに好意を持つ義務があるとでも？」

「いや、とんでもない。ミセス・ミオンもあなたをよく思っていないのですから、なおさらです」ウルフは体の位置をずらして、椅子にもたれた。唇が一直線に引き結ばれているところをみると、次にやることが気に食わないんだろう。ウルフの目がクララ・ジェームズに向けられたのを見て、なるほどと思った。もし彼女のようなタイプと渡り合わなければならないと知っていたら、絶対にこの仕事を引き受けなかったはずだ。ウルフは挑むように切り出した。「ミス・ジェームズ。今までの話を聞いていましたね？」

「さっきから思ってたのよ」クララはずっと不満を我慢していたように、ごねた。「わたしを無視し続けるつもりじゃないかって。わかってるでしょ、わたしも現場の近くにいたんですけど」

「わかっています。忘れていたわけではありません」それができれば一番だと言わんばかりの口調だった。「〈チャーチル〉のバーでお父さんとアーノルド判事とお酒を飲んだ際、なぜ二人はあなたをスタジオまで行かせて、ミオン氏と会わせようとしたんですか？　なんのために？」

とたんに、アーノルドとジェームズが一緒に大声をあげて抗議した。ウルフは無視して、二人の声にかき消されたクララの声が聞こえてくるのを待った。

「……全然関係ない」クララは言い終えるところだった。「自分から行ったの」

「自分の考えで？」

「完全にね。ときどき、自分一人で考えることもあるのよ」

「会いにいった目的は?」

「答える必要はないよ、クララ」アーノルドが声をかけた。

クララは無視した。「話し合いでなにがあったか、父たちが教えてくれたの。で、すっかり頭にきちゃって。そんなの、脅迫じゃない? アルベルトにはそこまで言うつもりはなかったけど。わたしなら説得できるんじゃないかと思ったわけ」

「昔のよしみで頼みにいったわけですね?」

クララはおもしろがっているような顔になった。「あなたって、ものすごい表現力の持ち主なのね。わたしみたいな女の子に『昔のよしみ』なんて、笑える」

「わたしの表現が気に入ったようで、大いに結構」ウルフはかんかんだった。「いずれにしても、あなたは出かけた。到着は六時十五分ですか?」

「そうね、ちょうどそのくらい」

「ミオン氏に会いましたか?」

「いいえ」

「なぜ会わなかったんです?」

「いなかったから。とにかく……」クララは言いさした。目はそれほど光っていなかった。そして、続けた。「そのときは、そう思った。十三階に行って、スタジオのドアのベルを鳴らしたのよ。うるさいベルなの。練習中の歌声やピアノに消されないようにって、アルベルトが大きな音にしてて。でも、ドアも防音なんで、廊下からは聞こえないし、何回かボタンを押したけど、鳴ってるのか鳴ってないのか、はっきりしないから、ノックしてみたの。やり出したら片づけたい性格だし、アルベルトはいるはずだと思っていたから、また何回かベルを鳴らして、靴を脱いでかかとでドアをがんがん叩いた。そのあとで、共用階段で十二階におりて、家のベルを鳴らしたのよ。ばかもいいとこよね、奥さんがわたしをどれだけ嫌ってるかわかってたのに。とにかく、そうしたわけ。奥さんは玄関に出てきて、アルベルトは上のスタジオにいると思うって言うから、いないって教えたけど、鼻先でドアを閉められちゃった。で、家に帰って、自分でお酒を作ったのよ。それで思い出したけど、これ、いいスコッチじゃない。聞いたことのない名前だけど」

クララはグラスを持ちあげて、軽く揺らし、氷を回した。「なにか質問は？」

「ない」ウルフは不機嫌そうに言い捨てた。そして壁の時計に目をやり、次に居並ぶ客の顔を見た。「ミセス・ミオンには、たしかに意見を伝えておきます」ウルフは告げた。「あなたがたが事実の出し惜しみはしなかったと」

「あとは？」アーノルドが追及した。

「さあ。いずれまた」

全員、この返事が気に入らなかった。この六人が一致団結するお題を出すことなんて、だれにもできっこないと思っただろうが、ウルフはこの思いこみを二言で打ち破った。連中はウルフの最終的な結論を聞きたがった。それに失敗すると、見通しを聞きたがった。それにも失敗すると、ヒントだけでも聞きたがった。アデル・ボズリーは食い下がり、ふとっちょルーパートは腹を立ててキーキーわめき、アーノルド判事は胸くそが悪くなるほどだった。ウルフはある程度まで我慢したが、最終的には本気みたいな言いかたで、楽しい夜を、と挨拶して重い腰をあげた。解散直前の雰囲気が雰囲気だったので、あれだけ出した飲みものに一人も礼を言わずに帰った。営業の専門家のアデルでさえ言わなかった。バーボンをほぼ一瓶空にしたロイド医師も。

玄関の扉に鍵をかけ、夜の戸締まりをしてから、ぼくは事務所に戻った。驚いたことに、ウルフがまだ立っていた。本棚のそばで、背表紙を睨みつけている。

「眠れないんですか？」ぼくは礼儀正しく尋ねた。

ウルフは振り返り、嚙みつくような口調で言った。「もう一本、ビールが飲みたい」

「だめです。夕食後、五本飲んだじゃないですか」このやりとりは日常茶飯事なので、ぼくはあまり真剣にとりあわなかった。ウルフは夕食から就寝までのビールは五本と自分で決めていて、普段はちゃんと守る。ただ、ひどく滅入るようなことがあると、その責任をぼくに押しつけたがる。ぼくにも腹を立てられるからだ。

これも仕事の一つにすぎない。「なにを言っても無駄ですよ」ぼくはきっぱり宣言した。「ちゃんと数えてました。五本でしたよ。なにが気に入らないんです？　夕食後の時間を使い果たしたのに、殺人犯が捕まえられないからですか？」

「ばかな」ウルフは唇をぐっと結んだ。「そんなことではない。それだけなら、寝る前に決着をつけることができた。問題は、例のけしからん翼の生えた銃だ」ぼくにも翼が生えてるんじゃないかと疑っているみたいに、目を細めてこちらをじっと見る。「もちろん、無視してしまうこともできたが……いや、だめだ。依頼人たちが陥っている状況を考えれば、乱暴すぎるだろう。はっきりさせなくてはなるまいな。他に選択肢はない」

「それは大変ですね。なにかお手伝いできることは？」

「ある。朝、一番にクレイマー警視に電話を。十一時にここに来るように頼んでくれ」

ぼくは両眉をあげた。「お言葉ですが、警視は殺人事件にしか興味がないんです。一つお目にかけると言って誘うんですか?」

「だめだ。手間をかけるだけの価値はあるとわたしが保証する、そう伝えるんだ」ウルフは一歩ぼくに近づいた。「アーチー」

「はい」

「今夜はひどい目に遭った。もう一本、ビールを飲む」

「だめです。絶対に」さっき事務所に入ってきたフリッツと、ぼくは部屋の片づけをはじめていた。

「もう真夜中過ぎですし、片づけの邪魔です。さっさと寝てください」

「一本くらいなら体に障らないんじゃないかな」フリッツが小声で言った。

「ウルフさんに味方するんだな」ぼくはむかっ腹を立てた。「二人に警告する。ぼくのポケットには銃が入っている。まったく、呆れた家だ!」

第五章

殺人課のクレイマー警視は縦横ともに貫禄があり、髪には白いものが混じりはじめているが、一年のうち九ヶ月間はちゃんと警視らしくみえる。ただし、夏は暑さで顔が真っ赤になり、ちょっと毒々しい。クレイマーは自分でもそのことを知っていて、おもしろくない気分でいる。そのため、クレイマーは一月より八月のほうが幾分扱いにくい。もし、マンハッタンで殺人を犯す羽目になるとしたら、ぼくとしてはぜひ冬にしたい。

火曜日の十二時、クレイマーは赤革の椅子に座り、愛想のかけらもない顔でウルフを見据えていた。ウルフが植物室で午前中の蘭の世話を終えるのは十一時だが、クレイマーは他に約束があって来られなかったのだ。一方のウルフも、さほどご機嫌にはみえなかった。で、ぼくはおもしろい掛けあいが見られるだろうと楽しみにしていた。それに、ウルフが殺人事件があったことを伏せたまま、その事件についての新しい情報をクレイマーからどうやって手に入れるつもりなのか、知りたくてたまらなかった。クレイマーは決してばかではないのだ。

「アップタウンに行く途中なんだ」クレイマーは文句を言った。「で、あまり時間がない」

これは十中八九、真っ赤な嘘だ。ニューヨーク市警の警視たるものが、私立探偵に呼ばれてのこのこやってくると認めたくないだけなのだ。たとえ相手がネロ・ウルフで、ぼくがとっておきの話があると言ったとしてもだ。

「いったいなんだ?」クレイマーはさらに不平を並べた。「ディキンソン事件か? だれがあんたを引っ張りこんだんだ?」

ウルフはかぶりを振った。「だれでもない、ありがたいことだ。話というのは、アルベルト・ミオン殺害事件についてです」

ぼくは目を剝いた。完全に意表を突かれた。犬などこの場にいないと思わせるのが、なにより肝心だと考えていたのだが、ウルフときたらいきなり犬を放してしまった。

「ミオン?」クレイマーは興味を示さなかった。「おれの扱いじゃないな」

「すぐにそうなります。アルベルト・ミオン、有名なオペラ歌手。四ヶ月前の四月十九日。イースト・エンド・アベニューのスタジオ。銃で――」

「ああ」クレイマーは頷いた。「あれか、思い出した。だがな、あんたはちょっと勘違いしてるぞ。あれは自殺だ」

「いや。第一級殺人です」

クレイマーは三回呼吸する間、ウルフを見つめていた。それからおもむろにポケットから葉巻をとり出し、確認してからくわえた。ほどなく、クレイマーは葉巻をまた口から外した。

「よくわかってるよ」クレイマーは言った。「頭痛を起こしたいんだったら、あんたのところに来れば間違いないってな。だれが殺人だなんて言ったんだ?」

「自分でその結論に達したんです」

「じゃあ、間違いないってわけだ」クレイマーの嫌味はいつだって少々荒っぽい。「証拠については検討されましたか?」

「証拠はない」

「結構。証拠は事件を混乱させるだけだと」クレイマーは葉巻を口に戻し、癇癪を爆発させた。「おい、いつからそんなに口数が減った? さっさと話を先に進めろ!」

「さて」ウルフは考えこんだ。「少々手間がかかりますな。あなたはきっと詳しい事情までは知らないでしょうし。かなり前の事件で、自殺の扱いなので」

「ちゃんと覚えている。あんたも言ったように、有名人だったからな。話を進めろ」

ウルフは椅子にもたれ、目を閉じた。「必要なときには、質問をどうぞ。昨晩、わたしはここで六人の人物と話をした」ウルフは名前を挙げ、人間関係を説明した。「そのうち五人は、死体発見の二時間前に終わったミオン氏のスタジオでの話し合いに参加していた。もう一人、ミス・ジェームズは六時十五分にスタジオのドアをがんがん叩いたが、返事はなかった。おそらく、ミオン氏はもう死んでいたんでしょう。ミオン氏が殺害されたというわたしの結論は、関係者から聞いた話に基づいています。それを繰り返すつもりはありません。時間がかかりすぎるし、どこに目をつけるか、どのように解釈するかの問題ですから。だいたい、あなたはもう知っているはずだ」

「おれは昨晩その場にいなかった」クレイマーは顔色一つ変えずに答えた。

「たしかに。『あなた』ではなく、『警察』と言うべきでしたな。すべて資料に記録されているにちがいありません。彼らは事件発生時に取り調べを受け、今回わたしに話したのと同じ内容を話した。資料を調べればわかることだ。わたしが今まで一度だって食言しなければならなかったことがありますか?」

「口に無理やり突っこんでやりたいと思った言いぐさなら、何度かあるがな」

「それでも、一度も前言を撤回させられたことはなかった。ここであと三つ、断言しておきます。ミオン氏は殺害された。どういうわけでその結論に達したか、今は説明する気はない。捜査資料を調べなさい」

クレイマーはかっとしないよう、我慢していた。「調べる必要はない」ぴしゃりと言い返す。「一つのことだけはな。どんなふうに死んだかはわかってる。やつが自分で引き金を引いたのではなく、無理やり引かされたと言うのか？」

「いや。殺人犯が引き金を引いた」

「そりゃ、すばらしく腕のいい殺人犯にちがいないな。人の口をこじ開け、銃を突っこんだのに嚙まれもしない。見事な手際だ。犯人の名前は教えていただけますか？」

ウルフはかぶりを振った。「まだその段階には達していません。ともかく、わたしを悩ませているのは、あなたが異を唱えた点ではない。それならば、解決できる。難点は別にあるのです」ウルフは身を乗り出し、真剣な口調で言った。「いいですか、クレイマー警視。この事件をわたし一人で解決することは不可能ではない。殺人犯と証拠をあなたに引き渡し、雄鶏みたいに羽をばたつかせてときを作ることもできる。断っておくが、第一にあなたを道化師扱いしてさらし者にするつもりはない。あなたは道化師などではないからだ。第二に、わたしにはあなたの助けが必要だ。ミオン氏が殺害されたことをあなたに証明する準備は、まだ整っていない。わたしにできるのは、殺されたと断言することと、前言を口に戻される羽目にはならないと改めて念を押すことだけだ。あなたも前言を撤回させられることはないと、保証します。関心をかきたてるくらいなら、これで充分ではありませんか?」

　クレイマーは葉巻を嚙むのをやめた。決して火はつけないのだ。「いいだろう」無愛想な声だった。「ふん、関心はあるとも。今回も第一級の頭痛だな。あんたが助けてもらいたいだなんて、光栄の至りだよ。なにをすればいいんだ?」

「二人の人間を重要参考人として逮捕し、取り調べて、保釈してほしいのです」

「どの二人だ?　なんで六人全員じゃないんだ?」さっきも注意したとおり、クレイマーの嫌味は荒っぽい。

「ただし」ウルフは無視した。「はっきりと決められた条件のもとで。わたしが手を回したことは、知られてはならない。あなたと話したことすらも。逮捕は今日の午後遅くか、夕方の早い時間に行ってほしい。そうすればまるまる一晩と、保釈の手続きが整うまでの午前中、拘禁し続けられる。保釈金は高くなくていい。その点は重要ではないので。尋問は長時間、厳しく行われなければならない、形だけではだめだ。ほとんど睡眠がとれないか、まったくとれないなら、なお結構。もちろん、あなたにとって、こういった行為は日常茶飯事でしょうが」

「ああ、しょっちゅうやってる」クレイマーの口調は変わらなかった。「ただし、逮捕状を請求するなら、れっきとした理由がほしいもんだ。ネロ・ウルフに頼まれたから、と書くわけにはいかないからな。判事に逆らいたくはない」

「あの二人なら、口実には事欠きません。実際、重要参考人なんですから。間違いありません」

「名前を聞いていないぞ。その二人はだれだ?」

「死体を発見した男女です。音楽評論家のフレデリック・ウェプラー氏と、未亡人のミセス・ミオンです」

今回、ぼくは目を剝いたりはしなかったが、即座に態勢を立て直す必要があった。前代未聞の珍事だ。依頼人が逮捕されるのを防ぐために、ウルフがやりすぎたと思うことはよくある。いくらなんでもひどすぎると思うこともたまにある。ウルフにとって依頼人の逮捕は、耐えがたい個人的な侮辱なのだ。そのウルフが、フレッドとペギーを逮捕してくれと本気で警官に頼んでいる。ペギーの五千ドルの小切手は、ぼくが昨日銀行に預けてきたばかりなのに！

「ほう」クレイマーは言った。「あいつらか？」

「そうです」ウルフは後押しするように認めた。「もうご存じか、資料を調べればわかることですが、あの二人には訊くべきことがどっさりあります。ウェプラー氏はその日、他の人々と一緒にミオン宅で昼食をとった。他の人は帰ったのに、ウェプラー氏は残ってミセス・ミオンと一緒にいた。なにを話していたのか？ その日の午後、二人はなにをしていたのか？ どこにいたのか？ なぜウェプラー氏は七時にミオン氏のマンションに戻ってきたのか？ なぜミセス・ミオンと一緒にスタジオにあがっていったのか？ 死体を発見したあと、ウェプラー氏が警察に通報する前に一階に行って、ドアマンやエレベーター係から来客の一覧表を手に入れた理由は？ 通常は考えられない行動です。ミオン氏は普段、午後は昼寝をすることになっていたのか？ 口を開けたまま寝るのか？」

「ありがたいね」クレイマーは嬉しくもなんともなさそうだった。「あんたはツボを押さえた質問を考える天才だよ。だがな、仮にミオンが口を開けて昼寝をしていたとしても、立ったまま寝ていたとは思えないがね。覚えている限りじゃ、弾丸はミオンの頭を貫通したあと、天井に命中したはずだ。じゃあ、次だが」クレイマーは両方の手のひらを椅子の肘に載せた。くわえている葉巻が、ミオンの口に入っていた銃と同じと思われる角度になった。「依頼人はだれだ？」

「言えませんな」ウルフは残念そうに言った。「それを明かす段階には、なっていない」

「そんなことだろうと思ったよ。だいたい、あんたが明かしたことなんて、ただの一つもないじゃないか。証拠はない、仮にあったとしても腹のなかに隠してる。あんたは自分に都合のいい結論に達した、あんたが名前を教えない依頼人に有利な結論なんだろうよ。そして、自分のために、警察を使ってそれを試したがっている。二人の立派な市民を逮捕して、絞りあげろだと。あんたの神経の太さは前にも拝んだことがあるが、今回は最高傑作だ。恐れ入ったよ！」

「さっきも言ったが、わたしは食言はしない。あなたもだ。仮に——」

「あんたは報酬のためなら、自分の蘭の一鉢くらい平気で食うだろうさ！」

これを合図に花火の打ち上げがはじまった。ここに座って、二人のどつきあいに耳を傾け、余すところなく楽しませてもらったことは何度もあるが、今回はあまりにも激しすぎて、楽しんでいるのかどうか、自分でもよくわからなくなった。十二時四十分、クレイマーは立ちあがって、帰りかけた。十二時四十五分、クレイマーは赤革の椅子に戻って、拳を振りながら、歯を剥いてわめいていた。十二時四十八分、ウルフは目を閉じて椅子にもたれ、耳が聞こえなくなったふりをしていた。十二時五十二分、ウルフは机を叩き、怒鳴り散らしていた。

そして一時十分、お開きになった。クレイマーは提案を受け入れ、帰っていった。条件が一つついて、最初に記録を確認して捜査担当者と協議するというが、たいした問題ではない。判事が帰宅してしまうまで、逮捕は待たなくてはならないからだ。犠牲者たちにウルフが一枚嚙んでいることを教えないという条件ものんだ。だから、クレイマーが降伏したとも言えるが、実際にはまともな判断力を働かせていただけだ。撤回はしないというウルフの三つの宣言を、クレイマーが眉唾ものだと考えたとしても――これまでの経験から、一時の感情でウルフを軽くみるのがどれほど危険かをクレイマーはよく知っている――その宣言がある以上、ミオンの死を洗いなおしても害にはならないのは、ほぼ間違いない。だとしたら、死体の発見者二人を取り調べるのは、とっかかりとしてはまず最高の部類だ。クレイマーの失点は実質的に、依頼人の正体を明かすのをウルフに拒否された一点だけだった。

昼食のため、食堂に向かうウルフについて歩きながら、ぼくは広大な背中に向かって言った。「この首都圏にはあなたに毒を盛ってやりたいと思っている人間が、今だって八百九人いるんですよ。これで八百十一人になってしまいますね。遅いか早いかはともかく、あの二人が気がつかないと思うのは甘いです」

「もちろん気づくだろう」ウルフは認め、椅子を引いた。「だが、手遅れになってからだ」

ぼくらが知っている限り、その日も、その夜も、平穏無事に過ぎ去った。

第六章

電話が鳴ったのは翌朝十時四十分、事務所で机に向かっていたときだった。受話器をとり、「ネロ・ウルフ探偵事務所、アーチー・グッドウィンです」と応じた。

「ウルフさんと話したい」

「ウルフさんは十一時まで手が離せません。代わって伺いますが」

「緊急事態なんだ。こちらはウェプラー、フレデリック・ウェプラー。今、二十丁目に近い九番街のドラッグストア、電話ボックスにいる。ミセス・ミオンも一緒だ。逮捕されてしまった」

「なんですって！」ぼくはびっくり仰天したふりをした。「なんの罪で?」

「ミオンの死について事情を聞くためだ。重要参考人の逮捕状を持ってきた。一晩中引き留められて、ようやく保釈されたばかりだ。保釈のために弁護士は雇ったんだが、弁護士には知られたくない……ウルフに相談したことを。だから、一緒じゃないんだ。わたしたちはウルフに会いたい」

「もちろんです」ぼくは力強く請け合った。「警察もとんでもないことをしたもんだ。ここへ来てください。到着する頃には、ウルフさんも植物室からおりてきているでしょう。タクシーをつかまえるんです」

「だめだ。それで電話をしてるんだよ。尾行されてる、二人の刑事に。やつらにはウルフに会いにいくことを知られたくない。どうやったら、まけるかな？」

そのまま来てくれ、警官が二人尾行していようが気にする必要はない、と教えてやったら、時間と労力の節約になったろうが、調子を合わせたほうがいいだろう。

「参ったな」ぼくは苦り切った声で言った。「警察ときたら、本当に厄介だ。聞いてください、いいですか？」

「ああ」

「西十七丁目五三五番地の、フェーダー製紙に行ってください。事務所に着いたら、ソル・フェーダーさんを呼び出して、モンゴメリーと名乗るように。フェーダーさんが十八丁目に抜ける通路に案内してくれます。そこを出てすぐ、歩道際か、二重駐車で、ドアの取っ手にハンカチを結んだタクシーが待っています。ぼくはその車に乗っていますから。乗るときは急いで。わかりましたか？」

「わかったと思う。念のため、もう一度住所を言ってくれないか」

ぼくは再度住所を伝え、こちらが到着するまでの時間調整のため、十分待ってから行動を開始するようにと指示した。通話を終えたあと、ソル・フェーダーに電話をして事情を説明し、内線電話でウルフを呼び出して知らせた上で、出発した。

ウェプラーには十分でなく、十五分か二十分待つようにと伝えればよかった。ぼくが十八丁目で配置についたのは、時間ぎりぎりだったのだ。タクシーが停まり、手を伸ばしてドアの取っ手にハンカチを結ぼうとしているとき、二人は地獄から飛び出したコウモリみたいな勢いで歩道を突っ切ってきた。ぼくがドアを大きく開けると、フレッドはペギーを放りこむように乗せ、続いて自分も飛びこんだ。

「出せ」ぼくは緊張した声で運転手に命じた。「行き先はわかってるな」車は走り出した。

タクシーが曲がり、十番街に入ると、ぼくは二人に朝食をとったかどうか尋ねた。食べた、という気の抜けた返事が返ってきた。いや、気の抜けたどころか、二人とも魂まで抜けてしまったみたいだった。黄褐色の綿のワンピースに羽織ったペギーの薄手の緑の上着は、しわが寄ってあまり清潔ではなさそうだし、化粧もろくにしていない。ウェプラーの髪は一ヶ月も櫛を通していないような有様だし、茶色のトロピカル・ウーステッド（主に夏服として用いられるクールウールの一種）も洒落ているどころの話ではなかった。二人は手を握りあって座り、ウェプラーはほぼ一分ごとに振り返ってリア・ウィンドウを確かめていた。

「まきましたよ、大丈夫」ぼくは安心させた。「ソル・フェーダーは、こんな非常事態専用の隠し球なんです」

車に乗っていたのは、わずか五分だった。二人を事務所に案内すると、ウルフは机の奥にある特別製の特大椅子に座っていた。ウルフは二人に挨拶するために腰をあげ、椅子を勧めて、朝食をきちんととったかと尋ね、二人が逮捕されたという知らせは青天の霹靂（へきれき）だったと言った。

「一つ言っておきたい」ウェプラーは立ったまま、堪えかねたように口を切った。「わたしたちはあなたに会いに来て、内密の相談をした。そして、その四十八時間後には逮捕された。これは純然たる偶然ですか？」

ウルフは巨体を元どおり自分の椅子に収めたところだった。「そんなことを言ってもなんの足しにもなりませんよ、ウェプラーさん」ウルフに腹を立てた様子はなかった。「そういうお気持ちなのでしたら、どこか別の場所に行って、頭を冷やしたほうがいい。あなたとミセス・ミオンはわたしの依頼人なのです。このわたしが依頼人の利益に反する行動をとりかねないとの含みのある発言は、大人げなくてとりあう気にもなれませんな。警察はあなたたちになにを訊いたのです?」

それでも、ウェプラーは納得しなかった。「あなたは裏切り者じゃない」といったん矛を収める。「それはわかってます。ですが、ここにいるグッドウィンはどうなんです? この人も裏切り者じゃないかもしれないが、だれかとしゃべっているときにうっかり、ってこともありうる」

ウルフの視線が移動した。「アーチー。どうだ?」

「ありえません。ですが、謝罪はあとで結構です。お二人は大変な一夜を過ごしたあとですから」ぼくはウェプラーと目を合わせた。「座って、気を落ち着けてくださいよ。うっかり口を滑らせたりするようなら、この仕事は一週間と続けられません」

「それにしても、おかしい」ウェプラーは食い下がったものの、腰をおろした。「ミセス・ミオンもわたしと同じ意見だ。そうだろう、ペギー?」

赤革の椅子に座っていたペギーはウェプラーにちらっと目を向けたあと、視線をウルフに戻した。「そうね、同じ意見でした」と、打ち明ける。「ええ、同じように思っていました。でもここに来て、あなたに会ったら……」ペギーは手を振った。「いいえ、忘れて! 他に行くあてがないんですから。もちろん弁護士はいますけど、わたしたちが知っていること、例の銃の話は打ち明けたくありません。あなたにはもう、話してしまったことですから。でも今は、警察がなにかしら怪しんでいて、わたしたちは保釈中の身なんです、どうにか手を打ってくださらなきゃ!」

「月曜の夜、なにを発見したんです?」ウェプラーが追及した。「昨日電話したときには、答えをはぐらかしましたね。あの人たちはなにを話したんです?」

「事実についての質問に答えました」ウルフは言った。「電話でお教えしたとおり、ある程度の進展がありました。それ以上付け加えられることはありません、今は。ですが、わたしとしては知りたいことがある。ぜひとも。警察はどのような取り調べをしたのですか？　銃についてわたしに打ち明けた話を、知っていたんですか？」

二人とも否定した。

ウルフは唸った。「そういうことであれば、わたし、もしくはグッドウィン君が裏切り行為を働いたとの勘ぐりは、撤回していただきたいものですな。警察はなにを訊いたんです？」

それに対する答えには、たっぷり三十分かかった。取調官たちは自分たちの把握している状況に含まれるものを、なに一つ見落としていなかった。クレイマーから徹底的にやれとの指示があったこともあり、一つも取りこぼしはなかった。ミオンが死んだ当日に限るどころか、警察は前後何ヶ月間かのペギーとウェプラーの心情や行動に殊のほか関心を持った。ぼくは何度か舌の先を歯に挟んで、なぜ警官たちに知ったことかと啖呵を切らなかったのか、と二人に訊きたいのを我慢しなければならなかった。本当は理由などわかりきっていた。二人は怯えていたのだ。怯えた人間はただの意気地なしなのだ。二人が自分たちの試練を話し終える頃には、ぼくは気の毒だなと思った。ウルフのせいだと、罪悪感さえ感じていた。が、そんな思いを、いきなりウルフは吹き飛ばしてしまった。

ウルフはしばらく座ったまま、椅子の肘を指先で軽く叩いていたが、やがてぼくに目を向け、出し抜けに命じた。「アーチー。ミセス・ミオン宛に五千ドルの小切手を振り出せ」

二人は目を剝いた。ぼくは立ちあがって、金庫に向かった。いったいなにを考えているのかと二人は尋ねた。ぼくは金庫の扉の前で、聞き耳を立てた。

「わたしは手を引きます」ウルフは冷たかった。「もう我慢できない。日曜日、あなたがたの一人もしくは両方が嘘をついていると指摘しましたな。あなたがたは頑強に否定し続けた。わたしはその嘘を踏まえた上で仕事に着手し、できるだけのことはしました。が、警察がミオン氏の死、ことにあなたがた二人に関心を持つようになった以上、もう危険を冒すのはごめんです。ドンキホーテのような非現実的な理想家になるならまだしも、馬鹿者になる気はありません。契約を破棄するにあたって警告しておきますが、あなたがたがわたしに打ち明けたことはすべて、即刻クレイマー警視に通報するつもりです。警察から再度の事情聴取を受けたとき、あなたがたが愚を重ねてわたしの証言を否定するなら、今後どうなるかは見当もつきませんな。あなたがたにとって最善の策は、真実を真実と認め、わたしに依頼した調査を警察に続けさせることでしょう。ですが、もう一つ警告しておきます。警察だってぼんくらではない。あなたがたが嘘をついていることを、少なくともどちらか一人が嘘をついていることに気づくでしょうな。アーチー。そこでぽかんと口を開けてなにをしている？　小切手帳を出しなさい」

ぼくは金庫の扉を開けた。

二人とも、一言も口をきかなかった。疲れ切っていて、普通の反応ができないんだろう。ぼくが机に戻っても、二人は座って顔を見合わせているだけだった。ぼくが控えを書きはじめると、ウェプラーの声がした。

「そんなことは許されない。職業倫理に反する」

「ふん」ウルフは鼻を鳴らした。「あなたは苦しい立場から救い出してもらうためにわたしを雇ったくせに、嘘をついた。そんな人間が倫理を説くとはね。ついでに言っておきますが、月曜の夜にはちゃんと進展があったのです。二つの細かな点を除けばすべて解決したのですが、あいにくそのうちの一つの鍵をあなたがたが握っている。だれが死体のそばの床に銃を置いたのか、わたしは知らなくてはならない。あなたがたのどちらかにちがいないが、あなたがたは認めない。ですから、もうお手上げです。残念ですよ。なにしろ、あなたがたのどちらもミオン氏の死に無関係なこともはっきりしたのですから。もし――」

「今なんと言った？」ウェプラーが尋ねた。今度はきわめて普通の反応だ。「わたしたちのどちらも無関係だとはっきりした？」

「そうです」

ウェプラーは立ちあがった。ウルフの机に近づいて両手をつき、身を乗り出して荒々しい口調で問い詰める。「本気か？　こっちを見るんだ。目を開けて、わたしを見ろ！　本気なのか？」

「はい」ウルフは答えた。「本気ですとも」

ウェプラーは再度ウルフを見つめてから、体を起こした。「わかった」荒々しさは消えていた。「わたしが床に銃を置いた」

ペギーが泣き声をあげた。ぱっと椅子を離れ、両手でウェプラーの腕をつかむ。「フレッド！　嘘よ！　ねえ！」ペギーは取りすがった。ペギーが泣き声をあげるなんてとても信じられなかったが、そもそも今日は疲れていたのだろう。ウェプラーはペギーの両手の上に片手を置いたが、それでは不十分だと気づいて、両手で彼女を抱き、しばらくはかかりきりになった。やがてウェプラーはウルフのほうに顔を向け、口を開いた。

「このことを後悔する日が来るかもしれないが、そのときはそっちも後悔することになる。それだけは間違いない」決意に満ちた口調だった。「いいだろう、わたしは嘘をついた。床に銃を置いた。もう、そちらに任せる」こう言って、もう一人の依頼人をさらに抱き寄せた。「わたしがやった、ペギー。話してくれればよかったのに、なんて言わないでくれ。話すべきだったのかもしれないが、できなかった。きっと大丈夫だよ、ペギー。本当に――」

「座りなさい」ウルフは不機嫌そうに言った。しばらく待って、今度は厳しく命じた。「いい加減にしろ、座らないか！」

ペギーは体を離し、ウェプラーも手を離した。ペギーが自分の椅子に戻ると、ウェプラーは肘掛けに腰をおろし、ペギーの肩に手を回した。ペギーはその手に自分の手を重ねる。疑い、怯え、反感、そして希望。それらすべてをこめた目で、二人はウルフを見つめた。

ウルフはまだ機嫌が悪かった。「どうやら」ウルフは続けた。「状況がわかったようですな。あなたがたはわたしを納得させてはいなかった。わたしには、どちらかが銃を床に置いたとわかっていた。わずか数分間です、他にだれがスタジオに入れたと？　もっと真実を話さない限り、あなたたちが話した真実なるものは百害あって一利なしという結果に終わり、大きな危険を招きかねない。また嘘をつこうとすれば、なにが起こるかわかりません。あなたがたを救えなくなるかもしれない。さあ、銃はどこで見つけたんです？」

「心配はいらない」フレッドは穏やかに答えた。「あの件を無理やり聞き出した以上、正確な事実を聞かせますから。二人でスタジオに入って死体を発見したとき、銃がミオンのいつもの置き場所、カルーソーの胸像の下にあるのに気づいた。ミセス・ミオンはそちらに目を向けず、気づかなかった。わたしはミセス・ミオンを寝室に残してスタジオに戻り、トリガーガードをつまんで銃を持ちあげ、臭いを確認した。発射されていた。そこで、銃を死体のそばの床に置き、部屋におりてから外に出て、エレベーターで一階に向かった。あとは日曜に話したとおりだ」

ウルフは唸った。「恋に夢中なのかもしれないが、あなたはミセス・ミオンの知性をあまり評価していなかった。夫を殺したあと、銃をそれらしい場所に置く知恵もなかったと思って――」

「なにを言う！　そうじゃない！」

「意味がわからん。もちろん、あなたはそう思った。あなたが庇いたがる人間が、他にいますか？しかし、おかげで後日困った立場に追いこまれた。二人でスタジオに入ったとき、銃が床になかったと言うミセス・ミオンに同調しなくてはならなくなり、あなたは進退窮まった。まさか自分のしたことをミセス・ミオンに打ち明けるわけにはいかない。彼女を疑ったと言っているようなものですから。ミセス・ミオンがあなたを疑っているようにみえるときには、なおさらだ。あなたには、はっきりわからなかった。ミセス・ミオンが本当にあなたを疑っているのか、それとも、ただの――」

「フレッドを疑ったことなんて、一度もありません」ペギーは断言した。力強く言い切るのは大変だっただろうが、なんとかやってのけた。「それに、フレッドがわたしを疑ったこともありません、本気では。わたしたちは信じ切れなかっただけなんです。完全に信じ切れなくて……だれかを愛して、その愛をなくしたくないなら、ちゃんと信じ切れなくてはいけないから」

「そのとおりだ」ウェプラーも頷いた。二人は見つめあった。「まさにそのとおりだよ」

「結構、このように理解しましょう」ウルフは素っ気なかった。「ウェプラーさん、あなたが真実を話したと認めます」

「そんなことは、自分でわかってます」

ウルフは頷いた。「その口調です。わたしは真実を聞き分ける、よい耳を持っていますのでね。さあ、ミセス・ミオンを家までお送りください。わたしは仕事にとりかからなければなりませんが、まずは事件を再考察する必要がある。先ほど言ったとおり、二つの疑問点がありますし、あなたが解決したのは一つだけなので。もう一つは、あなたの手には負えません。家に帰って、なにか食べてください」

「こんなときに食欲があるとでも？」フレッドは嚙みついた。「そちらがなにをするつもりなのか、知っておく必要がある！」

「わたし、歯を磨かなきゃ」ペギーが言った。ぼくは尊敬と愛情のこもった目を、一瞬彼女に向けた。こんなときにこんなことを言うのが、女性といて楽しい理由の一つだ。こういう状況で、歯を磨かなきゃいけないと思い、それを口に出すような男は、世界に一人もいないだろう。

おまけに、これで失礼にならずにお引きとり願いやすくなった。フレッドはどんな計画があるのか知る権利があるとか、これからの予定を立てる手伝いをする権利があるとか、ごねそうな構えだったが、専門家を雇ったとき雇い主が持つ唯一の権利は解雇権だけだというウルフの言い渡しを、最後には渋々受け入れた。ペギーは歯ブラシを待ち望んでいることだし、ウルフが連絡を絶やさないと約束したこともあって、面倒もなく二人は帰っていった。

二人を見送って事務所に戻ると、ウルフは机の吸い取り紙に苦い顔を向けながら、ペーパーナイフで叩いていた。そんなことをすると吸い取り紙がだめになると、百回も注意しているのに。ぼくは小切手帳をとりあげて金庫に戻したが、控えに日付を書き入れただけなので、実害はなかった。

「昼食まで二十分ですよ」ぼくは椅子を回し、腰をおろした。「第二の細かな疑問点の尻尾をつかむのに、それで足りますか？」

返事なし。

気を遣ってやるつもりはなかった。「よければ教えてください」と愛想よく続ける。「第二の疑問点って、なんです？」

またもや返事なし。が、少しするとウルフはペーパーナイフをぽいと投げ出して、椅子にもたれ、腹の底からため息をついた。

「あのけしからん銃だ」ウルフは文句を並べた。「どうやって床から胸像へ移動したんだ？　動かしたのはだれだ？」

ぼくはウルフをじっと見て、「勘弁してくださいよ」と苦情を言った。「あなたって人は、満足することを知らないんですか。さっき二人の依頼人を逮捕させて、やっとの思いで銃を胸像から床まで移動させたばかりなのに。今度はまた床から胸像へ移動させたいんですか？　どうかしてますよ」

「また、ではない。その前だ」

「どの前です？」

「死体発見の前だ」ウルフはぼくを横目で睨んだ。「きみはどう思う？　一人の男、いや、女でもかまわないが、スタジオに侵入して、自殺を強く示唆するような方法でミオン氏を殺害した。犯人はあらかじめそう計画を立てたのだ。古くさい警察の理論で想定するほど、難しい工作ではない。それから犯人は、銃を死体から二十フィートも離れた胸像の下へ置いて、現場を立ち去る。このやりかたをどう思う？」

「思うもなにも、わかりきったことですよ。そんなこと、あるはずがありません。引き金を引いたあと、突然犯人の頭がおかしくなったんじゃない限りはね。それはいくらなんでも、ありそうにないし」

「まさにそのとおり。自殺にみえるように計画して、犯人は死体の近くの床に銃を置いた。その点、議論の余地はない。が、ウェプラー氏は銃を胸像の下で発見した。銃を床から拾いあげて、そこに置いたのはだれか？　いつ、どんな理由で？」

「はあ」ぼくは鼻を掻いた。「厄介な話ですね。その疑問が事件に関連性があり、重要なことは認めますけど、いったいなぜそんな疑問を持ちこむんです？　放っておいたらどうですか？　彼なり彼女なりを逮捕させて、起訴させ、裁判にかけましょうよ。警官が証言しますよ、銃は床の上にあったって。陪審にはそれでばっちりです。だって、偽装自殺なんですから。動機だの犯行の機会だのをうまくまとめれば、評決は有罪で決まりです」ぼくは片手を振った。「単純ですよ。飛び回る銃の話なんか、そもそもなぜ持ち出すんです？」

ウルフは唸った。「依頼人だ。わたしは報酬を稼がなければならない。あの二人は胸のわだかまりを晴らしてもらいたがっている。死体を発見したとき、銃が床になかったことをあの二人は知っているのだ。陪審を相手どるなら、銃を胸像の下に置いておくわけにはいかない。依頼人が相手なら、殺人犯が置いた床の上に銃を置きっぱなしにはできない。ウェプラー氏のおかげで、銃は胸像から床へ移動した。今度は後戻りして、銃を床から胸像へ戻さなくてはならない。わかるか？」

「いやって言うほどわかりますよ」ぼくは助けを求めて口笛を吹いた。「うんざりしますね。推理はどこまで進みました？」

「はじめたばかりだ」ウルフは座ったまま、体を起こした。「が、気持ちを切り替えなければならない、昼食だからな。シャンクス氏の蘭のカタログをとってくれないか」

そのときはそれで終わりだった。食事の間、ウルフは会話からだけではなく、雰囲気からも仕事を閉め出す。昼食のあと、ウルフは事務所に戻って、ゆったりと椅子に納まった。しばらくは座っているだけだったが。やがて唇を突き出したり、引っこめたりしはじめた。それで、ウルフが重労働の最中だとわかった。ウルフがどうやって床から胸像まで銃を移動させるつもりなのか見当もつかなかったので、どれだけ時間がかかるかと心配だった。別のだれかをクレイマーに逮捕させなくちゃならないんだろうか？　もしそうなら、だれを？　ウルフが目の前の椅子に座ったまま、何時間もぶっ続けで働くのを、ぼくは見てきた。だが、今回は二十分で済んだ。ウルフが不機嫌な声でぼくの名前を呼び、目を開けたとき、まだ三時前だった。

「アーチー」

「はい」

「わたしには無理だ。きみがやるしかない」

「考えろってことですか？　すみません、あいにく忙しくって」

「実行するほうだ」ウルフは顔をしかめた。「あの若い女を扱うのはまっぴらごめんだ。辛い体験だろうし、失敗するかもしれない。きみにこそ、うってつけの仕事だ。ノートを出してくれ。ある文書を口述するから、話し合おう」

「わかりました。ぼくならミス・ボズリーをそんなに若いとは表現しませんけど」

「ミス・ボズリーではない。ミス・ジェームズだ」

「そういうことですか」ぼくはノートをとり出した。

第七章

四時十五分、ウルフは午後の蘭の世話のため、植物室へあがってしまっていた。ぼくは机に向かって電話を睨み、満塁で三振したジャッキー・ロビンソンはこんな気分だろうなと考えていた。クララ・ジェームズに電話をかけ、コンバーチブル型自動車でドライブにと誘ったら、鼻っ柱をへし折られてしまったのだ。

こんなことを言うと、ぼくがひどいナルシストのように聞こえるが、そうではない。ぼくが女の子を誘って十割近い勝率を達成しているのは、相手が承知するのはほぼ確実だと思えるときにしか誘わないせいだと、ちゃんとわかっている。ただ、おかげでオーケーの返事を聞き慣れてしまい、クララから肘鉄を食らったのにはかなりのショックを受けた。おまけに、わざわざ三階に行ってピレーターのシャツと、コーリーであつらえたトロピカル・ウーステッドに着替え、完璧に身支度を整えたあとだったのだ。

ぼくは戦略を三つ考え出して却下し、四つ目に考えたものを採用した。電話に手を伸ばし、もう一度ダイヤルを回す。さっきと同じように、クララの声が応じた。相手がぼくだとわかったとたん、クララは癇癪を起こした。

「他の人とカクテルを飲む約束があるって言ったでしょ！　もうこれ以上――」

「待った」ぼくはぶっきらぼうに遮った。「さっきは間違えた。気を遣ったつもりだったんだよ。悪い知らせを聞かせる前に、戸外の気の利いた場所へ連れ出してあげたくてね。ぼくとしては――」

「悪い知らせって？」

「ついさっき、ある女性がウルフさんとぼくにご注進したんだ。自分以外にも五人、それ以上いるかもしれないけど、きみがアルベルト・ミオンのスタジオの鍵を持っていることを知ってるってね」

沈黙。沈黙。沈黙は癇に障るときもあるが、今回は気にならなかった。ようやく聞こえたクララの声は、まるで別人のようだった。「でたらめよ。だれが言ったの？」

「忘れた。電話で議論するつもりはないんだ。話したいことは二つ、二つだけだ。その一。この件が広まれば、スタジオに入ろうとして十分もドアを叩いていたって話はどうなる？ そのとき、なかにはミオンの死体があったんだぞ？ 鍵はいつ手に入れた？ 警官だって、怪しむだろうなあ。その二。五時きっかりにぼくと〈チャーチル〉のバーで落ち合って話し合おう。『はい』か『いいえ』で」

「でも、こんなの……あなたったってそんなに……」

「待った。だめだよ。『はい』か『いいえ』だ」

またしても沈黙。今度はさっきより短かった。「はい」クララは電話を切った。

ぼくは一度も女性を待たせたことはないし、今回を例外にする理由もなかったので、〈ホテル・チャーチル〉には約束の時間の八分前に到着した。店内は広々していて、空調が効き、なにもかも申し分なかった。八月の半ばだというのに、集客状況も男女ともに申し分なかった。ぼくは店内をのんびり進みながら目を配っていたが、クララはまだ来ていないだろうと思っていた。で、名前を呼ばれてボックス席にいる彼女を見つけたときは、驚いた。もちろん、家は遠くないとはいえ、一切時間を無駄にしなかったわけだ。クララにはもう飲みものがあって、ほとんど空になっていた。ぼくが合流すると、すかさずウェイターが来た。

「きみが飲んでるのは？」ぼくは訊いた。

「スコッチのロック」

ぼくが同じものを二つ注文すると、ウェイターは離れた。

クララは身を乗り出して、一気にまくしたてた。「聞いて。こんなこと時間の無駄よ。例の話をしゃべったのがだれか、教えてくればいいの。それって大嘘もいいとこ――」

「ちょっと待った」ぼくは言葉よりも目でクララを止めた。クララの目は光りながらぼくを見ている。「そんな話の進めかたはないよ。そんなんじゃ、話はまとまりっこない」ぼくはポケットから一枚の書類をとり出し、広げた。ウルフが口述した文書を、きちんとタイプした写しだ。「きみにとって、一番楽で手っ取り早いのは、まずこれを読むことだ。そうしたら、事情がわかるだろうから」

ぼくは紙をクララに手渡した。クララが読んでいる間に内容を確認してみるといい。その日の日付が入っていた。


わたし、クララ・ジェームズはここに認めます。四月十九日火曜日午後六時十五分、もしくはその頃に、わたしはニューヨーク市イースト・エンド・アベニュー六二〇番地のマンションに入り、エレベーターで十三階まであがって、アルベルト・ミオンのスタジオのベルを鳴らしました。だれも出てこず、なかから音もしませんでした。ドアはちゃんと閉まっていませんでした。隙間が見えるほどではありませんが、鍵がかかるほどぴったり閉まってはいなかったのです。もう一度ベルを鳴らしても応答がなかったため、わたしはドアを開けてスタジオ内に入りました。

アルベルト・ミオンが奥のピアノのそばに倒れていました。息はなく、頭の天辺に穴があいていました。死んでいたのは間違いありません。わたしはふらふらして、気絶しないようにと、床に座って頭の位置を低くしなければなりませんでした。死体には手を触れていませんが、死体の近くの床にリボルバーがあり、拾ってしまいました。床の上に座っていたのは五分くらいだと思いますが、多少前後があるかもしれません。立ちあがってドアに向かいかけたとき、まだリボルバーを持ったままだと気づき、カルーソーの胸像の下に置きました。あとになって、そんなことをするべきではなかったと気がつきましたが、そのときはひどいショックを受けてぼうっとしていたので、自分がなにをしているのか、わかりませんでした。

スタジオを出たあと、ドアをぴったりと閉め、共用階段を使って十二階におり、ミオン氏のマンションのベルを鳴らしました。ミセス・ミオンに事情を話すつもりでしたが、奥さんが戸口に現れたとたん、話せなくなってしまいました。ご主人が階上のスタジオで死んでいるとは、言えなかったのです。後悔はしましたが、今は後悔や謝罪の必要があるとは感じていません。単に言葉が出てこなかっただけなのです。わたしはご主人に会いたいと言い、スタジオのベルを鳴らしても応答がなかったと伝えました。それからエレベーターを呼んで一階におり、通りに出て、帰宅したのです。

ミセス・ミオンに話せなかったため、だれにも話しませんでした。父親になら話したかもしれませんが留守でした。わたしは父の帰りを待って話そうと決めましたが、帰宅前に友人から電話があり、ミオン氏が自殺したと知らされました。それで結局、だれにも、父親にさえも、スタジオに入ったことは話さないことに決め、ベルを鳴らしてドアをノックしたが返事がなかった、と言うだけにしました。なにも変わりはないと思ったのですが、今回事情が変わってくるという説明を受けたため、ありのままをお話しします。

クララが最後まで目を通した頃、ウェイターが飲みものを持ってきた。クララはポーカーの手を隠すみたいに、書類を胸にあてた。左手で書類を押さえたまま、右手をグラスに伸ばし、スコッチを大きくあおった。ぼくもお付き合いで、一口飲んだ。

「でたらめばっかり」クララはすごい剣幕だった。

「たしかにそのとおり」ぼくは認めた。「ぼくは耳がいいから、声は小さいままで頼むよ。ウルフさんはきみのために喜んで話を調整してあげるつもりなんだ。どのみち、本当のことを書いたら、きみにサインをさせるのは大仕事だろうから。スタジオのドアに鍵がかかっていて、きみが合い鍵で開けたことくらい、百も承知さ。そのほかにも――だめだめ、ぼくの話を少し聞くんだ――そのほかにも、きみがわざと銃を拾いあげて、胸像の下に置いたこともわかってる。ミセス・ミオンが夫を殺して、自殺に見せかけるために銃をそこに残していったと思ったからだ。で、その計画を邪魔してやるつもりだった。きみには到底――」

「あなた、どこにいたのよ？」クララは鼻で笑った。「ソファーの陰に隠れてたわけ？」

「だめだよ。きみが鍵を持っていなかったのなら、ぼくが電話であんなことを言ったからって、なぜ先約を取り消したりしたんだい？　銃に関しては、きみが一年考え抜いたとしたって、あれより間抜けなやりかたはできなかったろうね。自殺にみえるように人を撃った犯人が銃を胸像に置くようなばかなまねをしたなんて、だれが信じるって言うんだい？　正直言って笑いたいほど間抜けな考えだけど、きみはそういう行動をとったわけだ」

クララは頭を働かせるのに忙しすぎて、間抜け呼ばわりされたことを怒る余裕がなかった。顔をしかめると、なめらかな白い額にしわが寄り、目から光が消えた。「どっちみち」クララは言い返した。「ここに書いてあることは本当じゃない上に、不可能よ！　銃は死体のそば、床の上で発見されたんだもの、こんなことありえないでしょ！」

「そうだね」ぼくはにやりと笑った。「新聞でそのことを読んだときには、さぞかしショックだったはずだ。きみは自分の手で銃を胸像まで動かしたんだから。なのに、なぜ床の上で発見されたのか？　だれかが戻したに決まってる。きみはそれもミセス・ミオンがやったと考えた。黙ってるのは一苦労だったはずだけど、しかたがなかった。ただ、今は事情がちがう。だれが銃を床に戻したのか、ウルフさんは知っているし、証明もできる。それだけじゃない、ミオンが殺されたことも知っていて、やっぱり証明もできる。ウルフさんが進むのに必要なのは、銃がどのように床から胸像へ移動したかという、詳しい説明だけなんだ」ぼくは万年筆をとり出した。「そこにサインするんだ。ぼくが見届ける。それで、ばっちりだ」

「これにサインしろって言うの？」クララはあざ笑うように答えた。「そこまで間抜けじゃないし」

ぼくはウェイターの視線をとらえ、お代わりの合図をした。それから、クララに合わせるために、グラスを空けた。

ぼくはクララの視線を受けとめ、しかめ面のお返しをしてやった。「いいかい、お嬢ちゃん」と言い聞かせる。「ぼくはきみの爪の下に針を刺してるわけじゃないんだ。きみがスタジオに入ったこと――鍵を使ったか、ドアに鍵がかかっていなかったかはどうでもいい――銃を動かしたことを、証明できるとも言ってない。ただ、きみがやったのはわかってるんだ。他にやれた人物はいないし、きみはぴったりの時間に現場にいたんだからね。証明できないことは認める。それでも、きみにはとっておきの取引を申し出てるんだよ」

ぼくは万年筆をクララに向けた。「まあ、聞いてくれ。この供述書は、手元に保管しておくのに必要なだけなんだ。銃を床に戻した人物が、その件をべらべらしゃべるほどばかだった場合に備えて。およそありそうにないね。その男は墓穴――」

「『男』って言った?」すかさずクララが突っこんできた。

「『その男』でも、『その女でも』いいさ。ウルフさんがよく言うけど、英語じゃどっちの代名詞も総称に使えるから。とにかく、その男は墓穴を掘ることになるだけだから、言うつもりなんかないだろう。なにも言わないままなら、まあ、そうなるだろうけど、きみの供述書は出番なしで終わる。それでも、そいつが口を割った場合に備えて、金庫に保管しておかなきゃいけないんだ。もう一つ。この供述書が手に入れば、きみがスタジオのドアの鍵を持っていたことをわざわざ警察にご注進にいく義務は感じなくなるだろう。ぼくたちは鍵の件を詮索しなくなる。さらに、もう一つ。お父さんのために大金を節約できる。きみがこの供述書にサインすれば、ミオンの死の経緯を明らかにすることが可能になる。そうなれば、ミセス・ミオンはきみのお父さんへの要求を押し通す心境ではなくなる。保証するよ。ミセス・ミオンはあることで手一杯になるだろうね」

ぼくは万年筆を差し出した。「さあ、サインするんだ」

クララは首を振ったが、あまり力はこもっていなかった。また、考えるのに忙しかったのだ。クララの思考能力はオリンピックレベルではないのは充分承知していたから、ぼくは辛抱強く待った。やがてお代わりがきて、小休止となった。考えるのと酒を飲むのを同時にやってのけるなんて、クララには到底無理だから。それでもようやく、クララはぼくの狙ったところまでなんとか考え抜いた。

「じゃあ、わかってるのね」クララは、したり顔で決めつけた。

「ちゃんとわかってるよ」ぼくは、ぼそっと答えた。

「あの女が殺したって、わかってるのね。銃を床に戻したって、わかってるのね。わたしにもわかってた、あの女がやったにちがいないって。で、あなたは証明できるの？　これにサインすれば、証明できるって言うの？」

もちろん曖昧なことを言ってごまかすこともできただろうが、ぼくは思った。ま、いいか。「もちろん、できるとも」と請け合う。「この供述書があれば、準備完了だ。これが欠けていた手がかりなんだから。ほら、万年筆だよ」

クララはグラスを持ちあげ、飲み干した。そして、また首を振りやがった。今回は強く、力をこめて。「だめ」ときっぱり答える。「サインはしない」クララは書類を持った手をこっちへ伸ばした。「全部本当だって認める。それに、あの女を裁判にかけてくれたとき、銃を床に戻したって言ったりしたら、わたしは証言台に立って、胸像の下に置いたって宣誓する。でも、どんな書類にもサインはしないから。前に一度、事故の件でなにかにサインしたことがあるんだけど、そのときにもう二度としないって父に約束させられたの。まず書類を見せてからにするってね。これを持って帰って、父に見せてからサインする。今晩か明日とりにきて」クララは顔をしかめた。「ただ、わたしが鍵を持っていたことを、父は知ってるけどね。でも、そこは言い抜けられたから」

だが、もう書類はクララの手になかった。ぼくが手を伸ばして、とってしまったのだ。戦法を変えて、もっと粘るべきだったと思うのは勝手だが、クララの様子をその場で見たり聞いたりしていない人間の言い分だ。ぼくはその場にいた。で、あきらめた。手帳をとり出し、一ページ破って、そこに書きはじめた。

「もう一杯、ほしいな」クララが言った。

「ちょっと待った」ぼくはもぐもぐと答え、書き続けた。こんな内容だ。

ネロ・ウルフへ
わたしは、ここに認めます。アーチー・グッドウィンは、あなたの書いた供述書にサインさせるため、最大限の説得をし、書類の使用目的も説明しました。わたしはサインを拒否しなければならない理由を彼に説明しました。

「さあ」ぼくは破りとった紙をクララに手渡した。「これなら書類にサインするのとは、わけがちがうだろ。サインするのを断ったと書いてあるだけなんだから。これが必要なんだよ。ぼくがきれいな女の子、特にきみみたいにスマートな女の子に弱いことを、ウルフさんは知っているんだ。サインなしで供述書を持ち帰ったりしたら、なにもしなかったと思われる。首になる可能性だってある。ここの一番下に、名前を書くだけでいいから」

クララはもう一度紙に目を通し、万年筆を手にした。そして、目を光らせながらぼくに笑いかけた。

「嘘ばっかり」そう他人行儀でもない口調だった。「わたし、自分に気がある男の人って、ちゃんとわかるのよ。わたしのこと、冷たくて計算高い女だと思ってるんでしょ？」

「どうかな?」ぼくはちょっと悔しそうに答えた。やりすぎない程度に。「いずれにしても問題は、ぼくがきみに気があるかどうかじゃなくて、ウルフさんがどう思うかだ。これがあれば、大助かりだよ。感謝する」ぼくはクララから紙切れをとりあげて、サインに息を吹きかけて乾かした。

「気がある男の人は、ちゃんとわかるんだから」クララは言った。

もう手に入れたいものはなにもなくなったが、さっきもう一杯おごってやると約束したみたいなものだから、頼んでやった。

西三十五丁目に戻ったときには、六時を過ぎていた。ウルフは植物室の作業を終えて、事務所におりてきていた。ぼくはずかずかと入っていって、サインのない供述書を目の前の机に置いてやった。

ウルフは唸った。「それで?」

ぼくは席につき、クララが書類を家に持ち帰って父親に見せると言ったところまで、事の次第を正確に説明した。

「申し訳ありません」ぼくは言った。「ですが、先だっての夜、大勢がいたときには、クララのあのびっくりするような性質には、あまり表に出てこなかった点もあったので。これは言い訳なんかじゃなくて、ただの事実です。クララの精神的作戦本部は、鳥の頭と入れ替えても変わりありません。あなたが証拠能力のない供述書をどう考えるかはわかってますし、供述書の内容には間違いないと納得してもらいたかったので、裏付けとなる証拠を手に入れてきました。クララが実際にサインした紙が、これです」

ぼくは手帳から破ったページをウルフに手渡した。ウルフはそれに視線を落とし、次にぼくをじろりと見た。

「ミス・ジェームズは、これにサインしたんだな？」

「はい。ぼくの目の前で」

「ほほう。結構だ、見事だな」

この褒め言葉に、ぼくはぞんざいに頷いてみせた。こんなふうにウルフが、「見事だ」と評価してくれるときは、ぼくは気を悪くしたりはしない。

「大胆で、わかりやすい筆跡だ」ウルフは言った。「きみの万年筆を使ったんだな？」

「はい」

「貸してもらえないか？」

ぼくは立ちあがり、万年筆にタイプライター用紙二枚を添えて、ウルフに手渡した。そして立ったまま、感心してまじまじと見守った。ウルフは何度も何度も、「クララ・ジェームズ」と書き、一回ごとにぼくが手に入れてきた見本と比べていた。合間合間に、ウルフは話した。

「だれかがこれを見る可能性は、きわめて低い……依頼人たち以外には……好都合だ……夕食前に関係者全員に電話をする時間はあるな……最初にミセス・ミオンとウェプラー氏だ。それから残りの人たちに。ジェームズ氏に対するミセス・ミオンの請求についての意見がまとまったと言うんだ……可能であれば今夜九時に来てもらえ……だめな場合は、明日の午前十一時でいい……その上でクレイマー警視に連絡を。部下の一人を連れてきたほうがいいと伝えてくれ……」

ウルフはタイプで打った供述書を机の吸い取り紙の上に広げ、一番下に、「クララ・ジェームズ」と名前を書き、ぼくが手に入れた本物のサインと見比べた。

「完璧ではないな、専門家が相手では」ウルフはぶつぶつ言った。「が、専門家の目に触れることはあるまい。相手が依頼人なら、仮に彼女の筆跡を知っていたとしても、これで充分通用するだろう」

第八章

集会をその日の夜に設定するのに、まるまる一時間、電話にかかりきりになったが、結局なんとかうまくいった。ギフォード・ジェームズは最後までつかまらなかったが、娘のクララが見つけて出席させると言い、そのとおりになった。他の面々は自分で連絡をつけた。

あれこれごねたのは依頼人だけだった。特にペギー・ミオンには手こずった。ペギーはギフォード・ジェームズから金をとりたてる名目の会合へは出席したくないと言い張り、ぼくはウルフに上訴する羽目になった。ウェプラーとペギーは、他の参加者が到着する前に非公式の打ち合わせに来て、その上で出席するか否かを決めるように言われた。ペギーは、この提案をのんだ。

二人は夕食後のコーヒーの相伴をするのにぴったりの時間に来た。ペギーはおそらく歯を磨き、仮眠をとり、風呂に入ったのだろうし、間違いなく着替えは済ませていた。が、それでも、輝くばかりの美しさとは言いがたかった。疲れが顔に出て、よそよそしく、気を張ってぴりぴりしていた。ネロ・ウルフになど絶対に近づかなければよかったと、あからさまに口にはしなかったが、言っているのも同然だった。その点についてはフレッド・ウェプラーも同感のようだったが、あくまでも紳士的で忠実にふるまっていた。ウルフに会いにいくと言い張ったのはペギーなので、事態を好転させるどころか悪化させたと思っていることを恋人には悟られたくないのだろう。

クララ・ジェームズのサインが書かれた供述書をウルフが見せても、二人が元気を取り戻す気配はなかった。ペギーは赤革の椅子、ウェプラーがその肘掛けに腰をおろして、二人は一緒に供述書に目を通した。

そして、一緒に顔をあげ、ウルフを見た。

「それで?」ウェプラーが尋ねた。

「ウェプラーさん」ウルフはカップとソーサーを押しやった。「マダム。あなたがたはなぜ、ここへ来たのです? あなたがた二人がスタジオに入ったとき、銃は床になかった。その事実のために、ミオン氏が自殺したのではなく、殺されたと確信するに至ったからです。仮にミオン氏が自殺したと思える状況であったのなら、とっくに結婚していて、わたしを必要とすることはなかったはずです。大変結構。今まさにそういう状況となりました。他になにが必要なのです? あなたがたは疑念を晴らしたがっていた。ちゃんと晴らしましたよ」

フレッドはぐっと唇をひねった。

「信じられない」ペギーの声は晴れなかった。

「この供述書が信じられないと?」ウルフは書類に手を伸ばし、机の引き出しにしまった。予防策か、隙がないなとぼくは思った。そろそろ九時が近くなってきていたのだ。「真実でないのに、ミス・ジェームズがそんな書類にサインするとでも? なぜそのような――」

「そういう意味じゃないの」ペギーが言った。「主人が自殺するなんて、信じられないという意味です。銃がどこにあっても関係ありません。わたしはいやと言うほどあの人を知っていましたから。絶対に自殺するような人じゃなかった……絶対にね」ペギーは首をねじって、共同依頼者を見あげた。

「あなたは自殺だと思う、フレッド?」

「まあ、考えにくいね」フレッドは渋々認めた。

「わかりました」ウルフは辛辣に決めつけた。「では、わたしへの依頼内容は、当初の説明とちがっていたわけだ。ただ、銃については納得のいく説明をしたことは、最低限認めてもらいますよ。その事実からは逃れられない。ですから、仕事は片づいたのだが、さらに要求があるというわけだ。あなたがたの望みは、殺人犯の正体を明らかにすることだ。つまり、必然的に殺人犯を逮捕させたいということになる。あなたがたが望んでいるのは――」

「わたしが言いたいのは」ペギーは悲痛な口調で訴えた。「主人が自殺したなんて、信じられないってことです。なにがあっても、信じられません。今になってわかりましたが、わたしが本当に――」

玄関のベルが鳴り、ぼくは席を立って応対に出た。

第九章

結局、依頼人二人はパーティーに残った。

客は全部で十人だった。月曜の夜ここへ来た六人、依頼人二人、クレイマー警視、それからぼくの旧友兼仇敵のパーリー・ステビンズ巡査部長。変則的なのは、客のなかで一番頭の悪いクララ・ジェームズだけが、今日の成り行きをだいたい把握しているところだ。父親に事情を打ち明けていれば話は別だが、まずないだろう。クララは〈ホテル・チャーチル〉のバーでぼくが与えたヒントのぶん、先が読めていた。アデル・ボズリー、ロイド医師、ルーパート・グローブ、アーノルド判事、そしてギフォード・ジェームズは、ジェームズに対する損害賠償以外の議題があるとは知るよしもなく、この事務所に着いてはじめて、クレイマー警視とステビンズ巡査部長に引き合わされた。そのとき、五人がなにを思ったのかは、さっぱりわからなかった。顔を見ると、本人たちにさえわからなかったのが、一目瞭然だったのだから。クレイマーとステビンズはウルフとの長い付き合いのおかげで、だれかの化けの皮がはがれるのはまず確実だと踏んでいた。だが、だれの化けの皮が、いつ、どのようにはがれるのか？　フレッドとペギーに関しては、警察が到着してもなお、ウルフがクララの供述書を見せつけ、フレッドが銃を胸像から床へと移動させたと白状したことを暴露して、ミオンを自殺で片づけるつもりだと予想していたんだろう。二人のうちひしがれて追い詰められた表情を見れば、よくわかった。が、二人ともただ途方に暮れるばかりだった。

クレイマーはパーリーを従えて、部屋の奥にある大きな地球儀のそばに座っていた。ウルフは警視を見据えた。「クレイマー警視、あなたの関心の対象外ですが、よければ、あるちょっとした問題を一つ、先に片づけてしまいたいのですが」

クレイマーは頷き、葉巻を新しい角度でくわえなおした。ことの展開に、油断なく目を配っている。

ウルフは視線を転じた。「ここであなたがたに嬉しいお知らせがあります。あなたがたの意に沿うように意見をまとめたという意味ではありません。わたしはこの件の理非のみを勘案し、ミセス・ミオンの法律的立場を損ねることなく判断しました。道義的にみて、夫人にはジェームズ氏に対する支払い請求権はないというのが、わたしの見解です。既にお話ししたとおり、ミセス・ミオンはわたしの判断を受諾しました。ミセス・ミオンは請求権を主張したり、損害賠償金を求めることはありません。こちらの証人の前で保証していただけますか、ミセス・ミオン?」

「もちろんです」ペギーはなにか言いたそうとしたが、途中で考えなおした。

「なによりの話です!」アデルは椅子から立ちあがった。「電話をお借りしてもよろしいですか?」

「それは後ほど」ウルフはにべもなく断った。「おかけください」

「思うに」アーノルド判事が意見を述べた。「これなら電話で済ませられた話だろう。わたしは重要な約束を取り消さなくてはならなかったのだがね」弁護士というやつは決して満足しない。

「まさにそのとおり」ウルフは逆らわなかった。「これで話が終わりなら。ですが、ミオン氏の死にまつわる問題があります。わたしが——」

「それとこれとなんの関係があるんだ?」

「今から説明するところです。当然、関係はありますよ。間接的とはいえ、ミオン氏の死はジェームズさんの暴行の結果なのですから。ですが、わたしの関心は、それだけにとどまりません。ミセス・ミオンがわたしを雇ったのは、今片づいたばかりの問題、亡夫から相続したジェームズさんに対する賠償金請求権の判断だけではなく、夫の死についての調査のためでもあったのです。ミセス・ミオンは、夫が自殺するはずがないと確信していました。故人の性格から自殺したとは信じられなかったのですな。わたしは調査を行い、今、結果を報告する準備が整いました」

「それなら、わたしたちをここに呼びつける必要はないじゃないか」ふとっちょルーパートが甲高い声で文句を言った。

「あなたがたのうちの一人が必要なのです。殺人犯が」

「それでも、わたしたちは必要ない」アーノルド判事が嚙みついた。

「うるさい」ウルフは厳しく言い返した。「では、出ていけ。一人を除いて、全員出ていけ！」

だれも身動き一つしなかった。

ウルフは五秒間、猶予を与えた。「それでは続けます」と素っ気なく告げる。「今言ったとおり、報告の準備は整いました。ただし、調査が完了したわけではありません。一つきわめて重要な問題があり、公的機関の許可が必要になります。そのためにクレイマー警視が同席しているのです。また、ミセス・ミオンの同意も必要になります。それに、ロイド先生の意見も伺ったほうがよさそうですな、死亡証明書にサインしたのですから」ウルフはペギーに目を向けた。「まずはマダムから。夫の死体の発掘許可を与えてもらえますか？」

ペギーは目を見張った。「なんのために？」

「殺されたという証拠、だれがやったかという証拠を手に入れるためです。結果が出る見こみは充分あります」

ペギーの目がもとに戻った。「ええ。かまいません」ウルフが口からでまかせをしゃべっているだけだと判断したようだ。

ウルフの視線が左に移動した。「異存はありませんな、ロイド先生？」ロイドは困った顔をして、「さっぱりわかりませんね」とゆっくりした口調で断言した。「あなたがなにを狙っているのか。ま、いずれにしても、その件に関してはわたしに発言権はありませんよ。死亡証明書を発行しただけですから」

「では、反対しない。クレイマー警視、公的機関の許可を求める根拠はまもなく明らかになるでしょう。が、マウント・サイナイ病院のエイブラハム・レントナー医師の検査報告が必要になることを、あらかじめご承知おきください」

「あんたの直感が働いたってだけじゃ、発掘はできない」クレイマーは不平を鳴らした。

「わかっています。直感だけではありません」ウルフの目が一同を順繰りに見た。「皆さんご存じだと思いますが、ミオン氏が自殺したと警察が判断した主な理由の一つ、おそらく一番大きな理由は、その死にかたです。もちろん他の要件、例えば銃が死体のそばにあることなども、自殺に合致している必要はあります。そして、要件は満たされていました。しかし、決め手となったのは、先に意識を失っていない限り、ある人間が口にリボルバーの銃身を突っこまれ、引き金を引かれて殺害されるはずがないという前提があるからです。ミオン氏に殴られたり、薬を盛られた形跡は、一つもありませんでした。その上、頭部を貫いた弾丸は、天井にあたっていました。通常なら今述べた前提は妥当ですが、今回の事件は明らかな特例でした。ミセス・ミオンが最初に相談に来たとき、わたしはすぐにぴんときました。なぜなら、関係……。いや、まずは簡単な実演を行いましょう。アーチー、銃を出してくれ」

ぼくは三段目の引き出しを開け、銃をとり出した。

「装塡されているのか？」

ぼくは弾倉を開けて、確認した。「空です」

ウルフは一同に向き直った。「あなたがいいでしょう、ジェームズさん。オペラ歌手という職業柄、演出に従えるはずですから。お立ちください。これは重要な問題ですので、まじめにやってください。あなたは喉を傷めた患者で、グッドウィン君が担当医です。グッドウィン君は喉を診たいので口を開けてください、と言います。そういう状況に置かれたとき、自然な行動を正確にとってください。よろしいですか？」

「だが、わかりきってるじゃないか」ジェームズはむっとした様子で立っていた。「やってみるまでもない」

「それでも、今回は大目に見ていただきたい。ある特別な意味があるので。できるだけ自然にやってくれますね？」

「ああ」

「結構。残りの皆さんは、ジェームズさんの顔に注目してください。よく観察を。進めてくれ、アーチー」

ぼくは銃をポケットに入れ、ジェームズの前に移動して、口を大きく開けるように言った。ジェームズは言われたとおりにした。ぼくが喉を覗きこんだとき一瞬目が合ったが、ジェームズの視線は斜め上を向いた。ぼくはおもむろにポケットから銃をとり出し、口蓋に触れるまで口のなかへ差しこんだ。ジェームズは飛びのき、どさりと椅子に腰をおろした。

「銃は見えましたか？」ウルフが確認した。

「いや。視線は上だったから」

「まさにそのとおり」ウルフは客を見渡した。「皆さん、目が上を向くのを見ましたね？　必ずそうなります。そのうち、ご自分でも試してみてください。わたしは日曜の夜に寝室で試してみました。ですから、この方法で人間を殺害することは決して不可能ではない。仮にあなたが医者で、被害者が喉を傷めている場合は、難しくもない。いかがですか、ロイド先生？」

ロイドは実演の間、ジェームズの顔を見守る他の客の動きには、ついていかなかった。一筋の筋肉も動かしていなかった。今は顎がちょっとぴくついているが、それだけだ。

ロイドは精一杯、笑みを浮かべようとした。「起こりえたことを示しても」しっかりした声音で続けた。「実際に起きたと証明したことにはならない」

「たしかに」ウルフは認めた。「ただし、他にも補強となる事実はあるのです。あなたには確たるアリバイはない。あなたなら、ミオン氏はいつでも、文句なくスタジオに入れたでしょう。ミオン氏の目を盗んで、カルーソーの胸像の台に置かれた銃をとり、ポケットに忍ばせることくらい、なんでもなかったはずだ。他の人では無理ですが、あなたの要求であれば、ミオン氏はすぐに口を開けて立ち、死の運命を招き入れたことでしょう。あなたがレントナー医師の診察の予約をせざるをえなくなった直後に、ミオン氏は殺された。そういう事実があるのです、ちがいますか？」

「そんなもの、なにも証明していない」ロイドは言い張った。前ほどしっかりした声ではなかった。そして、椅子から立ちあがった。なにか目的がある行動ではなく、ただじっと座っていられなくなり、筋肉が勝手に動いたようだった。これは間違いだった。まっすぐ立つと、ロイドは震えはじめたのだ。

「役には立ちます」ウルフは続けた。「もう一つなにか追加できたら……どうやらできそうですな、でなければ、どうして震えているんです？　いったいなんだったんですか、先生？　運の悪いミス？　手術に失敗して、声帯を永久にだめにしてしまった？　きっとそうだったのでしょう。医師としての名声とキャリアが危険にさらされる恐れがあまりに大きく、あなたは殺人という手段をとった。いずれにしろ、遠からず明らかになるでしょう。レントナー医師が検死報告をまとめれば。あなたはまさか——」

「ミスではなかった」ロイドは金切り声をあげた。「だれにでも起こりうることで……」

今度はたしかにミスだった。ロイドは自分の声を聞き、そのうわずった金切り声をどうにもとり繕えないと気づいて、完全にパニックに陥ってしまった。ロイドはドアに突進した。ぼくは部屋を突っ切ろうとしてアーノルド判事をはね飛ばしてしまったが、無用の騒ぎだった。ぼくが駆けつけたときには、パーリー・ステビンズがロイドの襟首をつかまえていた上に、クレイマーまでいたのだ。背後が騒がしくなり、ぼくは振り返った。クララ・ジェームズがぼくには聞きとれない言葉を叫びながら、ペギー・ミオンに飛びかかっていた。が、父親とアデル・ボズリーに止められ、押さえつけられようとしている。アーノルド判事とふとっちょルーパートはウルフに向かい、興奮した様子で褒め言葉を並べ立てている。ペギーの肩は震えていて、泣いているようだったが、ウェプラーの肩に顔を埋めているので、直接確認はできなかった。ウェプラーの腕がペギーをしっかりと抱いている。

ぼくに用があったり、ぼくを必要とする人はだれもいなかった。ぼくはミルクを飲みに、厨房へ向かった。

『ダズル・ダン』殺害事件

第一章

ぼくは二つのことを同時にこなしていた。手を使って机の引き出しからショルダー・ホルスターとマーリーの三二口径をとり出しながら、舌を使ってネロ・ウルフに経済学の講義をしていたのだ。

「あの男には、ふっかけてもせいぜい」ぼくは順を追って説明した。「五百ドルです。そのうちの二十パーセント、百ドルが諸経費で引かれ、さらに実費として百ドル。残りは三百ドルですか。所得税は八十五パーセントだから、あなたの脳とぼくの足をすり減らした対価は、正味四十五ドル。もちろん、危険こみで。それでは買えや――」

「なんの危険だ?」ウルフは呟いた。ぼくの言葉が聞こえていることを示そうとお義理で答えただけで、実際は聞いちゃいない。机に向かって腰をおろし、顔をしかめているが、相手はぼくではなく、『ロンドン・タイムズ』のクロスワードパズルだった。

「揉め事ですよ」ぼくはむっとした。「あの男の説明は聞いたでしょう? 銃を使ってゲームをやるなんて、ふざけてますよ」体をひねって、ホルスターのバックルをはめる。続いて、上着をとりあげた。「あなたは探偵として名士録に載っているし、ぼくだって一応、私立探偵免許を持ったあなたの助手として給料をもらっているわけですから、客の依頼で捜査をするのは大歓迎ですよ。だけど、あのろくでなしときたら、この家の銃を小道具にして、自分で探偵をやりたがってる」ネクタイが曲がっていないかどうか、手で触って確かめる。事務所の奥まで移動して、壁にかかった大きな鏡を見るのをやめたのは、ウルフの前だといつも鼻を鳴らされるからだ。「いっそのこと」ぼくは言い張った。「お使いでも頼んで、届けさせたらいいんじゃないですか」

「くだらん」ウルフはぶつぶつ言った。「きわめて型どおりの方法ではないか。きみは『ダズル・ダン』を好まないので、へそを曲げているにすぎない。これが『氷河時代のポリーちゃん』のような漫画だったら、乗り気になるだろうに」

「だめですよ。ぼくが漫画をときどき読むのは、ただの社会勉強ですから。あなたも勉強したって、害はなさそうですけど」

ぼくは廊下に出て身支度をし、玄関からポーチの階段をおりて、タクシーを探すため十番街に向かって歩いた。ハドソン川を渡った冷たい突風が背中に吹きつけてきて、ぼくは血行をよくしようと腕を振り、足を速めた。

ぼくが『ダズル・ダン』、国内二千もの──いや、二百万だったかな？──新聞に掲載されている連載漫画の主人公を、気に入っていないのは事実だ。ついでに四十時間前の土曜の夜に事務所にやってきた、作者のハリー・コーヴェンも好きになれなかった。やつは黄色い尖った歯で、ずっと上唇を嚙んでいた。せめて上唇じゃなく下唇を嚙んだら、その歯は見えずに済んだのに。さらに、やつが筋書きを書いた仕事の内容も気に入らなかった。ぼくがネロ・ウルフの評判を鼻にかけるようになったわけじゃない。銃をちょろまかされた男は、殺人容疑をかけられた大金持ちの公爵夫人と同じく、優秀な探偵を雇う権利がある。だが、今回のハリー・コーヴェンの計画では、捜査はやつが自分ですることになっていて、ぼくとお使い坊やのちがいと言えば、移動手段が地下鉄じゃなく、タクシーだということくらいだった。

いずれにしても、ウルフは依頼を引き受け、ぼくの登場となったわけだ。ポケットから一枚の紙片をとり出して、確認した。ハリー・コーヴェンとの話し合いを書きとめたノートから、ぼく自身がタイプで書き写したものだ。


マーセル・コーヴェン。妻。

エイドリアン・ゲッツ。友人もしくは非戦闘従軍員。たぶん、その両方。

パトリシア・ローウェル。代理人（マネージャー？）で営業担当。

ピート・ジョーダン。『ダズル・ダン』の絵を描く画家。

バイラム・ヒルデブランド。画家で、やはりＤ・Ｄの絵を担当。


ハリー・コーヴェンによれば、この五人のうちの一人が、彼の銃、マーリー三二口径を盗んだので、犯人を突きとめたいのだそうだ。言葉どおりの、特に裏もない話だが、なくなったのが電気カミソリとか、カフスボタンセットとかなら、なにかと緊張したそぶりはもちろん、あんな唇の噛みかたをする必要はなかっただろう。コーヴェンは一度ならず二度までも、五人のうちのだれも射撃なんかしたがる理由があるとは思えないと、声を大にして主張した。二回目はあまりの力説ぶりに、ウルフは唸り、ぼくは片方の眉をあげたほどだ。

マーリー三二口径は、蒐集品などではないので、ぼくたちの武器庫にも一丁あって、コーヴェンがお芝居に必要とする小道具にできたのも、びっくりするほどの偶然ではない。芝居そのものに関しては高みの見物を決めこむのが利口だろうが、気に入らないものに見物も利口もない。ぼくは見る前から失敗作として片づけていた。

レキシントン・アベニューの東七十六丁目の住所でタクシーを降りた。西三十五丁目のネロ・ウルフの古い褐色砂岩の家では、玄関前に建築当時のポーチや階段がまだ堂々と残っているが、ここの玄関は当世ふうに改装されていた。家に入るには、階段を七段あがるのではなく、四段おりる。ぼくは四階まですべての窓にある桃色の鎧戸や、入口の横に並んだ常緑樹の鉢に目をやったあと、階段をおりた。

ぼくを迎え入れたのはお仕着せ姿のメイドだった。獅子っ鼻で、ウルフがウエハースに塗るカマンベールチーズに負けないくらい、たっぷり口紅を塗りたくっていた。ぼくはコーヴェンさんと約束があると告げた。メイドは、コーヴェンさんにはまだお会いできないと言い、それで話は片づいたとばかりに、ぼくの帽子やコートを預かろうともしなかった。

ぼくは言った。「ぼくらの古い褐色砂岩の家は、男だけで切り盛りされているけど、もっと行き届いているよ。約束のあるお客をフリッツかぼくが迎え入れたら、荷物を預かる」

「お名前は?」名前なんてあるの、と言わんばかりの口調で、メイドが尋ねた。

男の大声が家の奥から聞こえた。「フルナリの使いが来たのか?」

女の大声が上から聞こえた。「コーラ、わたしのドレスが届いたの?」

ぼくは大声で答えた。「アーチー・グッドウィンです! コーヴェンさんと十二時に約束があるんですが! もう二分過ぎましたよ!」

これに反応があった。今度はそう大きくもない女の声が、二階に来るようにと言ったのだ。メイドはがっかりした様子で下がっていった。ぼくはコートを脱いで椅子の上に置き、帽子も載せた。廊下の奥の戸口から、男が一人、しゃべりながら出てきた。

「うるさいったらないな。世界一うるさい家だ。こっちへどうぞ」男は階段をあがりはじめた。「ハリーさまと約束があるときには、必ず一時間の遅れをみとけよ」

ぼくはついていった。二階にあがると、広くて四角いホールに出た。左右に広いアーチ型の入口があり、部屋に通じている。男はぼくを左手に案内した。

ぼくにとって、一目で様子を把握できない部屋はほとんどないのだが、この部屋はそのうちの一つだった。巨大なテレビボードが二セット、隅には檻に入ったサル、ありとあらゆる大きさと色の椅子、重なった敷物、燃えさかる暖炉、室温は二十七度ぐらい——それくらいで音をあげて、ぼくは部屋の主に注意を集中することにした。そのほうが簡単だし、目の保養になった。ぼくの好みから言えば、背が低すぎたが、他は合格点。きまじめそうな灰色の瞳の上のなめらかな広い額と、頬骨がとりわけきれいだった。こんなオーブンのような部屋で涼しそうに澄ましているなんて、火蜥蜴(サラマンダー)の血が混じっているにちがいない。

「ねえ、ピート」彼女は言った。「主人をハリーさまって呼ぶの、やめてちょうだい」

ぼくは感心した。時間の節約になる。型どおりに名前を教えて紹介する代わりに、自分がミセス・ハリー・コーヴェンのマーセルであること、若い男がピート・ジョーダンであることをぼくに伝えて、同時に命令までしているのだから。

ピート・ジョーダンはなにか目的があるみたいにミセス・コーヴェンに近づいていった。抱きしめるのか、平手打ちを食わせるのか。その間のことならどれでもありそうだった。が、ミセス・コーヴェンの一歩手前で、ピートは立ちどまった。

「読みが浅いですね」挑むようなバリトンだった。「計画の一部なんだ。ぼくが人間のくずでないと証明する唯一の方法なんですよ。こんな仕事にしがみついて、毎月毎月くだらない絵ばかり描くなんて、くずでもない限りありえない。ぼくがこのざまなのは、食い道楽なだけです。ここを辞めて、しばらくひもじい思いをする度胸がないんだ。だから、ぼくはハリーさまと言って奥さんの機嫌を損ねて、ハリーの機嫌を損ねるような呼びかたをする勇気をかき集める。そのうち、我慢の限界がきたら、今度はゲッツの機嫌を損ねる方法を考え出すんだ。そうすれば首になって、ひもじい思いをしながら芸術家としての道を歩きはじめられる。そういう計画なんです」

ピートは振り返って、ぼくを睨みつけた。「証人の前で宣言したら、もっと本気になれるだろう。ぼくの名前はジョーダン、ピート・ジョーダンだ」

睨んだりしてみないほうがよかった。似合わないからだ。背はミセス・コーヴェンとどっこいどっこいだし、肩はほっそりしていて、腰が張っている。そんな体格では、勇ましいバリトンを響かせ、挑むように睨んでも、狙っている効果を出しようがない。ピートには技術指導が必要だった。

「機嫌なら、とっくに損ねてるわ」ピートの背中に向かって答えたミセス・コーヴェンの声は、低くてきれいだったが、負けてはいなかった。「子供みたいね。子供にしては年をとりすぎよ。いい加減大人になったら？」

ピートはもう一度向きを変えて、嚙みついた。「そっちが母親みたいなんでね！」

的外れな反撃だった。二人ともぼくより若いし、ミセス・コーヴェンはピートよりせいぜい三つ、四つ年上なだけだろう。

ぼくは、「失礼」と口を挟んだ。「申し訳ないけど、ぼくは証人のプロじゃありませんので。コーヴェンさんに呼ばれて、会いにきたんです。探しにいってもいいですか？」

後ろから細くて甲高い声が響いた。「おはようございます、奥さん。早かったかな？」

ミセス・コーヴェンが返事をしている間に、ぼくは振り返り、アーチ型の入口から登場した甲高い声の主を見た。この男はピート・ジョーダンと声を交換するべきだった。体格といい、貫禄といい、深いバリトンの声がぴったりだ。形のよい頭には白に近い灰色の髪がふさふさと生えている。歩きかたも含めて、なにもかもが堂々として、風格があった。が、甲高い声ですべて台無しだ。ぼくらの会話に加わっても、声はそのままだった。

「グッドウィンさんの声がして、ピートが出ていったので、てっきりわたしは……」

ミセス・コーヴェンとピートもしゃべり続けているし、話を聞き分けようとしても、無駄な努力のようだ。なにしろ、サルまで参戦する決意をしてキャッキャと鳴き出した。おまけに上着やベストで厚着をしていたぼくは、額や首を汗が伝っていた。ピートと今到着した男はシャツ姿だったが、ホルスターが見えてしまうので、まねをするわけにはいかない。三人とサルはぼくを完全に無視して、しゃべり続けている。それでも話の流れから、甲高い声の主はぼくの予想に反して、エイドリアン・ゲッツではなく、バイラム・ヒルデブランドだとわかった。『ダズル・ダン』を描くという厄介な仕事でピートの相棒をしている男だ。

気がおけない仲間内のおしゃべりが続いていたが、ぼくは体がジュージュー焼けはじめたので、部屋の奥に行って窓を大きく開けた。すぐに反応があるだろうと思ったが、なにもなかった。拍子抜けしたが、新鮮な空気がどっと入ってきてほっとした。深呼吸してハンカチで額と首を拭い、振り返ったところ、仲間が増えたことに気づいた。アーチ型の入口から入ってきたのは、ピンク色の頬をした女性で、ミンクのコートを着て、茶色い髪に濃緑色のコルク板のようなものを斜めに気どって載せていた。ぼく以外はだれも目をくれなかったが、彼女は暖炉に近づいて、コートをソファーの上に脱ぎ捨て、地味な色合いを寄せ集めた複雑なチェックのスーツ姿になると、かすれ声で言った。大声ではなかったが、よく通った。「ルーカルーの命は、あと一時間と持たないわね」

サルを除いた全員がびっくりして口を閉じた。ミセス・コーヴェンは彼女に目を向けたあと、部屋を見回し、開いた窓を見つけて問いただした。「だれがあんなことをしたの?」

「ぼくです」ぼくは男らしく名乗り出た。

バイラム・ヒルデブランドが軍勢を前にした将軍よろしく堂々と歩いていき、窓を閉めた。サルは鳴くのをやめ、咳をしはじめた。

「ほら見ろ」ピート・ジョーダンは上機嫌で、バリトンの声が明るくなった。「早速肺炎になったぞ。こいつはいい考えだ。ゲッツの機嫌を損ねる覚悟ができたら、こうすればいいんだ」

三人は檻までルーカルーの様子を見にいったが、危ういところでサルの命を救いに登場した女性には挨拶もせず、礼も言おうとはしなかった。彼女はぼくに近づいてきて、愛想よく尋ねた。「あなたがアーチー・グッドウィン? パット・ローウェルよ」差し出された片手を、ぼくは握った。握手の名人になる素質が感じられたし、きれいな茶色の目でまっすぐにこちらを見るというおまけまでついていた。「今朝電話して、コーヴェン先生は一度も約束の時間を守ったことがないって注意するつもりだったんだけど、先生が自分で決めたことだから遠慮しておいたの」

「次からは」ぼくは言った。「ぼくに電話をかける口実があったら見逃しちゃだめだよ」

「次からはね」パットは手を引っこめ、手首に目をやった。「どっちみち、早すぎね。会議は十二時半だって言ってたわよ」

「十二時に来ることになってたんだ」

「あら」パットはぼくをじっと見た。悪意は感じられなかったが、ぼくを値踏みしていたのは間違いない。「先に打ち合わせをするために?」

ぼくは肩をすくめた。「そうだと思うけど」

パットは頷き、少し眉をひそめた。「こんなこと、はじめてだわ。コーヴェン先生の代理人兼マネージャーを務めて三年になるけど、事務的用件はすべて任されているの。咳止め薬のお勧めから、ダンをスクーターに乗せることまでね。こんなこと、はじめて。わたしに相談もなしにだれかを会議に参加させるなんて……それも、ネロ・ウルフよ！　ネロ・ウルフと『ダズル・ダン』のタイアップ企画なんでしょ、ダンに探偵社をやらせるって?」

一応ここでは疑問符をつけたが、質問か、ただ事実を話しただけかは、ぼくの受けとりかた次第という口調だった。ぼくは『ダズル・ダン』との共演について事細かにウルフに説明してやるときのことを考えてほくそ笑んでいたのだが、不意を突かれた。きっと顔に出てしまっていただろう。ぼくは表情を引き締めようとした。

「待ったほうがいいんじゃないかな」言葉を選んで答える。「コーヴェンさん自身に説明してもらおう。ぼくは仕事では決して外出しないウルフさんの代理で、技術顧問として立ち会うだけのはずだから。もちろん、きみが営業担当で、二人きりであれこれ話し合う必要があれば……」

ぼくは言葉を切った。聞き手がいなくなったからだ。パットの目はぼくの左肩越しに、入口を見ていた。その目つきが一変している。活気を帯びた？　警戒している？　ちょっとちがう、緊張感が増したのだ。ぼくは振り返った。ハリー・コーヴェンがこちらに向かってくるところだった。黒い髪はぼさぼさで櫛も入れていないし、ひげも剃っていなかった。大きな体に、黄色い『ダズル・ダン』の刺繍が入った真っ赤な絹のローブをまとっている。すぐそばには、紺色のスーツを着た小柄な男がいた。

「おはよう、ダズラー諸君」コーヴェンが大声で言った。

「この部屋は涼しくないかな」小柄な男が、穏やかな声で不安げに言った。

おかしなことに、その穏やかな小声がコーヴェンの大声を圧倒したように聞こえた。挨拶を返すダズラーたちを一瞬で黙らせたのが、その静かな声だったのはたしかだ。いや、部屋の雰囲気をここまで急変させたのは、大小二人の男の組み合わせだったのかもしれない。ダズラーたちは変人揃いのようだが、さっきまではだれもが気楽そうで遠慮がなかった。今は全員、身をかたくしている。舌までかたくなっているようだったので、ぼくが口を開いた。

「ぼくが窓を開けたんです」

「なんてことを」小男は穏やかにぼくを咎め、小走りでサルの檻へ向かった。行く手には、ミセス・コーヴェンとピート・ジョーダンがいたが、二人は踏みつぶされるとでも思ったみたいに、慌ててどいた。ただ、その男はせいぜいコオロギくらいしか踏みつぶせそうになかった。体が小さすぎるとか年をとりすぎているだけでなく、走りかたもどことなく不器用で、ばたついていた。

コーヴェンが大声でぼくに言った。「じゃあ、来てたんだな！　チビとサルのことは気にするな。チビはあのサルをすごくかわいがっていてね。おれはここをサウナ室と呼んでる」コーヴェンは声をあげて笑った。「どうだ、チビ。大丈夫か?」

「大丈夫そうだ、ハリー。大丈夫だと思いたいね」穏やかな低い声が再び部屋一杯に広がった。

「おれもそう思いたいよ、じゃなきゃ、グッドウィンが危ない」コーヴェンはバイラム・ヒルデブランドに向き直った。「第七百二十八回の分は来たか、バイ?」

「いや」ヒルデブランドは甲高い声で答えた。「フルナリに電話したら、すぐに寄こすと言っていた」

「また遅れか。変えなきゃならないかもしれんな。届いたら、三コマ目を変更してくれ。ダンの『今夜じゃないよ』の台詞を『今日じゃないよ』に変えるんだ。わかったな?」

「そんな、その点についいては話し合ったじゃ――」

「わかってる、でも、変えるんだ。七百二十九回も合わせて変更だ。七百三十三回は終わったか?」

「いや、あれはまだ――」

「じゃあ、こんなところでなにをしてる?」

「それはその、グッドウィンが来たし、十二時半に集まれって言ったじゃないか――」

「準備ができたら知らせる。昼食後だな。七百二十八回の訂正版は見せてくれ」コーヴェンはふんぞり返って周囲に睨みを利かせた。「みんな調子はどうだ? 張り切ってるか? じゃあ、またあとで。来てくれ、グッドウィン。待たせて悪いな。こっちだ」

コーヴェンはアーチ型の出入り口に向かい、ぼくを連れてホールを抜け、一階上にあがった。三階は作りがちがっていて、大きくて四角いホールの代わりに狭い廊下があり、閉まったドアが四つ並んでいた。コーヴェンは左に進み、端のドアを開けて押さえ、ぼくを通した。そして、また閉める。さっきの部屋よりましなところが、いくつかあった。室温が五度は低いし、サルがいない。家具も移動可能な余裕のある配置だった。一番目立つのは、奥の窓際にある、傷のついた古い大型机だ。ぼくに椅子を勧めてから、コーヴェンは机につき、その上に載っていた盆の料理からおおいを外した。

「朝食だ」コーヴェンは言った。「きみは済ませたな」

質問ではなかったが、ぼくは気を遣って、「はい」と答えた。盆を見れば、できるだけ気を遣ってやる必要があった。不味そうなポーチドエッグ、薄っぺらでしなったトースト、果汁小さじ一杯くらいの小さなプルーンが三個、炭酸水が瓶に半分、それとグラス。ぞっとするような光景だった。コーヴェンはプルーンに攻撃を加えた。食べ終わって、炭酸水をグラスに注いで一口飲むと、こう訊いた。

「持ってきたか?」

「銃ですか? もちろん」

「見せてくれ」

「事務所で見せた銃ですよ」ぼくはコーヴェンに近い椅子に移動した。「芝居をはじめる前に、一緒に確認するはずでしたね。これが銃を入れていた机ですか?」

コーヴェンは頷き、トーストを一口嚙んで、飲みこんだ。「この左側の引き出しだ。奥にな」

「装塡されていた」

「そうだ。そう言っただろ」

「そう言ってました。二年前、モンタナ州の観光牧場に行ったときに買って、家に持ち帰ったもので、特に許可証をとったりはせず、ずっと引き出しに入れっぱなしにしていた、とも言ってましたね。一週間前か十日前にはそこにあったが、先週の金曜日になくなっているのに気づいた。二つの理由があって、警察は呼びたくなかった。一つは銃の許可証を持っていなかったから、もう一つは名前を挙げた五人のうちのだれかが盗ったと思うから――」

「盗った可能性もあるとは思う」

「そういう言いかたはしてませんでしたけどね。まあ、いいでしょう。あなたは五人の名前を挙げた。ところで、エイドリアン・ゲッツというのは、あなたが『チビ』と呼んでいた人ですか?」

「そうだ」

「じゃあ、五人全員がここにいるわけだから、計画を進めて、片をつけられる。あなたの銃が入れてあった引き出しにぼくの銃を置き、あなたはぼくの立ち会いのもと、会議と称して全員をここに集める。こういう話でしたね。ぼくが同席している理由は、あなたが考えておくはずでした。考えつきましたか?」

コーヴェンはトーストと卵をもう一口ずつ飲みこんだ。こんな食事、ウルフなら五秒きっかりで平らげてしまっただろう。いや、窓から投げ捨ててしまうかな。「これならいけるだろう」コーヴェンは口を開いた。「『ダズル・ダン』に新しい仕事、探偵事務所をはじめさせるつもりだから、参考のためネロ・ウルフに協力してもらうことにした、と言えばいい。そこで、会議に参加するため、きみが派遣されてきた。ちょっと話し合ってみて、絵にリアリティーを持たせるために、本職の探偵が部屋を捜索する様子を実演してくれと、おれが頼む。机からはじめるのはまずい、そうだな、後ろの棚からがいいだろう。机を調べる段階になったら、邪魔にならないように、おれは椅子を引く。それで全員の顔を正面から見られる。きみが引き出しを開けて銃をとり出し、みんながそれを見たときの――」

「自分でとり出すって話でしたよ」

「たしかにそう言った。だが、このほうがいい。こうすれば、みんなが銃ときみに注目しているだろうから、こっちで連中の顔を観察する。じっくりとな。銃を盗ったやつが――もし五人のなかにいたらだが――きみがそっくりな銃を引き出しからとり出すのをいきなり見せられたら、なにか表情に出るだろう。で、おれはそれを見つける。こういう手はずだ」

実験現場のその部屋では、ウルフの事務所で聞いたときよりもましな手に聞こえたのはたしかだ。それに、うまく手直しされていた。これなら、本当に狙いどおりにいくかもしれない。そう考えながら、コーヴェンが炭酸水を飲み干すのを眺めた。トーストと卵はなくなった。

「うまくいきそうですね」ぼくは認めた。「一つ問題はありますが。びっくりするのを当てにしてるんでしょうけど、五人全員が驚いた顔をしたらどうするんです？　ぼくがその机から銃を出してみせても、そこに入っていたこと自体を知らない人は？」

「いや、ちゃんと知ってる」

「全員が？」

「当然だろう。それは説明したと思ったが。まあいい、全員知ってるよ。連中はこの家のことなら、なんでも知ってる。みんな、銃は処分するべきだって意見でね。今となっちゃ、おれもそう思うが。いいか、グッドウィン。話は単純だ。あの厄介な銃がどこにあるのか、だれが盗ったのか、わかればそれでいい。あとは、こっちで片をつける。ウルフにそう言ったぞ」

「わかってますよ」ぼくは立ちあがり、コーヴェンの左側、机の脇に移動して、引き出しを開けた。「このなかですか？」

「そうだ」

「奥の仕切り?」

「ああ」

ぼくはホルスターに手を伸ばして、マーリーを外し、弾薬を抜いてベストのポケットにしまった。そして、銃を引き出しに入れて閉め、席に戻った。

「いいですよ」ぼくは声をかけた。「みんなをここへ集めてください。リハーサルなしでも、アドリブでなんとかなるでしょう」

コーヴェンはぼくを見た。そして引き出しを開けて銃を確認したが、手は触れずに閉めた。盆を押しやり、椅子にもたれて、尖った黄色い歯で上唇を嚙みはじめる。

「やる気を出さなきゃならないんだよ」訴えるような口調だった。「夕方近くなるまで、あんまりやる気が出たためしがない」

ぼくはぶつぶつ文句を言った。「いったい、なんなんです? ぼくを正午に呼びつけて、会議は十二時半にはじめるって言ったじゃないですか」

「たしかに。それがおれのやりかたなんだ」また唇を嚙む。「それに、着替えなきゃならない」突然声を張りあげて、逆ねじを食わせる。「せっつくな、わかったか?」

ぼくはうんざりしたが、もうこの事件には多大な時間とタクシー代一ドルを費やしている。なので、自分を抑え、「わかってますよ」と宥めた。「芸術家は気分屋だってね。ただし、ウルフさんの料金について説明しておきます。ウルフさんは仕事の内容によって、報酬を設定します。必要以上にぼくの時間を使ったと判断したら、一時間百ドルの追加料金がかかります。夕方までぼくをここに引き留めておくと、かなりの金額になりますよ。いったん帰って、戻ってくることもできますが」

この提案は気に入らなかったらしく、コーヴェンは断った。ぼくがこの家にいると思えばやる気が出やすいだろうし、ほんの一時間程度しかかからないかもしれない、との説明だった。コーヴェンは立ちあがってドアに向かい、開けたところで振り返ってこう訊いた。「おれが一時間にいくら稼ぐのか、知ってるのか？　仕事に使った一時間だぞ？　千ドル以上だ。時給千ドル以上なんだぞ！　着替えにいってくる」

コーヴェンはドアを閉めて出ていった。

腕時計を見ると、一時十七分だった。ぼくの腹時計もぴったりだった。十分くらい座っていたが、そのあとで机の電話を使ってウルフにかけ、状況を説明した。当然ウルフはそこを出て昼食を食べろと言ったし、ぼくもそうすると答えたものの、電話を切ると椅子に戻った。ぼくが出かけたら、コーヴェンのやつは絶対留守中にやる気を出し、帰ってきたときにはやる気をなくして、一からやり直す羽目になるだろう。腹の虫にそう言い聞かせてみたが、上品な抗議の音が返ってきた。だが、決定権を持っているのは、ぼく自身だ。また腕時計を確認したら一時四十二分だった。と、ドアが開いて、ミセス・コーヴェンが現れた。

ぼくが立ちあがると、広くてなめらかな額の下にある、きまじめそうな灰色の目が、ちょうどネクタイの結び目の高さになった。後ほど行う会議のためにぼくが残っていることを夫から聞いた、とミセス・コーヴェンは言った。ぼくはそのとおりだと答えた。ミセス・コーヴェンはなにか口に入れたほうがいいと言った。ぼくとしても、悪い考えではないと思った。

「よければ」ミセス・コーヴェンは勧めた。「階下に来て、一緒にサンドイッチを食べない？　料理は一切しないの、朝食も注文するくらい。でも、サンドイッチならあるわよ」

「不躾なことを訊きますが」ぼくは言った。「皆さんは、サルのいる部屋に?」

「まさか」ミセス・コーヴェンはいたってまじめだった。「いくらなんでも、あんまりでしょ? 場所は一階の作画室よ」とぼくの腕に手をかける。「行きましょう、さあ」

ぼくはミセス・コーヴェンと一緒に一階へ向かった。

第二章

一階の奥にある大きな部屋で、残り四人の容疑者は飾り気のない木製テーブルを囲み、サンドイッチを食べていた。部屋はぐちゃぐちゃだった。蛍光灯の下に作業机が何台かあり、オープン棚には紙や、ありとあらゆる大きさの缶など、いろんな品物が詰めこまれている。椅子があっちこっちに置かれ、本や画集の詰まった書棚や、紙が山と積まれたテーブルもあった。視覚的にごたついているだけでなく、聴覚的にはさらにひどい状態だった。二台のラジオが大音量でかかっていたのだ。

マーセル・コーヴェンとぼくは、他の四人がいる昼食のテーブルについた。そのとたん元気がわいてきた。フランスパンとプンパーニッケル（ライ麦を原料とするドイツパン）のバスケット。大きな紙皿には、スライスハム、七面鳥の燻製、チョウザメ、辛口の塩漬けビーフがたっぷりあって、バターの塊やマスタードその他の薬味も揃っていた。それに、ミルクの瓶、湯気の立つコーヒーのポット、フレッシュ・キャビアの一ポンド瓶もある。ピート・ジョーダンがパンの皮にたっぷりキャビアをすくって載せるのを見て、食い道楽だと言っていた意味がわかった。

「ご自由にどうぞ！」パット・ローウェルがぼくの耳元で怒鳴った。

ぼくは片手をパンへ、反対の手をビーフに伸ばしながら、怒鳴り返した。「どうしてだれもラジオの音量を下げないんだい？　いや、いっそスイッチを切ったら？」

パットは紙コップのコーヒーを一口飲んで、首を振った。「一台はバイ・ヒルデブランド用で、もう一台はピート・ジョーダン用なの！　二人は仕事中に別の番組を聴くのが好きなのよ！　お互いよく聞こえるようにしなきゃいけないってわけ！」

騒音はものすごかったが、塩漬けビーフは美味で、パンは〈ラスターマン〉（ウルフの親友の一流シェフ、マルコ・ヴクチッチのレストラン）から取り寄せたにちがいないと思えるほどだった。七面鳥やチョウザメにも、なんの問題もなかった。ラジオの対決のせいでおしゃべりができず、ぼくは気晴らしのために目を活用することにしたが、コーヴェンに『チビ』と呼ばれているエイドリアン・ゲッツに興味をそそられた。ゲッツはパンの皮を長方形に折りとり、チョウザメの長方形の一切れを載せ、一番上にキャビアをたっぷり載せて、ぱくりと食べた。それを腹に収めるとコーヒーを三口飲み、また繰り返す。ミセス・コーヴェンとぼくが席についたときもその調子で、ぼくが満腹になってペーパーナプキンに手を伸ばしたときも、まだ同じことをしていた。

それでも、ついにゲッツも食べ終えた。椅子を引いて立ちあがり、壁際の流しで指を洗い、ハンカチで拭いた。そして、ちょこちょこと一台のラジオに近づいてスイッチを切り、もう一つのほうへ行って、これもスイッチを切った。それから、ぼくたちのところへ戻ってきて、弁解するようにこう言った。

「失礼なのは、承知しています」

そんなことはない、とはだれも言わなかった。

「ただ」ゲッツは続けた。「昼寝をしに上の階に行く前に、グッドウィンさんに訊いておきたいことがあったただけなのです」ゲッツの目がぼくをとらえた。「あの窓を開けたとき、冷たい突風が熱帯のサルの体に障ると知っていたのですか？」

その口調は穏やかというより、悲しげだった。だが、ゲッツのなにかが――なんなのかはわからなかったし、わかるまでの猶予も乞わなかった――ぼくの癇に障った。

「もちろんですよ」ぼくは悪びれもせずに答えた。「試してみていたんです」

「浅はかな行為ですな」咎めているのではなく、控えめに自分の意見を口にしただけのようだった。

ゲッツは背を向け、ちょこちょこと部屋を出ていった。

針を落としても聞こえそうな沈黙が続いた。パット・ローウェルはコーヒーを注ごうとポットに手を伸ばした。

「グッドウィン、無事を祈るよ」ピート・ジョーダンがぼそりと言った。

「なぜ？　嫌がらせをするやつなのかい？」

「理由は訊くな、ただし用心しろよ。ゲッツの正体は小鬼だと、おれは思ってる」ジョーダンは紙ナプキンをテーブルの上に放り出した。「芸術家の創作活動を見たいか？　こっちへ見学に来いよ」一台のラジオへずかずかと歩いていき、スイッチを入れると、ジョーダンは作業机に向かって腰をおろした。

「わたしが片づけるから」パット・ローウェルが言った。

バイラム・ヒルデブランドはぼくの前では甲高い声を封印したまま席を立ち、別のラジオをつけて別の作業机に向かった。

ミセス・コーヴェンはぼくらを残して出ていった。ぼくはパットを手伝って昼食のテーブルを片づけたが、ただの時間潰しにしかならなかった。二台のラジオががんがん鳴っているし、ぼくは人とお近づきになる第一歩として、もっぱらおしゃべりを活用しているからだ。そのあとパットも出ていってしまったので、ぼくはぶらぶらと芸術家たちを見学にいった。これまでのところ、ぼくの『ダズル・ダン』に関する意見にはなんの変わりもなかったけれど、二人が『ダズル・ダン』を描く腕前には舌を巻いた。ぼくにはどれも同じにみえる下絵から、みるみるうちに三色のカラー作品に仕上げていく。二人の間を行ったり来たりしたら、ついていけないほどの早さだった。長い一連の作業が中断したのは一度だけ、ヒルデブランドが急に席を立ってラジオの音量をあげ、一分後にはジョーダンも同じことをしたときだった。ぼくは腰をおろして二つの番組を同時に聞く実験に精を出してみたが、しばらくすると脳がチーズのようになってきたので、部屋を出た。

玄関に向かう廊下で、一ヶ所ドアが開いていたので、覗いてみたところ、パット・ローウェルが机に向かって書類と格闘していた。ぼくがなかに入っていくと、顔をあげて頷き、そのまま仕事を続けた。

「話があるんだ」ぼくは言った。「この無人島で、何ヶ月もきみのすぐ近くにいるものだから、ぼくはどうしていいかわからなくなったよ。距離だけの問題じゃない。ぼろを着てても、化粧をしてなくても、ぼくはきみのことを――」

「忙しいの」パットはばっさり切り捨てた。「あっちへ行って、ココナッツで遊んでてちょうだい」

「後悔するぞ」ぼくは捨て台詞を残して廊下に戻り、玄関のガラスパネルから外の世界を眺めた。話の種になるほどの景色ではなかったし、ラジオがまだ鼓膜をがんがん刺激するので、二階に向かった。アーチ型の入口から左手の部屋を覗くと、檻のなかのサルしかいない。そこで右手の部屋に入ってみた。家具はたくさんあったが、生き物の気配はまるでなかった。さらに階段をのぼっていったら、ラジオの音が弱まるどころか、かえって大きくなってくるように思えた。階段をのぼりきって、理由がわかった。ラジオの音は何ヶ所かある閉まったドアのどれか、その奥から聞こえていたのだ。ぼくはコーヴェンと打ち合わせをした部屋のドアを開けてみた。はずれ。別のドアを開けてみた。リンネル類が詰まった棚があった。さらに別のドアをノックしてみた。答えがなかったので、開けて入ってみた。そこはとびきり趣味のいい、特大サイズのベッドがある広い寝室だった。家具やしつらえからみて、男女共用らしい。ナイト・テーブルの上にあるラジオからメロドラマが流れ、ソファーではミセス・コーヴェンが横になって、ぐっすりと眠っていた。ナイト・テーブルでがんがん鳴っているラジオをよそに、ちょっと口を開け、軽く丸めた指をクッションに載せているところは、さっきよりおっとりした印象で、それほどきまじめな感じはしなかった。ぼくは意地でもコーヴェンを見つけるつもりで、ベッドの下でも覗いてみようかなと二、三歩前に出たが、隣の部屋へ通じる右手の開いたドアに目をやると、いた。コーヴェンはこっちに背中を向けて、窓際に立っている。知り合ってまもないのに、奥さんが昼寝をしている寝室から出ていくのもちょっと不躾かと、ぼくはいったん廊下に戻ってドアを閉め、隣のドアに移動してノックをした。返事がなかったので、ノブを回してなかに入った。

ラジオの音で、ぼくの入ってくる音はかき消されてしまった。コーヴェンは相変わらず窓際に立っている。ぼくは思い切りドアを閉めてやった。コーヴェンがびっくりして、こちらを向いた。なにか言ったが、ラジオのせいでなにも聞こえない。寝室との境のドアを閉めたら、少しはましになった。

「なんだ?」コーヴェンは訊いたが、ぼくがだれで、用件はなんなのか、見当もつかないような口調だった。

コーヴェンはひげを剃り、髪をとかし、仕立てのいい粗いラシャ地のスーツを着て、茶色のシャツに、赤いネクタイを締めていた。

「もう四時になりますよ」ぼくは言った。「そろそろ銃を持って帰るつもりなんですが」

コーヴェンはポケットから両手を出し、崩れるように椅子に座った。部屋の様子からして、ここはコーヴェン個人の居間なんだろう。いかにも快適そうだった。

コーヴェンが口を開いた。「窓の前に立って、考えていたんだ」

「そうですか。で、収穫は?」

コーヴェンはため息をつき、両足を伸ばした。「一人の人間の幸福に必要なのは、名声と富だけではない」

ぼくは腰をおろした。あとは、論戦に参加するか、手を引くしか方法がなかったからだ。

「他にはどんなことが?」ぼくは愛想よく尋ねた。

コーヴェンは早速話しはじめた。べらべらしゃべりまくったが、それを逐一報告するつもりはない。ためになる教訓があるとは思えないから——ちなみに、ぼくにはまったくなかった。調子を合わせるために、たまにぼそぼそ相づちを打ったが、そのうち退屈しのぎにとラジオのメロドラマに耳を傾けることにした。ドアを閉めたせいで多少音がこもっていたが、聞くぶんにはまったく問題ない。コーヴェンはもちろん、奥さんのことを話した。まずマーセルが三度目の妻で、結婚してまだ二年しか経っていないという説明があった。意外なことに、悪口は出てこず、コーヴェンはすばらしい妻だと褒めた。名声と富に加えて、十四歳年下の相思相愛の妻がいても、幸福にはまだ必要なものがあるという内容だった。

一度邪魔が入った。ドアがノックされ、バイラム・ヒルデブランドが入ってきた。七百二十八回の三コマ目の直しを見せにきたのだった。二人は少し芸術論を戦わせ、コーヴェンは改訂版にオーケーを出し、ヒルデブランドは出ていった。この中休みで、コーヴェンの気が逸れるのを期待したが、だめだった。中断した時点に戻って、また話がはじまった。

事件に取り組んでいるとき、ぼくはかなりの我慢ができる。こんな幼稚園的な問題でも。だが、腕時計を横目で二十回確認したあと、ぼくはついに話の腰を折った。

「失礼」と口を挟む。「今の話は人生の新しい切り口を示してくれましたし、ありがたく拝聴していないわけではないのですが、もう四時十五分で、暗くなってきました。ぼくの基準では、夕方です。お芝居をはじめたらどうですか？」

コーヴェンは口を閉じ、眉を寄せてぼくを見た。そして、唇を噛みはじめる。しばらくそうしていたが、急に立ちあがって戸棚に向かい、瓶を一本とり出した。

「付き合うだろ？」コーヴェンはグラスを二つ出した。「五時までは飲まないことになってるんだが、今日は特別だ」そう言いながら、近づいてくる。「バーボンでいいな？　注ぐから適当なところで合図してくれ」

殴ってやりたかった。最初から酒でやる気を出さなければいけないと承知の上で、わざと十二時に約束してぼくを振り回したのだ。ぼくの言い分は、どれももっともだったはずだが、ぐっと堪え、やる気を起こさせるためにグラスを受けとり、乾杯と言って一口飲んだ。コーヴェンは最初上品に口をつけたが、目を天井に向けると、次は一息でグラスを空けた。瓶をとりあげて、お代わりを注ぐ。

「飲みものを持って、あの部屋へ移動しましょう」ぼくは勧めてみた。「そして、ちょっと下準備をしたらどうです？」

「せかすな」コーヴェンはむすっとして答えた。そして、大きく息を吸って胸をふくらませ、急に歯を見せてにやりと笑う。グラスをとりあげて飲み干すと、瓶に手を伸ばして注ごうと傾けたところで、気を変えた。

「来い」と言って、ドアに向かう。コーヴェンの両手がふさがっていたので、ぼくは先回りしてドアを開けてやった。そのドアを閉め、あとから廊下を進む。突きあたりで、余興の舞台となるはずの部屋に入った。コーヴェンは机につき、酒を注いで、瓶をおろした。ぼくも机に近づいたが、座るためではなかった。用心のため弾薬は抜いておいたとはいえ、銃を一目確認したところで、害にはなるまい。ぼくは引き出しを開けて銃がまだそこにあることを確認し、安心した。引き出しを閉める。

「みんなを呼んできますよ」ぼくは先を促した。

「せかすな、と言っただろう」コーヴェンは文句を言ったが、もうむすっとした口調ではなかった。

あと二杯も飲めば確実だと踏んで、ぼくは椅子に戻った。が、座らなかった。なにか引っかかる。はっと思いあたった。ぼくは銃口を右に向けて銃を入れたのに、今見たときは向きがちがった。ぼくは机に戻り、銃をとり出して、確認した。

たしかにマーリーの三二口径だったが、ぼくの銃ではなかった。

ぼくはコーヴェンを睨みつけた。左手には銃、右手は拳。すんでのところで思いとどまったが、煮えくりかえる怒りに任せて最初の瞬間にやつを殴っていたら、指の関節が何ヶ所か割れていただろう。

「どうした?」コーヴェンが訊いた。

ぼくの目がコーヴェンを見据えて、貫いた。そのまま五拍分待つ。ありえない、ぼくは結論を出した。そこまで頭が切れるわけがない。そんなやつ、いるはずがない。

ぼくは一歩下がった。「あなたの銃が見つかりましたよ」

コーヴェンは目を見張った。「なんだと?」

ぼくは銃を折って弾倉が空なのを確認し、差し出した。「確認を」

コーヴェンは受けとった。「さっきのと同じにみえるが……いや、ちがうな」

「全然ちがいます。ぼくの銃はきれいで光っていました。あなたのですか?」

「さあ。そのようだな。だが、いったいどういうわけで……」

ぼくは手を伸ばし、銃をとりあげた。「あんたはどう思うんだ?」本気で頭にきていたので、どもりそうになった。「だれか手のあるやつが、ぼくの銃をとり出して、あんたのを入れたんだ。あんたの仕業の可能性もある。そうなのか?」

「ちがう。おれだと?」コーヴェンはかっとなった。「自分の銃がどこにあるかも知らないのに、どうしておれが犯人になるんだよ?」

「知らないというのは、そっちの言い分だ。あんたを叩きのめしておけばよかったよ。ぼくをまるまる一日引き留めておいて、その結果がこれだ！　きちんとありのままに話す気があるんなら、今がそのときだぞ。ぼくの銃に触ったか?」

「いや。だが、きみは――」

「だれがやったのか、知ってるのか?」

「いや。だが、きみは――」

「うるさい！」ぼくは机を回って電話に向かい、受話器をとりあげて、家にかけた。この時間、ウルフは午後の蘭の世話のために植物室にいるだろう。緊急事態を除いて邪魔をしてはならないことになっているが、今こそ緊急事態だ。フリッツが電話に出たので、内線を呼び出すように頼み、ほどなくウルフにつながった。

「なんだ、アーチー?」案の定、ウルフは不機嫌だった。

「お邪魔してすみません。コーヴェンの家からかけています。ぼくの銃をコーヴェンの机に入れて、余興の準備はばっちりだったんですが、コーヴェンが今まで引きのばしていたんです。やる気が失せていて、アルコールで景気づけをする必要があったもので。ぼくは家のなかをぶらぶらしていました。たった今、机のある部屋へ戻って、確認のため引き出しを開けたんです。だれかがぼくの銃を持ち去って、コーヴェンのと入れ替えていました。例の盗まれたとかいう銃です、わかりますよね?　コーヴェンの銃は本来あるべき場所に戻ってきましたが、ぼくのがなくなってしまいました」

「きみはその場を離れるべきじゃなかった」

「たしかに、そのとおりです。この先もなにかと蒸し返すんでしょうが、今必要なのは指示です。選択肢は三つ。警官を呼ぶ。全員をあなたのところへ連れていく。そんな思いつきは実行できない、なんて思わないでくださいよ。最後は、ぼく自身で対処する。どれにします？」

「いい加減にしないか。警察は論外だ。大喜びするに決まってる。それに、なぜ全員をここへ連れてくる？　銃はそこにある、ここではない」

「じゃあ、ぼくの対処が残りますね。進めますか？」

「やってくれ。ただし、やりすぎないように。ただのいたずらだからな」ウルフは含み笑いをした。

「きみの顔が見たいものだ。できれば夕食までには戻ってきてくれ」電話は切れた。

「何様のつもりだ、警察なんて呼ぶな！」コーヴェンが食ってかかった。

「その気はないさ」ぼくは厳しく言い返した。銃をホルスターに納める。「やむを得ない場合以外は。だいたい、あんたにも責任はあるんだ。この場から一歩も動くな。ぼくは一階へ行って、みんなを集めてくる。奥さんは寝室で寝ているよ。戻ってきたとき、あんたがここを出て、奥さんとおしゃべりでもしていたら、このあんたの銃で殴り倒すか、警察に電話だ。どっちにするかはわからない。両方かもな。ここから動くなよ」

「ここはおれの家だ、グッドウィン。だいたい――」

「黙れ。腹が立って頭に血がのぼってるやつがわからないのか？」ぼくは人差し指で胸を突いた。

「目の前にいる。ぼくが今みたいに怒っているときは、あんたにとって一番の安全策は警察を呼ぶことだ。ぼくは銃を取り戻したい」

ドアに向かうと、コーヴェンは瓶に手を伸ばしていた。一階に着く頃には、ぼくは切羽詰まった様子はみせずに話せるほど落ち着きを取り戻し、会議の用意ができてコーヴェンが上で待っていると伝えて歩いた。パット・ローウェルはまだ玄関の近くの部屋で机に向かっていたし、ヒルデブランドとジョーダンはやっぱり作画室で作業机に向かっていた。パット・ローウェルにはココナッツと楽しく遊んでいるかと訊かれたが、うまく反撃することさえできた。ヒルデブランドとジョーダンが机を離れてラジオのスイッチを切る間、ぼくは前よりも注意深く二人を観察した。この家にいるだれかが、ぼくの銃をくすねたのだ。みんなで二階への階段をのぼっているとき、一番後ろにいたぼくは三人の背中に向かって、エイドリアン・ゲッツのいそうな場所を訊いてみた。

パット・ローウェルが答えた。「一番上の階の、自分の部屋にいるんじゃないかしら」全員が四角い大ホールの端の踊り場で足を止め、ぼくも追いついた。三階からラジオの音がしていた。パットが左手の部屋を指す。「午後はあそこでルーカルーと昼寝をするんだけど、普通はこんなに遅くまでいないから」

ちょっと見ておいてもいいかと思って、ぼくはアーチ型の出入り口に向かった。冷たい隙間風が吹きつけてきて、そのまま室内に入った。窓が大きく開いている。ぼくは足早に近づいていって、窓を閉め、サルの様子を確かめにいった。サルは怒ったように小さな声をあげながら、檻の隅の床の上で体を丸めていた。なにかをしっかり握って抱えこんでいる。薄暗かったが、ぼくは目がいい。銃だ、間違いない。それどころか、ぼくのマーリーに間違いなしだった。明かりがほしいと思って壁のスイッチを探している途中、暖炉の向かいにある大きなソファーの前を通りすぎた。と、ぼくの足が止まり、その場に釘付けになった。『チビ』のエイドリアン・ゲッツがソファーの上で横になっている。

だが、昼寝をしているわけではなかった。

ぼくは詳しく観察するために身を屈めた。右耳の右上の頭蓋骨に穴があいていて、赤い液体が少しついていた。ぼくはゲッツのVネックベストの襟あきから片手を差し入れ、手のひらを体にぴったりあてて、八秒間息を凝らした。ゲッツは昼寝を終了していた。

ぼくは体を起こして、呼んだ。「三人とも、こっちへ来てくれ。入ってくるときに、明かりのスイッチを頼む！」

三人はアーチ型の入口から顔を出し、一人が壁に手を置いた。明かりがついた。ソファーの背が邪魔になり、近づいてくる三人にはゲッツが見えない。

「ここ、寒いわね」パット・ローウェルが言いかけた。「あなたったら、また開けた……」

パットはゲッツを見て、立ちどまった。残りの二人も。三人の目が大きく見開かれた。

「触るな」ぼくは注意した。「死んでる。だから、もう手の施しようがない。一切触れちゃいけない。きみたちは三人一緒に、この部屋のこの場から動くな。その間にぼくは――」

「なんてことだ」ピート・ジョーダンが声をあげた。ヒルデブランドは甲高い声でなにか言った。パット・ローウェルは片手を伸ばして、ソファーの背を見つけ、そこにつかまった。なにやら質問しているようだったが、ぼくは耳を貸さなかった。三人に背を向けて、檻の前に立ち、サルを覗きこんでいたのだ。サルがつかんでいるのは、やはりぼくのマーリーだった。檻の扉を開け、その銃をとりあげたいのは山々だったが、爪が食いこむほど手をきつく握って我慢した。

ぼくは振り向いた。「みんな一緒にここにいるんだ、わかったな？」歩きながら言う。「上の階で電話をかけてくる」

がたがた言う三人を無視して、そこを出た。階段は特に急がずにのぼった。さっきまでが、腹が立って頭に血がのぼった状態なら、今は怒りでぶち切れる寸前だったので、少し頭を冷やす時間が必要だったのだ。三階の部屋では、ハリー・コーヴェンがさっきと同じように机に向かったまま、開いた引き出しを見つめていた。やつは顔をあげると、矢継ぎ早に質問を浴びせてきたが、答えてやらなかった。ぼくは電話に近づき、受話器を持ちあげて、ダイヤルを回した。ウルフは電話に出たとたん、二度も邪魔をしたと文句を言いはじめた。

「すみません」ぼくは言った。「ただ、ぼくの銃が見つかったことを報告しておきたかったもので。檻のなかで、サルと一緒でした。そいつは――」

「なんのサルだ？」

「名前はルーカルーですが、話の腰を折らないようにお願いします。そいつはぼくの銃を抱きしめていました。室温が低くて、銃が暖かかったせいでしょう。発射されたばかりでしたから。ソファーの上には、頭に銃孔のある男、エイドリアン・ゲッツの死体がありました。もう警察を呼ぶかどうかに議論の余地はありません、ただ、通報する前に報告しておきたかっただけです。千対一の賭け率で、ゲッツはぼくの銃で射殺されたんです。きっと――待った――」

ぼくは受話器を落として、飛びかかった。コーヴェンがドアに突進しようとしたのだ。コーヴェンがドアに手をかける前に、腕と顎をつかんで投げ飛ばす。積もり積もった思いがこもっていたこともあり、大男のコーヴェンも壁まですっ飛び、跳ね返って床の上で伸びてしまった。

「お望みなら、もう一度相手をしてやるぞ」ぼくは本気で言って、電話に戻り、ウルフへ説明した。「失礼しました。コーヴェンが邪魔をしようとしたものですから。ぼくはきっと夕食には戻れない、と言おうとしただけなんですが」

「男は死んだんだな」

「はい」

「警察を満足させるような話は、なにかあるのか?」

「もちろんです。こんなところに銃を持ってきて、殺人犯に役立てたことを謝罪します。それだけです」

「きみは今日の手紙の返事を出していないんだぞ」

「わかっています。大変残念です。できるだけ早くここを出るようにします」

「結構だ」

電話は切れた。ぼくはボタンを押したまま、ちらりとコーヴェンを見た。やつは立ちあがっていたが、もう一度相手をしてほしい様子ではなかった。ぼくはボタンを離し、ＲＥの七の五二六〇に電話をかけた。

第四章

正確な数字のようなものは記録していないが、長年にわたって警察についた真っ赤な嘘はせいぜい二ダース、たぶんもっと少ない。それも、まともに受けとれるような嘘はほとんどない。一方、ウルフと殺人事件に関わって、ぼくがすっかり手札をさらして洗いざらいぶちまけ、ごまかしや隠し事も一切抜きで完全な供述をしたのは一度きり。それが今回だった。エイドリアン・ゲッツ殺害事件では、ぼくは話したくないこと、打ち明けたくないことなど、ただの一つもなくて、警察にすべてを供述した。

効果は抜群だった。警察はぼくを嘘つき呼ばわりしたのだ。

もちろん、その場ですぐというわけではない。最初は、クレイマー警視でさえ、ぼくの協力をありがたがった。ぼくよりも目端が利き、耳聡く、記憶力に優れ、報告がうまい人材が、部下にはいないことをよく知っていたからだ。死体発見時にぼくが適切かつ迅速な行動をとったことも、気持ちよく認めてくれた。三人を現場の部屋へ集め、コーヴェン夫妻が家族会議を開けないようにして、警察の到着を待った処置などだ。到着後はぼくを含め、全員が監視下に置かれたのは言うまでもない。

六時三十分、鑑識班はまだゲッツの死んだ部屋を占領し、警察関係者が家中をうろついていた。家人はばらばらの部屋に分けられたまま、個別に殺人課の刑事から事情聴取を受けた。包み隠しのない完璧な供述書をタイプしてサインを済ませたぼくは、もうじきお供抜きで歩道に出て、タクシーをつかまえられると自信を持っていた。パット・ローウェルのタイプライターを借りたため、ぼくは一階の玄関に近い部屋でパットの机についていて、パーリー・ステビンズが向かいに座って、供述書に目を通していた。

ステビンズは顔をあげ、いかにも親しげな目でぼくを見た。ステビンズにいかにも親しげな目を向けられると、ぼく以外の人間はたいてい身構え、かわそうか、迎え撃とうかと緊張するところだが、大きな強面や、豚の毛のような眉という顔の作りは、ステビンズ本人のせいじゃない。

「全部ここに書かれているようだな」ステビンズは認めた。「おまえの話したとおりに」

「よければ」ぼくは謙遜した。「この事件が片づいたら、これを学校に持っていって、報告書の見本にするといいよ」

「そうだな」ステビンズは立ちあがり、「タイプの腕はたしかだよ」と背を向けて、出ていこうとした。

ぼくも立ちあがり、さりげなく声をかけた。「そろそろお暇してもいいかな?」

と、ドアが開き、クレイマー警視が入ってきた。ぼくをちらっと見た目つき、その感じが気に入らなかった。気分の上下にかかわらず、警視のことなら知り尽くしている。怒らせた広い肩、ぐっと力をこめた顎、目の光。どうにも気に入らない。

「グッドウィンの供述書です」ステビンズが言った。「問題なしです」

「さっきの話どおりか?」

「はい」

「本署に引っ張っていって、身柄を押さえとけ」

　ぼくは本気でうろたえた。「身柄を押さえる？」聞き返した声は、ヒルデブランドのように甲高く裏返っていた。

「了解」なにがあっても、ステビンズはうろたえたりしない。「警視命令で、ですか？」

「いや、起訴する。サリヴァン法違反（一九一一年制定の銃規制に関する法律）だ。銃を所持しているのを発見したが、許可証を持っていない」

「ハハハ」ぼくは言った。「ハハハハ。おまけに、ハハハハ。ああ、ウケる。その冗談、最高ですね。ハハ」

「おまえは署に連行されるんだ、グッドウィン。おれもあとから行く」

　さっきも言ったとおり、クレイマーのことならよく知っている。本気なのだ。ぼくはクレイマーの目を見つめた。「今回はぼくの頭でも理解不能だな。あの銃をどこで、どんなふうに手に入れたのかと、その理由はさっき話しましたよ」と言って、ステビンズの持っている書類を指さした。「あれを読んでください、全部書きとめてあります、事細かに」

「おまえはホルスターに銃を入れていたが、許可証を持っていない」

「ばかばかしい。いや、わかりましたよ。あなたは何年もネロ・ウルフになにか罪をおっかぶせようと狙っていましたし、あなたにとってのぼくはウルフの一部にすぎないから、今がチャンスだと思ったんですね。当たり前ですけど、そんな嫌疑なら最後まで持ちこたえられませんよ。もっとちゃんとした罪がいいんじゃないですか？　公務執行妨害とか？　喜んで協力しますよ。そら……」

　体を前に傾け、ぼくはクレイマーの顎めがけて左フックをくりだした。すばやく、思い切り。そして、その拳をさっとおろし、体重を後ろに戻す。慌てふためかせるまではいかなかったが、クレイマーはとっさに一歩下がり、ステビンズが一歩前に出て、二人は衝突した。ざまあみろ。

「ほら」ぼくは言った。「二人揃って証言したら、最低二年はくらいこむでしょう。お次はタイプライターを投げつけますよ、ちゃんと受けとめられるんならね」

「ふざけるのはよせ」ステビンズが怒鳴った。

「おまえはあの銃について嘘をついた」クレイマーが頭ごなしに決めつけた。「本署に連行されて考えなおすのがいやなら、今考えなおせ。なんのためにここに来たのか、なにがあったのか、話すんだ」

「話しましたよ」

「嘘八百だ」

「ちがいます」

「さっきの話は引っこめてもかまわん。ウルフに罪を着せようとしているわけじゃないんだ、おまえにもな。おまえがなぜここに来て、なにが起こったのかを知りたい」

「参ったな」ぼくは天を仰いだ。「わかったよ、パーリー。お供はどこだい？」

クレイマーはずかずかと四歩進んでドアを開け、大声で言った。「コーヴェンさんをここへ！」

ハリー・コーヴェンが刑事に付き添われて入ってきた。さっきよりもさらに幸福から遠ざかったような顔をしている。

「座ろう」クレイマーが促した。

ぼくは机の後ろに座ったが、クレイマーは気にも留めなかった。ステビンズと刑事は奥の椅子に座った。クレイマーはさっきまでステビンズがいた場所、机の真向かいに陣どり、その左手の椅子にコーヴェンを座らせた。クレイマーが口を切った。

「コーヴェンさん。先ほど、グッドウィンの前で話をもう一度聞かせてくれと頼んだら、承知しましたね」

コーヴェンは頷いた。「たしかに」声がかすれた。

「細かいことまで全部話さなくても結構。わたしの質問に簡単に答えるように。先週の土曜の夜、ネロ・ウルフを訪ねたとき、どんな依頼をしました?」

「『ダズル・ダン』の新シリーズで、探偵社をやらせるつもりだという話をした」声が引っかかって話しにくいらしく、コーヴェンは大きな咳払いをした。「技術顧問が必要だと、タイアップ企画も検討中だと申し出た。うまく折り合いがつけば……」

机の上には罫線入りの事務用箋があった。ぼくは鉛筆と一緒に手元に引き寄せ、速記をしはじめた。クレイマーが身を乗り出し、手を伸ばして用箋の角を引っ張ってとりあげた。ぼくは頭に血がのぼるのを感じたが、警視、巡査部長、平刑事が部屋に勢揃いでは、どうしようもない。

「ちゃんと集中して聞け」クレイマーが怒鳴り、コーヴェンに向き直った。「机にあった銃が盗られたなんて話は、ウルフにしましたかね?」

「とんでもない。盗られちゃいないよ。たしかに、許可証のない銃が机に入れっぱなしになってるって話はしたな。で、まずいかどうかを尋ねた。二人には銃の種類、マーリー三二口径だとも話した。許可証を手に入れるには、どれぐらいの手間がかかるかを訊いて、仮に――」

「手短に済ませよう。重要な点を確認するだけで結構。ウルフとはどんな取り決めを?」

「ウルフは月曜にこの家までグッドウィンを寄こすことを承知した。助手たちやわたしとの会議のために」

「内容は？」

「ダンに探偵をやらせるための、技術的な問題についてだ。それと、タイアップ企画の可能性かな」

「で、グッドウィンは来た？」

「ああ。今日のお昼頃に」声がかすれて言葉が引っかかるので、コーヴェンはひっきりなしに咳払いをしていた。ぼくはやつの顔をじっと見ていたが、目を合わせようとしない。話している相手はクレイマーなのだし、礼儀は尊重しなければならないのは当然だが。コーヴェンは続けた。「会議は十二時半だったが、グッドウィンと少し話して、待ってくれと頼んだ。ダンをどのように扱うかは軽々しく決めるべきじゃないし、もう少し考えてみたかったんでね。もともと、わたしはそういう性質なんだ、物事を先延ばしにするんだよ。四時過ぎにグッドウィンは――」

「グッドウィンとの話は、銃がなくなったことについてでしたかね？」

「とんでもない。銃の話、許可証を持っていない話は出たかもしれないが、記憶にないな。いや、待った。話したはずだ。引き出しを開けて、二人で銃をちらっと確認したからな。それ以外に話したことは――」

「あなたかグッドウィンは、引き出しから銃をとり出しましたか？」

「そんなことはしていない」

「グッドウィンは自分の銃を引き出しに入れましたか？」

「絶対にない」

ぼくは割りこんだ。「ぼくが自分の銃をホルスターから外してあなたに見せたとき、あなたは――」

「口を出すな」クレイマーがぴしりと命じた。「おまえは聞いていろ。今は肝心の点だけだ」クレイマーはまたコーヴェンに訊いた。「そのあと、グッドウィンと話しましたか?」

コーヴェンは頷いた。「ああ、三時半過ぎにわたしの部屋……わたしの居間へ来た。四時過ぎまで居間、それから事務室で話して、そのあと――」

「事務室でグッドウィンは机の引き出しを開けて、銃をとり出し、すり替えられていると言いましたか?」

「まさか!」

「グッドウィンはなにをしましたか?」

「なにも。わたしと話しただけだ。それからグッドウィンは会議のために、階下へみんなを呼びにいった。しばらくしたら、一人で戻ってきて、なにも言わずに机に近づき、引き出しからわたしの銃をとり出して、上着のなかに入れた。それから電話に移動して、ネロ・ウルフにかけたんだ。で、エイドリアン・ゲッツが撃たれた、二階のソファーの上で死んでいると言ったので、駆けつけようとわたしが立ちあがったら、グッドウィンは後ろから飛びかかってきて、わたしを殴り倒した。気がついたら、グッドウィンはまだウルフと話していたが、なにを話していたかは知らない。そのあとで、警察に通報したんだ。グッドウィンはわたしに――」

「そこまで」クレイマーは素っ気なく遮った。「それで話は充分だ。もう一つだけ、重要な点を。グッドウィンがエイドリアン・ゲッツを殺したいと思う動機に心あたりは?」

「いや、知らない。さっきも言ったが――」

「じゃあ、ゲッツがグッドウィンの銃で撃たれたとしたら、どう説明する？　説明する必要はないが、よければさっき話したことをもう一度聞かせてほしい」

「それは……」コーヴェンはためらい、二十回目の咳払いをした。「さっきサルの話をしたね。グッドウィンが窓を開けたんだが、ああいう種類のサルはそれだけで死んでしまってもおかしくない。ゲッツはあのサルをとてもかわいがっていた。怒っている様子はみせなかったが、ゲッツはとてもおとなしい性格で、感情を表に出さないいんだ。グッドウィンは人をからかうのが好きなんだろうな。もちろん、実際になにがあったかは知らないが、仮にグッドウィンがゲッツのいるときにもう一度あの部屋へ行って、窓を開けようとしたら、なにが起こったか予想もつかない。ゲッツはいったんかっとなったら、なにをしでかしてもおかしくないんでね。相手に危害を加えるようなまねはできないんだが、グッドウィンはほんの軽い気持ちで銃を抜いたのかもしれない。ゲッツがそれをとりあげようとしたところ、弾みで暴発した。そういうことなら、殺人事件にはならないだろう？」

「ならない」クレイマーは答えた。「そういうことなら、単なる不幸な事故だ。今のところ、これで結構です、コーヴェンさん。ソル、連れていってくれ。そして、ヒルデブランドをここへ」

コーヴェンが立ちあがり、刑事が近づいてきた隙に、ぼくはパット・ローウェルの机の電話に手を伸ばした。ちゃんと届いたが、クレイマーの手も届いていて、ぼくの手をがっちり上から押さえた。

「この家の電話は、回線が混み合ってるんでな」クレイマーは言った。「署に行けば、おまえが使える電話がある。白状する前に、ヒルデブランドの話を聞きたいか？」

「ぜひ、ヒルデブランドの話が聞きたいですね」ぼくは頷いた。「サルに罪をなすりつけようと、ぼくが銃を檻に投げ入れたって、説明してくれるはずですから。待とうじゃありませんか」

待つほどのこともなかった。殺人課の刑事は、仕事が速い。ソルに案内されてきたバイラム・ヒルデブランドは、コーヴェンが空けた椅子に腰をおろす前に、立ったままぼくをしばらくじっと見つめていた。白に近い豊かな髪はそのままで、押し出しはやはり立派だったが、手足が動揺していた。座ってからも、手や足を落ち着いて置ける場所は見つからないようだった。

「すぐ済みます」クレイマーは言った。「日曜日の午前中の出来事を確認したいだけなので。昨日の話です。あなたはここで仕事をしていた？」

ヒルデブランドは頷き、甲高い声が答えた。「仕上げを多少していました。日曜に仕事をするのも珍しくありません」

「この家の作画室で？」

「はい。ゲッツさんも一緒にいて、少し助言をくれました。そのうちの一つの対処に迷ったもので、コーヴェン先生に相談するために上階へ行きましたが、ホールに奥さんがいて――」

「一階上の大きなホールのことですか？」

「はい。コーヴェン先生はまだ起きていなくて、ミス・ローウェルが事務室で先生を待っていると教えてくれました。ミス・ローウェルの判断力はたしかで信用がおけるので、相談しに事務室へ行きました。ミス・ローウェルはゲッツさんの意見に賛成せず、あれこれとおしゃべりをしました。そのとき、コーヴェン先生が机の引き出しに入れている銃の話が出たんです。で、わたしが引き出しを開けました。特段考えがあったわけではなく、ただちょっと見たかっただけですので、確認だけして引き出しを閉めました。それからまもなく、一階に戻りました」

「銃は引き出しのなかにあった？」

「はい」

「とり出しましたか？」

「いえ。ミス・ローウェルもです。二人とも手は触れていません」

「だが、同じ銃だと確認したんですな？」

「いや、確認したとは言えません。あの銃をじっくり見たことは一度もありませんし、持ったこともないので。前と同じようにみえたとしか言えませんね。あそこにあった銃については、みんな子供っぽい好奇心を感じる程度だと思っていたのですが、もう自分の考えが甘かったことを思い知りました。今日のようなことがあった以上――」

「そうですな」クレイマーが遮った。「装塡された銃に対する好奇心は、子供っぽいどころじゃすまない。今のところ、これで充分です。日曜の朝、ミス・ローウェルがいる前で、あなたはコーヴェンさんの机の引き出しを開け、以前見たのと同じと思われる銃を見た。これで合ってますかな？」

「合っています」ヒルデブランドが甲高い声で認めた。

「結構。これでおしまいです」クレイマーはソルに頷いた。「ロークリッフのところへ戻せ」

ぼくは空気をたっぷり肺に送りこんでやった。ステビンズが横目でこちらを見ていたが、いい気味だと思っているわけではなく、ただ警戒しているだけだった。クレイマーは首をねじり、刑事と漫画家が出ていってドアが閉まるのを確認してから、こちらに向き直った。

「おまえの番だ」クレイマーは怒鳴った。

ぼくは首を振って、「声が出なくなりました」とかすれた声で囁いた。

「おもしろくないぞ、グッドウィン。おまえはいつだって、自分で思うほどおもしろくないんだ。今回はまるで笑えないな。おさらいをして話の矛盾点を確認するのに、五分やる。おまえは警察に通報する前に、ウルフに電話をしたが、細かい点まですっかり口裏合わせをすることはできなかっただろう。尻尾をつかまえたぞ。もうしばらくしたらここを出て、本署のおまえのところに行くが、途中でウルフの家によって話をしてくる。今度ばかりは、黙りを決めこむわけにもいくまい。最低でも、おまえはサリヴァン法であげられる。五分いるか？」

「結構です」ぼくは静かに、だが、きっぱりと断った。「五日間必要ですから。あなたなら、まるまる一週間みておいたほうがいいですよ。この事件は、ちぐはぐなんて表現じゃとても間に合いません。本署へ向かう前に言っておきますが、本気でこのこんがらがった状況から抜け出すつもりなら、一つ注意があるので忘れないでください。ぼくが自発的にコーヴェンの銃をホルスターから抜いて、警察に提出したとき――お言葉を返すようですが、警察が『所持していたのを発見した』わけじゃありませんからね――ぼくは前もって自分の銃から抜いておいた新品ぴかぴかの弾薬六個も、ベストのポケットから出して渡しました。サルからぼくの銃を取り返したときに弾薬が入っていたのなら、あなたの優秀な部下がうっかりしてその二組をごちゃ混ぜにしないことを願いますよ。間違いのもとになりますからね。つまり、一個もしくは複数のコーヴェンの弾薬と入れ替えるために、ぼくが自分の銃から弾薬を抜いたのなら、いつ、どういう理由でそんなまねをしたんでしょう？　今日の宿題はそこですよ。もしぼくが実際に入れ替えておいたのなら、ぼくに過失致死罪をなすりつけようとするコーヴェンの優しい心遣いには大いに感謝していますが、辻褄が合わないわけです。あらかじめ犯罪計画があったことになるんですから。その場合、計画の内容はもう知っていますよね。なぜサリヴァン法なんて無駄な騒ぎを起こすんです？　どでかいヤマにしましょうよ、そうすれば保釈されませんから。

さあ、もうなにも言いませんよ」

ぼくは口をしっかり閉じた。

クレイマーはぼくを見て、「たとえ執行猶予でも」と続けた。「免許取り消しだぞ」

ぼくはにやりと笑ってみせた。

「この意地っ張りめ」ステビンズが嚙みついた。

ぼくはステビンズにも笑いかけてやった。

「連行しろ」クレイマーはがなり、立ちあがって部屋を出た。

第五章

ぼくのように、重大犯罪のまっただ中で捕まったとしても、人を塀のなかへ入れるには、ある程度のお役所的な手続きがあるのだった。今回はお役所仕事だけじゃなく、他の活動もぼくの個室獲得を遅らせた。手始めは、地方検事補からの長時間にわたる事情聴取だった。検事補は愛想がよくて油断も隙もなさそうで、ぼくと一緒にサンドイッチまで食べた。それが終わったのが九時少し過ぎ、ぼくたちは二人とも聴取開始時よりもやや混乱しただけだった。検事補が出ていったあと、てらてらした茶色の髪の制服警官と部屋に残された。警官のほっぺたには、いぼが一つあった。ぼくはそいつにいぼの取りかたを教え、ヴォルマー先生を推薦しておいた。

予告があったので、ぼくはクレイマーの登場を今か今かと待っていた。もちろん、癪の種はあれこれあったが、なにより癪に障るのは、クレイマーとウルフの話し合いを直接見聞きできないことだった。あの二人の話はいつだって聞いて損はないのだが、今回はとびっきりの傑作に決まっている。依頼人に日曜から五種類もの嘘をつかれたと知るだけでもウルフは充分むかっ腹を立てるのに、ぼくが留置所に放りこまれ、今日の手紙は返事を出さないままにしなければならないのだから。

ようやくドアが開いて、客が入ってきたが、クレイマー警視ではなく、ロークリッフ警部補だった。仮にぼくがロークリッフを殺害する羽目になったとしても、べつに計画を練る必要はない。とっくに練ってあるからだ。殺人犯とはいえ、ロークリッフに逮捕されるのを見て嬉しく思えるほど極悪非道なやつはそういない。ロークリッフは椅子を引っ張って、目の前に座り、舌なめずりしそうな口調でこう言った。「ふん、とうとう尻尾をつかまえたぞ」

これで事情聴取の雰囲気は決定した。

二時間かかったその会談の模様を逐一報告しても、ぼくは楽しいのだが、自慢に聞こえるだろうから、他の人も楽しめるとは思えない。ロークリッフの最大の弱点は、ある点まで苛々が募ると、必ずどもってしまうことだ。ぼくはロークリッフのことをよく知っていて、いよいよどもるという頃合いがわかる。で、やつがどもる寸前に、こっちがどもってみせるのだ。よく観察して、慎重にタイミングを見計らっても、うまくやるのにはつきがいる。その夜、ぼくはついていた。ロークリッフはこれまでになく追い詰められて、ぼくに殴りかかる瀬戸際までいったが、なんとか踏みとどまった。やつは警部になりたくてやきもきしている。なおかつ、ウルフが警察委員長や市長、もしかしたらあのグローヴァー・ウェイレン（一八八六～一九六二。ニューヨーク市出身の政治家、実業家。警察委員長も務めた）と友人である可能性を完全に否定しきれないせいだ。

クレイマーはちっとも顔を見せず、山のようにたまっている癪の種がもう一つ増えてしまった。ウルフに会いにいったのは、わかっていた。八時頃、ようやく電話を使う許可が出たので、ウルフにかけて注意しておこうとしたら、エスキモーの鼻みたいに冷たい声で遮られたのだ。

「きみがどこにいるのか、どのような経緯でそういう事態に至ったのかはわかっている。クレイマー警視は、今ここだ。パーカー弁護士には電話をしたが、今夜は時間が遅すぎて、動けないらしい。なにか食べ物は手に入ったのか？」

「いいえ。毒が入っているかもしれないので、断食中です」

「なにか食べなくてはいかん。クレイマー警視は頭のねじが緩んでいる程度では済まないな。頭そのものがおかしくなっている。可能であれば、きみを即座に解放してしかるべきだと説得してみるつもりだ」

ウルフは電話を切った。

十一時を少し回った頃、ロークリッフは事情聴取を打ち切り、ぼくは自分の房に連れていかれたが、やはりクレイマーの気配はなかった。なんの変哲もない、こういった種類の建物にありがちな部屋だったが、死ぬほど清潔で、消毒剤の臭いがぷんぷんしていた。場所もなかなかよかった。一番近い廊下の照明が六歩ほど離れた位置にあるので、ドアの鉄格子から強烈な光が入ってくることがない。それに、一人部屋だったので、大いにありがたかった。ようやく一人きりになり、電話をはじめとする余計な邪魔からも解放され、ぼくは服を脱ぎ、椅子の背にピンストライプのグレーのスーツを丁寧にかけ、シャツを毛布の端に広げて、横になり、いざ今回の複雑な事件について事細かに推理を巡らせることにした。が、ぼくの脳と神経は別の計画を立てていて、二十秒で眠ってしまった。

朝になると、点呼と手洗いや朝食のための移動など、ある程度の活動はあった。ただ、それ以降はぼくが本気で嬉しいと思う以上の無干渉状態となってしまった。時計の動きが遅くなった。秒針を数えて確認してみたが、はっきりした結果は出なかった。お昼には、ロークリッフの面会でも歓迎したいような気分になりかけ、だれかが書類を紛失してぼくがここにいる記録がなくなり、みんな忙しすぎておかしいなと思う暇もないんじゃないかと思いはじめた。あえて内容は説明しないが、昼食は多少の退屈しのぎになった。が、そのあとはまた房に戻って、腕時計と水入らずになった。ぼくは十回も頭のなかのパズルのピースを全部ぶちまけて集め、今の段階でどんな推理ができたかと考えたが、十回目にはわけがわからなくなって、ホームランを打つどころか、一塁にさえ進めなかった。

一時九分にドアが開き、右の耳が半分しかない、小柄でぽっちゃりした看取がついてこいと言った。ぼくは喜んでついていき、収容棟から出てエレベーターに乗り、一階で廊下を通って事務室に入った。そこで背が高くてひょろっとした体に、長くて青白い顔のヘンリー・ジョージ・パーカーを見つけて、胸をなで下ろした。正式な認可権があったら、ウルフが資格を認めるたった一人の弁護士だ。パーカーはぼくに握手を求め、もう一分で出してやると言った。

「急がなくていい」ぼくはしかつめらしく言った。「重要な用件を犠牲にしたりしないでくれ」

パーカーは大声で、「ハハハ」と笑い、ゲートの内側へとぼくを引っ張っていった。本人の立ち会いが必要な手続き以外は既に処理されていて、実際に一分でうまくやってくれた。タクシーに乗って家に向かう途中、パーカーは一時過ぎまでぼくを干乾しにしておいた理由を説明してくれた。サリヴァン法違反の件で保釈を得るのは問題なかったが、ぼくには重要参考人として逮捕状も出ていて、地方検事は保釈金を五万ドルにするよう判事に求めたそうだ。地方検事は頑として譲らず、パーカーは二万ドルに減額させるのが精一杯で、取引成立前にウルフへ報告しなければならなかったのだ。司法管轄区は離れられない条件だった。タクシーが三十四丁目を渡り、ぼくはハドソン川越しに西を見やった。ニュージャージー州に憧れたことは一度もないが、車でトンネルを抜けて、広告板の間を走っていくのもいいなと思った。

西三十五丁目の古い褐色砂岩の家の階段をパーカーの先に立ってのぼり、鍵を回したが、チェーンがかかっていた。ぼくが家の外にいるときは、絶対ではないが、基本はそうすることになっている。

しかたなく、ベルを鳴らした。シェフ兼家政監督のフリッツ・ブレンナーがぼくらを迎え入れ、コートや帽子をかけている間、そばに立っていた。

「大丈夫かい、アーチー？」フリッツが訊いた。「臭わないかい？」

「大丈夫じゃない」ぼくは正直に言った。

廊下を進んでいくと、食堂に通じるドアからウルフが出てきた。ウルフは足を止め、ぼくを見た。ぼくは顎をあげて、ウルフを睨み返した。

「三階にあがって、シャワーを浴びてきます」ぼくは言った。「あなたが昼食を食べ終えるまでに」

「もう食べ終わった」ウルフは不機嫌そうだった。「きみは食べたのか？」

「体が持つ程度には」

「では、はじめよう」

ウルフは食堂から廊下を横切って、のしのしと事務所に入っていき、机の奥にある特大の椅子に座って、楽な姿勢になるよう位置を調整した。パーカーは赤革の椅子に座った。ぼくは自分の机に向かいながら、ウルフの先手をとってしゃべりはじめた。

「まずは」けんか腰とまではいかないが、突き放すような口調で切り出した。「ぼくが銃を引き出しに入れたまま部屋を出た問題を、片づけるのがいいと思います。ぼくはべつに――」

「やかましい！」ウルフが怒鳴った。

「そう思うなら」ぼくはやり返した。「どうして刑務所に入れたままにしておかなかったんです？今から戻って――」

「座れ！」

ぼくは座った。

「わたしの判断では」ウルフは言った。「きみは少しも軽率な行動はとっていない。仮にそうだったとしても、今はそんな些細な問題を追及している場合ではなくなっている」ウルフは机から一枚の紙をとりあげた。「昨日ミセス・Ｅ・Ｒ・バウムガルテンという女性から届いた手紙だ。自分の所有している事業で甥を雇っていて、その素行調査の依頼だった。返事を出したい。ノートを」

ぼくが最後通牒と呼んでいる口調だったので、議論はもちろん、質問の余地もない。ぼくはノートとペンを用意した。

「バウムガルテンさま」ウルフは心のなかで既に作文していたかのように話し出した。「十三日付、調査依頼のお手紙、ありがたく拝受いたしました。改行。誠に申し訳ございませんが、ご依頼はお引き受けいたしかねます。ニューヨーク市警の当局者より、私立探偵業を営む免許を近々没収するとの通告を受け、やむなくこのような仕儀となりました。あしからずご了承ください」

パーカーがなにか大声をあげたが、無視された。ぼくは顔には出さなかったがさまざまな思いを抱き、とりわけウルフとクレイマーの話を聞き逃したことを改めて残念に思った。

ウルフの指示は続いた。「すぐにタイプして、フリッツに投函させろ。電話で面会予約の依頼があったら断れ。理由を言って、記録しておくように」

「手紙に書いてある理由ですか？」

「そうだ」

ぼくはタイプライターの向きを変え、紙とカーボン紙を挟み、キーを叩いた。気が散らないようにしなければならなかった。ここまでクレイマーが踏みこんだのは、はじめてだ。パーカーがあれこれ質問し、ウルフは唸っていた。ぼくは手紙と封筒を完成させ、ウルフにサインをもらい、厨房に行って、フリッツに今すぐ八番街で投函してきてくれと頼み、事務所に戻った。

「さて」ウルフは言った。「一部始終を聞きたい。はじめてくれ」

いつもなら、ある出来事を洗いざらいウルフに報告しはじめると、どんなに範囲が広くて複雑な話でも、ぼくはなんの苦労もなく、口を開けばすらすらと進めていける。長年の厳しい修練の賜物だ。が、そのときはひどいショックを受けたばかりで、最初はうまく流れに乗れなかった。言葉も動作も逐一説明することになっているからだが、窓を開けたところまで話が進んだ頃には、楽にすんなり説明できるようになってきた。ウルフはいつもどおり口を挟まず、ぼくの一言一句に耳を傾けていた。

まるまる一時間半かかった。それから質問を受けたが、たいした数ではなかった。ぼくは報告の出来を、話し終わったときの質問の数で判断する。その方式だと、今回は最高の出来に近かった。ウルフは椅子にもたれ、目を閉じた。

パーカーが口を開いた。「連中のうち、だれがやったとしてもおかしくないが、コーヴェンで間違いないな。でなければ、なんでそんなに嘘ばかり並べる？　あなたとグッドウィン君が揃って反論するのは、目に見えているのに」ここで弁護士は大声で笑った。「つまり、先方の話が嘘だとしたら。弁護士には自分が知ってもらいたいと思うことしか話さないというのが、あなたの鉄の方針ですからね」

「くだらん」ウルフの目が開いた。「この事件は複雑極まる。アーチー、少しは自分で考えてみたか？」

「やってみました。考えれば考えるほど、わかるどころか、余計にこんがらがります」

「そうか。悪いが今の報告をタイプしてもらわなければならない。明日の午前十一時に間に合うか？」

「大丈夫だと思いますが、先に風呂に入る必要があります。どのみち、なんのためにいるんですか？免許もなしにどうやって事件と取り組むんです？　免許は停止になっているんでしょう？」

ウルフは質問を無視して、「その臭いはなんだ？」と問いただした。

「消毒剤ですよ。脱獄したとき、警察犬が追いやすいように」ぼくは立ちあがった。「よく洗ってきます」

「だめだ」ウルフは壁の時計に目をやった。三時四十五分。セオドアと蘭の待つ屋上に行く定刻まで、十五分あった。「仕事が先だ。『ガゼット』は、『ダズル・ダン』の連載漫画を掲載していたと思うが？」

「はい」

「日刊と日曜版に？」

「はい」

「それを全部、過去三年分ほしい。手に入れられるか？」

「やってみます」

「そうしてくれ、ぜひ」

「今ですか？」

「そうだ。ちょっと待て。いい加減にしないか、サイクロンじゃあるまいし。パーカー先生への指示を、きみも聞くんだ。いや、まずきみに一つ。コーヴェン氏に、銃の回収に対する請求書を郵送してくれ、五百ドルだ。今日中に送る必要がある」

「割増料金は？　事情が事情ですし」

「いや。五百ドルきっかりだ」ウルフはパーカーのほうを向いた。「パーカー先生。損害賠償の訴えを起こして、被告に召喚状を送達するまでにどれくらいかかるかな？」

「事と次第によりますね」パーカーは弁護士らしい言いかたをした。「できることを全部大急ぎで片づけて、予想外の障害が起きず、被告が送達可能な状態なら、数時間しかかからないでしょう」

「明日の昼まででは？」

「概ね大丈夫でしょう、はい」

「では、進めてください。コーヴェン氏は中傷により、わたしの生計手段を奪った。彼に百万ドルの損害賠償請求訴訟を起こしたい」

「ふうむ」パーカーは眉を寄せた。

　ぼくはウルフに、「謝りたいと思います」と改まった口調で告げた。「早合点してしまいました。今回だけはあなたも自制心を失って、すっかりクレイマーのことで頭が一杯なんだと思っていたんです。ですが、わざとやったんですね、こんなことの下準備に。いや、参りました」

　ウルフは唸った。

「こういった事案では」パーカーが口を開いた。「通常かつ望ましい方法は、まず弁償を求める文書を送ることでしょうな。希望であれば、弁護士を通じて。そのほうがよさそうに思えますが」

「どのように思えようとかまわん。即座に行動を起こしてもらいたい」

「そういうことなら、行動しますか」ウルフがパーカーをひいきにする理由の一つが、これだ。決して時間を無駄にしない。「ただ、ぜひ確認しておきたいのですが、いくらなんでも金額が少し大きすぎませんかね？　百万ドルの大台ですか？」

「大きすぎはしない。控えめに見積もっても、わたしの収入は一年に十万ドルだから、十年で百万ドルになる。このような形でいったん探偵の免許を失えば、そう簡単に再認可はされない」

「わかりました。百万ドル。告訴状を作成するのに、あらゆる事実が必要になるんですが」

「もう揃っている。アーチーが詳しく説明するのを聞いたばかりでしょう。まだ異議を唱える必要があるのですかな？」

「いや。やってみますよ」パーカーは立ちあがった。「とはいえ、一つだけ。訴状の送達が問題になる可能性があります。警察官がまだ周囲をうろうろしているかもしれないし、そうでないとしても、知り合いでもない人間が明日あの家へ入れるとは考えにくい」

「アーチーがソールをそちらへ派遣します。ソールなら、どこにでも入れるし、なんでもできる」ウルフは指を一本動かした。「わたしはコーヴェン氏に書類を受けとらせたい。この部屋で彼に会いたい。今朝は五回電話に呼び出そうとしたが、うまくいかなかった。これでもうまくいかないとしたら、うまくいく方法を考え出さなくてはならない」

「コーヴェンは弁護士に対応を任せると思いますが」

「それなら、弁護士が来るはずだ。その人物が手の施しようのないばかでない限り、三十分あれば、依頼人を呼び出すか、直接連れてこさせられる。いかがかな？」

パーカーはぐずぐずせずに、背を向けて出ていった。ぼくはタイプライターに向かって五百ドルの請求書を作りはじめたが、今の話を聞いたあとでは、紙の無駄のような気がした。

第六章

火曜日の夜中の事務所は壮観だった。あれやこれやで事務所がひどい状態になることは珍しくない。絞殺されたシンシア・ブラウン（「ねじれたスカーフ」より）が舌を突き出して床に倒れていたこともあるくらいだから。が、今回のような有様は前代未聞だった。事務所中が、白黒とカラー問わず『ダズル・ダン』だらけ。ぼくがタイプにかかりきりで人手不足のため、フリッツとセオドアが、ページを切り抜いて年代順に並べ、ウルフが研究できるようにするという面倒な作業に狩り出されていた。ウルフの許可を得た上で、ぼくは独占記事を餌に、『ガゼット』のロン・コーエンに三年分の『ダズル・ダン』を集めて届けてくれと頼んだのだ。もちろん、ロンは具体的なネタを要求した。

「たいしたことじゃないんだ」ぼくは電話でロンに説明した。「ネロ・ウルフが探偵業から引退するっていうだけでね。今、クレイマー警視が免許取り消しの手続き中だ」

「おもしろい冗談だな」ロンは褒めてくれた。

「冗談じゃない。まじめな話だ」

「本当か？」

「今の話は公表してもいいぞ。独占の特ダネだ、クレイマーのほうでばらさなければね。まず大丈夫だろう」

「ゲッツが殺された事件か？」

「ああ。小記事二つぐらいにしかならないな。いくら友達でも、まだ詳しい話はできないんだ。ぼくは保釈中の身だし」

「知ってる。こいつはいいネタだ。ファイルをあさって、できるだけ早く届けるよ」

詳しい説明を迫ることなく、ロンは電話を切った。当然、『ダズル・ダン』は代金引換、記者のお供つきで送られてくるということだ。二時間後、ウルフが六時に植物室からおりてきてまもなく、記者は到着したが、そいつは手帳を持ったただの男ではなく、ロン・コーエン本人だった。ロンはぼくと一緒に事務所に入り、ぼくの机の脇の床に大きな重い段ボール箱をどさりとおろし、上着を脱いでその上に載せた。支払いが済むまで、『ダズル・ダン』は自分のものだと主張しているのだ。早速、ロンは切り出した。「一つ残らず必要だ。ウルフの発言と、クレイマーの発言。『ダズル・ダン』を調べているウルフの写真……」

ぼくはロンを丁寧に椅子に押しこめ、公表する心づもりだった話を洗いざらい教えた。もちろん、それだけでは不十分だった。記者の辞書に充分なんて言葉はない。一ダースぐらいまでは質問を浴びせられても我慢し、一つか二つは答えまでおまけしてやってから、今はこれでおしまいで、ぼくは仕事をしなければならないと言い渡した。ロンはお買い得だったと認め、ポケットに手帳を突っこんで立ちあがり、上着をとりあげた。

「コーエンさん、お急ぎでなければちょっと」話をぼくに任せていたウルフがぼそりと声をかけた。

ロンは上着を置いて、座った。「時間なら十九年ありますよ、ウルフさん。定年までのね」

「そんなに長く引き留めるつもりはありません」ウルフはため息をついた。「わたしはもはや探偵ではありませんが、霊長類ですので好奇心があります。新聞記者の職務は、好奇心を満足させることです。ゲッツ氏を殺したのはだれですか？」

ロンの眉があがった。「アーチー・グッドウィンかな。凶器はアーチーの銃だったし」

「意味がわからん。わたしはきわめてまじめな話をしているのです。なおかつ、口はかたい。クレイマー警視の愚行により、通常の情報源には頼れず――」

「今の発言は記事にしても？」

「だめです。今している話はすべてオフレコで。わたしも、あなたから聞いたとは話しません。これは内輪の会話です。あなたの同僚が口にしていても活字にはしていない話を知りたいのです。ゲッツ氏を殺したのはだれか？　ミス・ローウェルはどうです？　犯人だとしたら、その理由は？」

ロンは下唇を引きさげ、もとに戻した。「つまり、ただの世間話ということですか？」

「そうです」

「ひょっとしたら、記事にできる別の話につながるかもしれませんね」

「かもしれません。確約はしませんが」ウルフはつれなかった。

「ま、そうでしょうね。ミス・ローウェルなら、容疑者リストから外されていませんよ。『ダズル・ダン』のキャラクター商品の製作会社から入る著作権料をごまかしていた。それをゲッツが知って、弁償させるつもりだったとか。相当な金額になったことでしょうね」

「特定の名前や日時は？」

「それは言えませんね、わたしの口からは。今の段階ではまだ」

「証拠は？」

「わたしの知る限りじゃ、ありません」

ウルフは唸った。「では、ヒルデブランド氏。犯人だとしたら、動機は?」

「こっちはもっと手短で、もっと切ない話です。やつは友人にしゃべっていました。八年間コーヴェンのところで働いてきたんですが、先週、今月末で辞めていいと通告されたそうです。ヒルデブランドはゲッツの差し金だと考えていました。あの年では次の仕事が見つかるかどうか」

ウルフは頷いた。「ジョーダン氏は?」

ロンはためらった。「そいつはちょっと言いにくい話なんですが。他の連中が話してるんだから、かまわないかな。ジョーダンは絵、現代絵画を描くそうで、個展を開くために二度、画廊と話をまとめようとしたそうです。別々の画廊と。それが、どんな手を使ったのか、両方ともゲッツが話を潰したそうでね。名前も日付もわかってる話ですが、ゲッツが生まれつきの性悪なのか、ジョーダンを手元に置いておきたかったのかまでは――」

「いや、結構。推理は自分でやりますので。ゲッツ氏はその絵を好まなかったのかもしれない。コーヴェン氏は?」

ロンは片手をひっくり返した。「おや? 最有力じゃないですか。ゲッツはコーヴェンの弱みを握っていた、それは間違いない。ゲッツがコーヴェンを思いのままにしていた証拠はいくらでもあるが、理由はだれも知らない。だから問題は一つだけ、ゲッツはコーヴェンのどんな弱みを握っていたのか。相当な弱みにちがいないが、それはなんだったのか? さっき、これは内輪の会話だと言いましたね?」

「言いました」

「では、今日の午後出てきたばかりの話を一つ。記事にする前に、確認する必要がありますがね。七十六丁目のあの家は、ゲッツ名義になっています」

「ほほう」ウルフは目を閉じて、開けた。「では、ミセス・コーヴェンは？」

ロンはもう片方の手をひっくり返した。「夫と妻は一心同体、でしょう？」

「そうですな。夫と妻で、一人前のばかができあがる」

ロンはぐっと顎をあげた。「それは活字にしたいな。いけない理由でも？」

「もう三百年以上前に活字になっています。書いたのは、ベン・ジョンソン（一五七二〜一六三七年。イギリスの詩人、劇作家）です」ウルフはため息をついた。「いい加減にしてください。少しばかりの切り抜きで、わたしになにができると？」ウルフは段ボール箱を指さした。「あれは返したほうがよろしいのでしょうな？」

ロンはそうしてもらいたいと言った。そして、正義と公共の福祉のため、喜んで内輪の会話を続けたいとも言ったが、ウルフは今の段階で使える切り抜きはすべて集めてしまったようだった。ロンを玄関まで送っていったあと、ぼくは部屋にあがって、うんざりするほど延び延びになっていた必要事項、純粋に個人的な用件に一時間費やした。シャワーから出て、シャツを選んでいるとき、ぼくの伝言を聞いたソールが電話をかけてきた。ぼくは役に立ちそうな先方の特徴を残らず教えて、午前中にパーカーの事務所へ報告を入れるように言った。

その日の夕食後には、家人総出で事務所での仕事に精を出した。フリッツとセオドアは『ガゼット』を広げ、該当するページを見つけて切り抜き、残りを運び出した。ぼくは一時間に三枚のペースでタイプライターを叩いた。ウルフは机に向かい、三年分の『ダズル・ダン』の綿密かつ包括的な研究に没頭していた。真夜中もかなり過ぎてから、ウルフは椅子を引いて立ちあがり、伸びをして目をこすると、こう告げた。「もう休む時間だ。この愚劣さの泥沼のせいで消化不良を起こした。おやすみ」

水曜日の朝、ウルフはごまかしをやろうとした。ウルフの日課では、八時に朝刊を読みながら自分の部屋で食事をとる。続いて、ひげ剃りと着替え。そのあと、九時から十一時までは屋上の植物室で午前の蘭の世話だ。十一時前には決して事務所には入らない。探偵業と蘭をごたまぜにすることは、絶対に許されないのだ。が、その水曜日、ウルフはずるをした。ぼくはフリッツと厨房にいて、ホットケーキ、ダースト（"In The Best Families"で言及されるソーセージ作りの名人）のソーセージ、蜂蜜、そしてたっぷりのコーヒーを味わい、ウルフが引退を余儀なくされたという『ガゼット』の記事に対する二つの見解を載せた朝刊を楽しんでいた。その間に、ウルフはこそこそおりてきて事務所に忍びこみ、『ダズル・ダン』を一束くすねたのだ。なぜわかったか。ぼくは朝食前に事務所で少し片づけをしたし、観察力を研ぎ澄ます訓練を積んでいる。朝食を済ませて事務所に戻り、タイプをはじめる前にざっと室内を確認したら、『ダズル・ダン』の束の半分がなくなっていたのだ。今まで、こんなにむきになっているウルフを見た覚えがない。正直なところ、ありがたかった。だから、現場を押さえるために屋上へ行く口実を作るのを遠慮したのはもちろん、十一時にウルフがおりてくるときには、こっそり戻せるようにと、わざわざ事務所を出る気遣いまでした。

朝食後の最初の仕事は、昨晩ウルフに出された指示をいくつか片づけることだった。マンハッタンの会社の営業時間は例によって例のごとき調子なので、九時三十五分になってようやくルベイ録音機器社の電話に応答があった。すぐに作業をする約束をとりつけるのに、しばらく言い合いをした。ネロ・ウルフの名前がなければうまくいかなかっただろうが、ともかく、約束も作業もさせた。十時少し過ぎ、二人の男が機械の入った段ボール箱と工具一式を持って到着し、一時間足らずで作業を終えて帰っていった。丁寧で手際のいい仕事ぶりだった。本格的な捜索でもなければ、事務所に怪しいところがあるとは見抜けまい。電線は台所へ、幅木を回ってつながっているので、見つかったとしても怪しまれはしないだろう。

鳴り続ける電話で、タイプを打つのが一苦労だった。ほとんどがウルフ、せめてぼくから話を聞きたいという記者からで、最終的にはそのやかましい電話への応答と厄介払いをフリッツに頼まなければならなくなった。フリッツがぼくに回した電話の一本は、地方検事局からだった。頼みごとができるかもしれないから出頭してこいという厚かましい話だった。ぼくは求人広告に応募するのに忙しくて、時間がないと答えた。三十分後、フリッツは別の電話をぼくに回してきた。今度はパーリー・ステビンズ巡査部長だった。パーリーは元気かつ不機嫌で、ぶつぶつ文句を並べた。ウルフには免許取り消しのニュースをすっぱ抜く権利はない、その件はまだ公式に決まったわけではない。死体の第一発見者のくせに、地方検事局の殺人事件の捜査に協力するのを断るなんて、どういうつもりなのか。とっとと出頭するか、出動したパトカーに確保されるか、好きなほうを選んでいい。ぼくはステビンズに息を無駄使いさせておいた。

「いいかい、巡査部長」ぼくは諭した。「この町の名前がモスクワに変わったなんて、聞いていないよ。ウルフさんが引退することを発表したがったとしても、それは個人の問題だ。だれかが寄付を募ってくれるかもしれないし、ドアマンの仕事口を紹介してくれるかもしれない。協力については、もうだめだよ。そっちはもう、ぼくを二つの嫌疑で告訴して、へとへとにしたじゃないか。弁護士と医者の助言に従って、ぼくは家にいる。アスピリンを飲んで、プルーンジュースとジンでうがいをしてる。あんただろうが、他のだれかだろうが、ここへ来ても、捜索令状がない限りなかへは入れない。別の逮捕状、例えば、窓を開けたから動物虐待になるって令状を用意したとしたら、ポーチでぼくが出てくるのを待つか、ドアをぶち破るかの二つに一つだ。もう切るよ」

「もう一分聞いてたら、思い知らせてやる」

「じゃあな。制服を着た間抜けさん」

ぼくは受話器を置いて、落ち着くために三十秒待ってから、タイプを再開した。次に邪魔が入ったのはお昼ちょっと前、外部からではなく、ウルフからだった。ウルフは机に戻って、『ダズル・ダン』の分析をしていた。と、急にぼくの名前を呼んだ。ぼくは椅子の向きを変えた。

「はい」

「これを見ろ」

ウルフは『ガゼット』の切り抜きを一枚、机の上に滑らせた。ぼくは立ちあがり、手にとった。日曜版のカラー印刷の半ページで、四ヶ月前のものだった。一コマ目、ダンは田舎道をバイクで走っている。道路脇にはこんな看板があった。

もぎたての桃

アギー・グールとハギー・クルール

二コマ目。ダンは赤や黄色の実をたわわにつけた桃の木のそばにバイクを停めている。そこにはアギー・グールとハギー・クルールとおぼしき女性二人が立っていた。一人は腰の曲がった老婆で、ぼくの見たところ、黄色い麻布のようなものを着ている。もう一人は若くて桃色の頬をしていて、ミンクのコートをまとっていた。ミンクのコートなんかじゃないと言われるかもしれないが、ぼくは見たままを伝えている。ダンの吹き出しには、こう書いてあった。「一ダースくれ」

三コマ目。若い女性がダンに桃を渡し、年上のほうが金を受けとろうと手を伸ばしている。四コマ目。年上の女がダンに紙幣の釣りを渡している。五コマ目、年上の女が若い女にコインを一枚渡して言う。「おまえの取り分、一割だよ。ハギー」若い女が答える。「どうもありがとう、アギー」六コマ目。ダンがアギーに尋ねる。「どうして半々にしないんだい？」アギーが答える。「この木は、あたしのものだからさ」七コマ目。ダンはまたバイクに乗って走り出した。が、ぼくはもうたくさんだと思って、尋ねるようにウルフを見た。

「感想を言うべきですか？」

「役に立ちそうなら、頼む」

「辞退します。米国実業家協会がネタなら、切り口が間違っています。ミンクのコートをもじってるなら、パット・ローウェルのコートは代金未払いかもしれませんね」

ウルフは唸った。「同じようなエピソードが二回あった。一年に一回ずつ、同じ登場人物だ」

「そんなに前なら、ローンは終わっているかもしれませんけど」

「それだけか」

「今のところは。ぼくは頭脳じゃなくて、タイピストなものですから。この厄介な報告書を仕上げてしまわなきゃいけませんので」

ぼくは芸術作品をウルフに投げ返して、仕事に戻った。

十二時二十八分、ぼくは仕上げた報告書をウルフに渡した。ウルフは『ダズル・ダン』を放り出して、報告書を読みはじめた。厨房に行って、また自分で電話に出るよとフリッツに伝えて事務所に戻ると、早速鳴っていた。ぼくは自分の机の電話をとった。営業時間内の決まり文句は、「ネロ・ウルフ探偵事務所、アーチー・グッドウィンです」だが、免許をとりあげられたのだから、事務所を構えるのは法律違反になるだろう。そこで、こう言った。「ネロ・ウルフ宅です。こちらはアーチー・グッドウィン」そうしたら、ソール・パンザーのかすれた声が聞こえた。

「報告だ、アーチー。なんの問題もない。コーヴェンは書類を送達された。五分前に手渡したよ」

「家のなかで?」

「ああ。これからパーカーに電話を——」

「どうやって入った?」

「なんてことないさ。フルナリから届けものが来るとか、言ってたよな。その配達の男が、ひどい疥癬にかかったんだよ。たったの十ドルだ。もちろん家に入ってしまったら、頭と足を両方活用しなけりゃいけなかったが、間取りを聞いてたから、楽勝さ」

「いや、さすがだよ、ソール。ウルフさんは見事だって言うだろうな。知ってるだろう、それがウルフさんの最高の褒め言葉なんだ。きみは将来有望だ、こっちはぼくからの褒め言葉だよ。パーカーに電話をかけるんだな?」

「ああ。事務所に行って書類にサインしなけりゃならない」

「わかった。またな」

ぼくは電話を切って、ウルフに報告した。ウルフは目をあげて、「そうか」と言い、報告書に戻った。

昼食後には、重要かつ骨の折れる仕事が一つあった。ウルフ、ぼく、土曜日の夜のコーヴェンとの会話の記憶、ルベイ録音機器社が設置した機械、これらをすべて使用した。一時間近くかけ、三回別々のやりかたでやってみて、ようやくウルフの満足のいく仕上がりになった。

そのあと、時間はだらだらと過ぎていった。少なくとも、ぼくにとっては。電話も減った。ウルフは机につき、報告書を読み終えて引き出しに入れ、椅子にもたれて目を閉じていた。ぼくは話でもしたいところだったが、すぐにウルフの唇が動きはじめた。唇を突き出し、引っこめ、また突き出す――ウルフの頭脳が大忙しだとわかったので、ぼくは整理棚から蘭の生育記録を一束とり出し、書きこみにとりかかった。蘭を育てていくのに免許は必要ないが、どうやって請求書の支払いをするかという問題がすぐに持ちあがるだろう。四時になると、ウルフは植物室に行くために事務所を出た。ぼくは記録を続けた。それから二時間、何回か電話はかかってきたが、コーヴェンや、コーヴェンの弁護士や、パーカーからの連絡はなかった。六時二分、コーヴェンがなにをする気かはわからないが、酒でやる気を起こしているんだろうとぼくが自分に言い聞かせていたところ、二つのことが同時に起こった。廊下でウルフのエレベーターががくんと停まる音がして、玄関のベルが鳴ったのだ。

ぼくは廊下に出て、ポーチの明かりをつけ、玄関ドアのマジックミラーを見た。間違いなくミンクのコートだったが、帽子がちがっていた。事務所に向かうウルフと入れ替わりに近づいていって、訪問者の顔と、連れはいないことを確認した。ぼくは元気よく事務所の戸口に戻って、告げた。「ミス・パトリシア・ローウェルです。彼女でいいですか？」

ウルフは顔をしかめた。自宅の敷居をまたぐ男性を、めったにウルフは歓迎しない。女なら、絶対に喜ばない。「通せ」ウルフは無愛想に答えた。

ぼくは玄関に行き、チェーンを外してドアを開け、「こんなふうに突然来てくれるなんて、嬉しいよ」と愛想よく出迎えた。パットを通して、ドアを閉め、鍵をかける。「ココナッツを見つけられなかったのかい？」

「ネロ・ウルフに会いたいの」ひどくつっけんどんな言いかたで、ピンク色の頬に似つかわしくなかった。

「いいとも。こっちへ」ぼくは廊下の奥へとパットを導き、事務所に入れた。事務所に女性が入ってくると、ウルフはたまに立つことがあるが、今回は椅子から動かなかっただけでなく、舌も動かさなかった。ぼくが来客の名前を告げると、四分の一インチ頭を傾けたが、なにも言わない。ぼくはパットを赤革の椅子に座らせ、背にコートをかけるのを手伝い、自分の机に戻った。

「そう、あなたがネロ・ウルフなのね」パットは言った。

返事を求めていたわけではなかったし、返事もなかった。

「死ぬほど怖いわ」パットは言った。

「そうはみえませんな」ウルフは不機嫌そうに言い返した。

「だといいのですけど。顔には出さないようにしてます」パットはバッグをすぐそばにある小さなテーブルに載せようとしたが、気を変えて、膝の上に置いたままにした。手袋を脱ぐ。「コーヴェン先生の使いでこちらに参りました」

返事はなし。ぼくたちはパットを見ていた。パットはぼくに目を向け、ウルフに視線を戻して、文句を言った。「あの、あなたはなにも言わない人なの？」

「時たま、だけですな」ウルフは椅子にもたれた。「今回はそうさせてもらいます。あなたからどうぞ」

パットは唇を引き結んだ。大きくてゆったりした椅子に浅く、まっすぐ腰かけていて、クッションのきいた背もたれには触れもしなかった。「コーヴェン先生がわたしを寄こしたのは」きびきびした口調で言う。「あなたが起こした、意味不明の損害賠償についてです。コーヴェン先生はあなたの助手として認められているアーチー・グッドウィンの行動により、名誉を傷つけられたとして、反訴の手続きをとるつもりです。もちろん、あなたの訴えにはなんの根拠もないとしています」

パットは言葉を切った。ウルフは彼女の視線を受けとめ、口を閉じたままでいる。

「そういう状況です」パットは挑むように言った。

「わざわざ知らせに来てくださって、ありがとう」ウルフは呟くように答えた。「ミス・ローウェルをお見送りしてくれないか、アーチー？」

ぼくは立ちあがった。とんでもない侮辱をされたみたいな顔で、パットはぼくを見た。そして、またウルフに顔を向ける。「わたしとしては」パットは続けた。「あなたの態度はあまり賢明とは思えません。この問題については、あなたとコーヴェン先生は折り合うべきだと思います。こんなふうにしたらいかがでしょうか。お互い訴訟を取り下げるんです。あなたはあなたの訴訟を、コーヴェン先生はコーヴェン先生の訴えを」

「無理ですな」ウルフの答えはにべもなかった。「わたしの要求は正当だが、コーヴェン氏の要求は不当ですから。ミス・ローウェル。あなたが弁護士会の一員なら、このような行動はいささか不適切だと、少なくとも異例であることくらい心得ていなくては。あなたはわたしではなく、わたしの弁護士と話し合うべきですな」

「わたしは弁護士ではありません、ウルフさん。わたしはコーヴェン先生の代理人かつ営業担当者です。弁護士は事態をさらに混乱させるだけだと、先生は考えています。わたしも同意見です。先生はあなたと自分で問題を解決するべきだという考えです。交渉の余地はありませんか？」

「わかりません。やってみることはできます。電話はそこにありますから、コーヴェン氏をここに呼んでください」

パットは首を振った。「だめです、先生は……とても動揺しているので。わたしと話し合ったほうが建設的だと、そちらでも納得いただけるはずです。わたしたちが合意に達すれば、先生は了承しますから。その点は保証します。話し合えませんか？　双方の訴えについて」

「それでは結論に至るとは思えませんな」ウルフはいかにも歩み寄りの余地がありそうな口調で続けた。「第一に、両方の請求における要因の一つとして、エイドリアン・ゲッツ氏を殺したのはだれで、その理由はなにかという問題があります。仮に犯人がグッドウィン君なら、コーヴェン氏の要求には確たる根拠があることを率直に認めましょう。別の人物であるなら、根拠は一切認められませんな。あなたと議論するなら、その問題から考えていく必要があります。あなたに突っこんだ質問をしなくてはならなくなる。答える勇気があるかどうか」

「口を閉じるなら、いつでもできますから。どういう質問です？」

「そうですな」ウルフは唇を突き出した。「例えば、サルの具合はどうです？」

「それなら、思い切って答えられそうですね。思わしくありません。シュパイアー病院に入院してますが、時間の問題のようです」

「開いた窓から入った空気のせいで?」

「そうです。とっても繊細なんです、あの種類は」

ウルフは頷いた。「奥の地球儀のそばにあるテーブル、そこに載っている紙の束は、過去三年分の『ダズル・ダン』です。目を通しました。昨年の八月と九月には、サルが重要な役割を担っていましたな。ただ、二人の人間によって、いや、少なくとも二つのちがった考えに基づいて描かれたようでした。最初の十七回の登場では、悪意のある描きかたでした。おそらく、サルを嫌っている人物が描いたのでしょう。それ以降は、好意的に、ユーモアのある視点から描かれています。変化は唐突で、かなり目立ちました。なぜです? コーヴェン氏の指示ですか?」

パット・ローウェルは眉を寄せていた。口を開きかけたが、また閉じてしまう。

「選択肢は四つです」ウルフは素っ気なかった。「真実、嘘、はぐらかし、返答拒否。最後の二つは、いずれもわたしの好奇心を刺激しますから、どうにかして好奇心を満足させることになるでしょうな。嘘はうまく通用するかもしれませんが、わたしは嘘や嘘つきの専門家なので」

「嘘をつくほどのことじゃありません。思い出していたんです。ゲッツさんがサルの描写のしかたに反対して、コーヴェン先生がヒルデブランドさんの代わりにジョーダンさんに描かせるようにしたんです」

「ジョーダンさんはサル好きなんですか?」

「動物好きなんです。あのサルはナポレオンに似てる、なんて言ってました」

「ヒルデブランドさんはサルが好きじゃないんですね?」

「あのサルが好きじゃないんです。もちろんルーカルーもそれをわかっていて、一度噛みついたことがあります。ウルフさん、こんな話、どうにもならないんじゃありません？　この調子で続けるつもりですか？」

「あなたが出ていかない限りは。わたしはコーヴェン氏の反訴を考証しているのであって、これがわたしのやりかたです。どの質問に対しても、あなたには四つの選択肢があります。いや、当然五つ目もありましたな。席を立って出ていく。あなた自身はサルをどう思っていたんですか？」

「ひどい厄介の種だと思っていました、気晴らしになるという取り柄はありましたけど。サルがあの家にいたのは、わたしのせいなんです。ゲッツさんにサルを譲ったのは、わたしなので」

「ほほう。いつの話です？」

「一年くらい前です。南米から帰国した友人がくれたんですけど、面倒をみきれないので、ゲッツさんにあげたんです」

「ゲッツ氏はコーヴェン氏の家に住んでいましたね？」

「はい」

「では、結果的にミセス・コーヴェンに世話を押しつけたことになる。ミセス・コーヴェンは納得していましたか？」

「そうおっしゃったことは一度もありませんね。まさか……その点は考えておくべきだったと思います。わたしから申し訳ないとは説明したんですけど、奥様は大人ですし」

「コーヴェン氏は、サルが好きだったのですか？」

「からかうのは好きでした。べつに嫌っていたわけではありません。ゲッツさんへのただの冷やかしで、からかっていたんです」

ウルフは椅子にもたれ、頭の後ろで両手を組んだ。「よろしいですか、ミス・ローウェル。わたしが思うに、『ダズル・ダン』の物語は完全な紙の無駄ではなさそうだ。終始変わらぬ冷笑的な雰囲気、発想の豊かさ、想像力の片鱗（へんりん）も何度か見られました。月曜の夜、グッドウィン君が留置されている間に、わたしは事情通と思われる数人に電話をかけ、いろいろと人を紹介してもらいましてね。その結果、公式にされてはいないが、信憑性が高いと広く考えられている話が聞けました。『ダズル・ダン』の構想は、もともとゲッツ氏からコーヴェン氏に提供されたものであり、物語や絵のアイディアを生み出していたのはずっとゲッツ氏だった。ゲッツ氏がいなくなった以上、コーヴェン氏はもう描けなくなるだろうと。その点はどうですか？」

パットは身をかたくしていた。「噂話です」蔑むように答える。「ただの安っぽい噂話よ」

「お断りしておくべきでしょうが」一安心したような口調だった。「もし、今の話が実証できるのであれば、わたし自身が進退窮まるところでした。コーヴェン氏に対するわたしの請求を正当化するために、そしてコーヴェン氏のわたしへの請求には根拠がないと示すためには、事故であろうとなかろうと、グッドウィン君がゲッツ氏を殺害しなかったと立証する必要があります。グッドウィン君が殺したのではないのなら、だれがやったのか？　あなたがた五人のうちの一人です。ですが、あなたがたは全員、『ダズル・ダン』の継続的な成功に、直接個人的な利害関係を有している。あなたと同じく、みな莫大な利益の分け前にあずかっていたのだから。仮にゲッツ氏が成功の鍵だったのなら、なぜ殺すんです？」ウルフはくすくすと笑った。「おわかりでしょうな、わたしはまるっきりのばかではありませんよ。まだはじめて二十分しか経ちませんが、あなたは既に多大な手がかりを与えてくれました。もう四、五時間したら、結果が出るでしょう。ちょっと失礼」

ウルフは身を乗り出して、机の端にあるボタンを押した。すぐにフリッツが現れた。

「フリッツ、夕食にお客様が一人同席する」

「かしこまりました」フリッツは出ていった。

「四、五時間ですって?」パットが追及した。

「少なくともそれくらいは。夕食の間は休みです。テーブルには仕事を持ちこまないのですよ。半分はわたしのため、半分はあなたのために。今回の事件は非常に複雑ですから、合意をとりつけるためにここへ来たのなら、すべてを網羅する必要があります。さて、なんの話でしたかな?」

パットはウルフを探るように見た。「ゲッツさんについてです。わたしは、『ダズル・ダン』の成功に、ゲッツさんが一切無関係だったと言ったわけではありません。とどのつまり、わたしだって貢献していますから。ゲッツさんが亡くなったのが痛手じゃないなんて、言いませんでした。ゲッツさんがコーヴェン先生の一番古い、一番親しい友人なのは、だれでも知っています。わたしたちはみんなよく承知しているんです、先生がゲッツさんを頼りにして……」

ウルフは片手をあげて、制した。「ミス・ローウェル、わたしの発言を受けて、話をぶちこわすのはやめていただきたい。重要な手がかりをわたしに渡しておきながら、ひったくろうとしないでください。次にはこんな話をするんでしょうな。コーヴェン氏がゲッツ氏を『チビ』と呼んでいたのは、愛情表現だと。自分の一番の親友を『この野郎』呼ばわりするのと同じだとね。ただ、わたしとしては、コーヴェン氏の発言は劣等感、心の奥に根ざす怒りの現れで、男が自分の上腕二頭筋をみせびらかすようなものだったと思いたいですな。それとも、こんな話でしょうかな。あなたがたは全員、一人残らず、ゲッツ氏が好きでたまらず、尻尾を振って彼の言いなりになっていた、とか。グッドウィン君があなたがたのいるあの家で何時間も過ごし、すべてをわたしに報告していることを忘れないでくださいよ。それだけではない、月曜の夜わたしはクレイマー警視と話をして、いくつか動かしがたい事実をつかんだ。枕が床の上に転がり、焦げて、穴があいていたことも。銃声を消すために使われたはずだ。また、あなたがた全員が、犯行が不可能だったというアリバイを提供できなかった」

ウルフはたたみかけた。「それでも、コーヴェン氏の依存度は必要最小限だったのが事実だと言い張るのなら、ある質問をするために一つの仮説を立てさせてください。つまり、単なる質問の前提ですが、コーヴェン氏はゲッツ氏にたいして強い引け目や従属関係を意識していたとします。そこで、なんらかの手立てを講じようともくろみ、協力と助言を仰ぐため、あなたがたのうちのだれか一人に秘密を打ち明ける必要が生じたとします。その場合、コーヴェン氏はだれのところへ行くでしょうか？　立場や慣習を重んじれば奥さんを一番とすべきなのは当然ですが、どのみち、あなたが雇い主夫婦の秘密を暴くことは無理と考えざるをえない、礼儀を欠く行為ですから。では、あなたがた三人のうち、だれのところへコーヴェン氏は行くでしょう？　ヒルデブランドさん、ジョーダンさん、それとも、あなたですか？」

パットは警戒した。「あなたの仮定に基づいて考えた場合、ですよね？」

「そうです」

「だれでもありません」

「どうしても必要だった場合には？」

「そこまで個人的な問題なら、該当者はいません。先生はそんな必要を感じたりしなかったでしょう。わたしたち三人は、本当に個人的なことについては、蚊帳の外でした」

「あなたになら、打ち明けるのではありませんか？　代理人兼営業担当の責任者でしょう？」

「仕事上の問題でしたら。個人的なことは、ほんの表面上のことだけですので」

「あなたがたが揃いも揃って、机の銃にあんなに関心を持っていたのはなぜです？」

「関心なんて持っていませんでした、本気では。ともかく、わたしはそうでした。銃があそこにあるのが、装塡されて簡単に手の届くところに置いてあるのが、ありがたくなかっただけです。おまけに、許可証を持っていないことも知っていましたし」

ウルフは銃についての問答をたっぷり十分間続けた。どれくらいの頻度で目にしたか、持ってみたことはあるか、など。特に念を入れたのが、日曜の朝、ヒルデブランドと一緒に引き出しを開けて、銃を見たときのことだった。パットの答えは、ヒルデブランドがクレイマーに説明した内容と一致していた。そして、ついにパットは拒否を突きつけた。こんなことをしていてもなにもならない。夕食後も同じことを続けるだけなら、このままご馳走になる気はさらさらない、と宣言した。

ウルフは頷き、「おっしゃるとおり」と同意した。「もうできる限り、やってしまいました。あなたとわたしはね。全員に集まってもらう必要があります。あなたがコーヴェン氏に電話をかけて、そう伝える段階になりました。奥さんと、ジョーダンさん、ヒルデブランドさんと一緒に、八時半にここへ来るように伝えてください」

パットは目を見張った。「冗談のつもり？」と訊く。

ウルフは無視した。「あなたがうまく話をつけられるかどうか、わたしにはわかりません。だめだったら、わたしから話しましょう。わたしの請求及びコーヴェン氏の請求の正当性は、ゲッツ氏を殺したのがだれかという、ほぼ一点にかかっているのです。わたしにはもう、犯人がわかりました。警察に連絡しなければなりませんが、先にわたしの損害賠償請求に関する問題をコーヴェン氏と解決しておきたい。そう言ってください。コーヴェン氏や他のかたがたと話し合う前に警察に通報しなければならない場合、わたしの賠償請求に妥協の余地はなくなります。必ず支払っていただきます」

「はったりだわ」

「では、コールを」

「そうします」パットは椅子から立ちあがり、コートを羽織った。燃えるような目でウルフを睨みつける。「そこまで甘くありませんから」パットはドアに向かって歩き出した。

「アーチー、クレイマー警視に電話だ」ウルフがすかさず命じた。そして、パットに呼びかける。「あなたがたが来る時間には、警察が到着しているでしょう」

ぼくは受話器を持ちあげ、電話をかけた。パットは廊下に出ていったが、それきり足音も、玄関のドアが開く音も聞こえなかった。

「もしもし」ぼくは受話器に向かって、大きめの声で言った。「マンハッタン西署殺人課ですね？　クレイマー警視をお願いします。こちらは――」

目の前を一本の手がすばやく横切り、一本の指が受話器のボタンを押した。ミンクのコートが床に落ちる。「最低！」パットの声は冷たく尖っていたが、手が震えていて、指がボタンから滑った。ぼくは受話器を戻した。

「コーヴェン氏の番号にかけてあげなさい、アーチー」ウルフは満足そうだった。

第七章

九時二十分前、ウルフの目がゆっくりと左から右に動き、集まった客の顔を眺めた。ウルフは機嫌が悪かった。そもそも夕食の直後に仕事をするのが大嫌いなのだが、ウルフの引いたままの顎や頬の筋肉のかすかなひきつりで、今回はかなり骨の折れる仕事になるのだなとわかった。連中をここへ集めた策がはったりだったのかどうかは知らないが、ぼくとしてははったりだったと思う。とはいえ、ウルフが今狙っている金星を手に入れるには、はったり程度ではどうにもなるまい。

パット・ローウェルはぼくたちと一緒に食事をしなかった。食堂に来るのを断っただけでなく、フリッツが事務所まで持っていった盆にも手をつけないままだった。当然ウルフの逆鱗に触れて、辛辣な言葉の一つや二つは浴びせられたのだろうが、ぼくはその場にいて聞くことはできなかった。厨房でフリッツと一緒に、ルベイ録音機器社がとりつけた装置の操作を確認していたのだ。今夜の計画のうち、ぼくがはっきり把握している作戦はそれだけだった。まだ厨房でフリッツと予行演習をしている最中にベルが鳴り、玄関に行ってみたら、全員がポーチに揃っていた。ぼくがコーヴェン家を訪れたときよりも一行は手厚く出迎えられ、事務所でももっと丁寧に椅子まで案内された。

客が着席すると、ウルフは左から右へと観察していった。赤革の椅子にハリー・コーヴェン、その隣にミセス・コーヴェン。次がパット・ローウェルで、少し離れた場所にピート・ジョーダン、ぼくから近い席にバイラム・ヒルデブランド。観察の結果、ウルフがどんな印象を受けたのかはわからないが、ぼくの座っている場所からは、まるでウルフが統一戦線に一人で立ち向かっているようにみえた。

「今回は」コーヴェンがいきなり食ってかかった。「グッドウィンと示し合わせて嘘八百をでっちあげることはできないぞ。証人がいるからな」

コーヴェンはやる気満々のようだった。六杯飲んだと言いたいところだが、もっとだったかもしれない。

「その調子では、なんの結論も得られそうにありませんな、コーヴェンさん」ウルフは言い返した。「わたしたちは全員、抜き差しならない羽目に陥っているのです。無駄口を叩いたくらいでは抜け出せないでしょう。あなたはわたしに百万ドルを支払いたくない。わたしは免許を失いたくない。警察は長い未解決殺人のリストに新たな事件を付け加えたくない。鍵となる重要な要素は、ゲッツ氏の非業の死です。その問題を徹底的に議論することを提案します。それに決着がつけられれば——」

「あんたはミス・ローウェルに犯人を知っていると言ったそうじゃないか。だったら、警察に通報しろよ。そうすりゃ決着がつくはずだ」

ウルフの目が細くなった。「まさか本気ではないでしょうな、コーヴェンさん?」

「本気に決まってるだろ!」

「では、誤解があるようだ。ミス・ローウェルがあなたと電話で話していたとき、わたしは双方の発言を聞いていた。あなたがここに来ることにしたのは、ゲッツ氏の死に関して警察に情報を提供するという脅しのせいだったようですが。今はどうやら——」

「ここに来たのは、脅しのせいなんかじゃない！　あんたが起こした恐喝まがいの訴訟のせいだ！　取り下げさせてやる、絶対にな！」

「ほほう。では、最初に情報を提供する相手がだれでも、かまわないのですな？　あなたでも、警察でも。ただし、わたしはかまうのです。まず、警察に提供する際には、こちらも用意を整えて――」

玄関のベルが鳴った。来客中には通常フリッツが応対することになっているのだが、今は厨房の持ち場を離れるなという命令を受けている。で、ぼくが席を立ち、半円形に並んだ椅子の後ろを回って、廊下に出た。ポーチの明かりをつけて、マジックミラー越しに確認する。一目で充分だった。事務所に戻り、ウルフがこちらに目を向けるまで、立って待っていた。

「椅子の件で来客です」ぼくは言った。

ウルフは眉を寄せた。「伝言を頼む。わたしは……」言葉を切り、普通の顔に戻った。「いや、会おう。ちょっと失礼します」ウルフは椅子を引いて巧みに立ちあがり、コーヴェンをよけてこっちへ向かってきた。ぼくはウルフを先に廊下に出し、ドアを閉めてから追いかけた。ウルフは玄関に向かって大股に歩いていき、マジックミラーを確認して、ドアを開けた。チェーンがかかっているので、ドアは二インチ開いただけだった。

ウルフは隙間越しに声をかけた。「ご用は？」

クレイマーの声は、愛想のかけらもなかった。「入るぞ」

「無理なようですな。目的は？」

「六時にパトリシア・ローウェルがこの家に入って、そのままだ。残りの四人は十五分前に入った。月曜の夜に言ったが、手を引け。免許は停止中だ。それなのに、事務所は人で一杯じゃないか。入るぞ」

「やはり無理なようですな。わたしには依頼人はいません。ご存じのとおり、コーヴェン氏への仕事は完了し、請求書を送付済みです。あの人たちがこの家にいるのは、わたしがコーヴェン氏に対して起こした損害賠償請求訴訟について話し合うためです。それには免許はいりませんから。閉めますよ」

ウルフはドアを閉めようとしたが、動かなかった。ドアの隙間の一番下に、クレイマーの靴先が見えた。

「この野郎、いよいよ本性をみせたな」クレイマーが噛みついた。「あんたは、もうおしまいだぞ」

「もうとっくにおしまいだと思っていましたが。ただ、今回は――」

「聞こえないぞ。風のせいで」

「ドアの隙間越しに言い合うなど、ばかげている。歩道におりなさい、出ていくから。聞こえましたか?」

「ああ」

「結構。では、歩道へ」

ウルフはクルミ材の古い大型洋服掛けにずかずかと近づき、オーバーに手を伸ばした。ぼくはオーバーをウルフに着せかけ、帽子を手渡してから、自分のオーバーを羽織って、マジック・ミラーを確認した。ポーチにはだれもいなかった。ごつい人影が、階段の下に見える。ぼくはチェーンを外してドアを開け、ウルフに続いて外へ出て、ドアを閉めてしっかり鍵をかけた。突風が襲いかかり、みぞれが叩きつけるように降ってきた。ウルフが転んで頭の骨を折ったりしたら、ぼくはいったいどうなるんだろう？　そう考えたら、階段をおりるウルフの肘を支えてやりたくなったが、余計なまねは控えたほうがいいのはわかっていた。

ウルフは無事に階段をおり、みぞれ交じりの風に背を向けた。つまり、クレイマーは風をまともに受けることになった。ウルフは声を張りあげた。「猛吹雪と闘うのは性に合わない。だから、すぐに本題に入ろう。あの人たちがわたしと話し合うのが、あなたには気に食わない。しかし、どうしようもないことだ。あなたは誤りを犯し、それに気づいている。いい加減な罪でグッドウィン君を逮捕し、この家に来て怒鳴り散らし、一線を越えた。あなたは今になって、わたしがコーヴェン氏の嘘を暴くことを怖れている。さらに、わたしが殺人犯を捕まえて地方検事局に引き渡すことを怖れている。だからこそ――」

「そんなことは怖れちゃいないぞ」身を切るように冷たいみぞれから守ろうと、クレイマーは目を細めた。「おれはあんたに手を引けと言った。引けと言ったら引け。コーヴェンに対する訴えはでためだ」

「そうではない。だが、本題からはずれないようにしよう。ここは不快だ。わたしは戸外向けの人間ではないのでね。あなたはこの家に入りたい。入ってもいいが、条件が一つある。五人の客は事務所にいます。壁には穴が一つあいているが、事務所側からは絵に隠れてわからないようになっている。廊下の突きあたりにある秘密の場所で、立つか、腰掛けに座れば、事務所内の様子を見たり、話を聞くことができる。条件というのは、静かに入って……けしからん！」

風がウルフの帽子を奪い去った。ぼくはすかさず飛んで手を伸ばしたが、失敗し、帽子は消えてしまった。まだ十四年しか使っていなかったのに。

「条件というのは」ウルフはもう一度言った。「静かに入って、秘密の場所に陣どり、そこからわたしたちの様子を見る。そして、三十分はわたしに任せること。それ以降は、必要だと判断したら、入ってきてもよろしい。くれぐれも短気は慎むように。ある時点までは、あなたの存在が事件解決を、不可能とまではいかなくても、より難しくする。いつその時点を迎えたのか、あなたには判断できかねるだろう。わたしは殺人犯を捕まえようとしている。断っておくが、成功する確率は五対一といったところだ。わたしとしては――」

「あんたの言い分じゃ、損害賠償請求訴訟についての話し合いじゃなかったか?」

「そのとおり。殺人犯か、賠償金か、いずれかを手に入れますよ。まだ説明が必要なんですか?」

「いや」

「頭が冷えたんですな、この大嵐のなかでは無理もない。次にはわたしの髪が飛ばされるだろう。なかに入りますよ。一緒に来るのなら、さっき話した条件を守ってもらいます。来るんですか?」

「ああ」

「条件をのむ?」

「ああ」

ウルフは階段に向かった。ぼくは先回りして、ドアの鍵を開けた。二人を先に通して、ぼくがドアを閉め、元どおり鍵をかけた。オーバーをかけ、ウルフは廊下の奥の角を回って、クレイマーを隠れ場所に案内した。ぼくは厨房から腰掛けを持ってきたが、ウルフは首を振った。ウルフがパネルを音もなく横に滑らせ、覗いてみてから、クレイマーに頷いた。クレイマーも覗いて、頷き返した。ぼくらはその場を離れた。事務所のドアの前で、ウルフが髪のことをぶつぶつ言ったので、携帯用の櫛を貸してやった。

　事務所に入ったとき、連中がこっちを見た目つきときたら、ぼくらが地下室で爆弾に信管をとりつけていたんじゃないかと疑っているみたいだった。まあ、もう一つくらい疑いの種が増えたところで、これ以上事態が面倒になるわけもない。ぼくは迂回して机に向かい、腰をおろした。ウルフは自分の席に戻って、ため息をつき、客を眺め渡した。

「失礼しました」ウルフは礼儀正しく謝った。「やむを得なかったもので。では、仕切りなおしましょう」と、コーヴェンに目を向けた。「そうですな、ゲッツ氏が揉み合いの最中に誤ってグッドウィン君に撃たれたという、あなたが警察に話した推測からはじめましょうか。笑止千万ですな。ゲッツ氏を撃ったのは、あなたの銃から抜かれて、グッドウィン君の銃に装填された弾薬です。グッドウィン君に入れ替えが不可能だったのは明らかだ。グッドウィン君があなたの銃をはじめて見たとき、ゲッツ氏は既に死んでいたのですから。従って――」

「嘘だ！」コーヴェンが割りこんだ。「その前にグッドウィンは見ている。わたしの事務室に来たときに。あとで戻ってきて、弾薬をとり出せたはずだ」

　ウルフは驚いた顔で、コーヴェンを睨みつけた。「気はたしかですか、コーヴェンさん。このわたしを前にして、面と向かって、警察に話した子供だましの嘘にしがみつくつもりですか？　あんなお笑いぐさの長話に？」

「決まってるだろ！」

「くだらん」ウルフはうんざりしていた。「この場で面と向かい合えば、地に足の着いた話し合いをする心構えができるだろうと期待していたのですが。どうやら警察に通報しろというあなたの提案に従ったほうがよかったようだ。おそらく――」

「おれはそんな提案などしてない！」

「この部屋での話ですよ、コーヴェンさん。十五分ほど前ですが？」

「してない！」

ウルフは顔をしかめた。「わかりました」静かに宣言する。「あなたのような人間が相手では、地に足の着いた話し合いは不可能だ。それでも、やってみなくてはなるまい。アーチー、厨房からテープを持ってきてくれないか？」

ぼくは部屋を出た。気に入らなかった。ウルフの勇み足だと思った。クレイマーの登場で調子が狂ったのはたしかだが、これでは最高の策とはとても言えないと思った。今回の事件では、最高の策以外は通用しないのに。だから、ぼくは隠れ場所にいるクレイマーには目もくれずに厨房に入り、フリッツに機械を停めて巻き戻すように言い、立ったまましかめ面で回転するテープを見ていた。巻き戻しが終わると、ぼくはリールを外して箱に入れ、事務所に持っていった。

「みんなが待っているんだが」ウルフが不機嫌そうに催促した。

その言葉で気がせいた。机には同じような箱が積んであったのだが、持ってきた箱を慌てて置こうとして、崩してしまった。全員の目がぼくに集中してきまりが悪かったが、戸棚へプレイヤーをとりにいくついでに、冷たい目で睨み返した。プレイヤーはぼくの机の一角を占領する大きさなので、倒れた箱を押しやらなければならない。ようやくプレイヤーを設置して、コードをつなぎ、リールを箱から出して、所定の場所にセットした。

「いいですか？」ぼくはウルフに確認した。

「はじめてくれ」

スイッチを押した。かちっといったあと、ぱちぱちという雑音が少し続き、ウルフの声がした。

『そうではありません、コーヴェンさん。そういうことではないのです。当方の最低報酬の金額を考えると、たとえ犯人まで突きとめるとしても、たかが盗まれた銃の探索にわたしを雇うほどの価値があるのかどうか、疑問に思うだけです。こちらとしては、当然――』

「ちがう！」ウルフが怒鳴った。

ぼくはスイッチを切った。ばつの悪さに、「失礼しました」と謝る。「間違えました」

「わたしが自分でやらなければならないかな？」ウルフが皮肉る。

ぼくはぶつぶつ言いながら、テープを巻き戻した。リールを外して、箱をあさり、選びなおしてリールをとり出し、プレイヤーにはめてスイッチを押す。今度はウルフの声ではなく、コーヴェンの声が流れた。大きく、はっきりと。

『今回はグッドウィンと示し合わせて嘘八百をでっちあげることはできないぞ。証人がいるからな』

続いてウルフの声。『その調子では、なんの結論も得られそうにありませんな、コーヴェンさん』

ウルフは言い返した。『わたしたちは全員、抜き差しならない羽目に陥っているのです。無駄口を叩いたくらいでは抜け出せないでしょう。あなたはわたしに百万ドルを支払いたくない。わたしは免許を失いたくない。警察は長い未解決殺人のリストに新たな事件を付け加えたくない。鍵となる重要な要素は、ゲッツ氏の非業の死です。その問題を徹底的に議論することを提案します。それに決着をつけられれば――』

コーヴェンの声。『あんたはミス・ローウェルに犯人を知っていると言ったそうじゃないか。だったら、警察に通報しろよ。そうすりゃ決着がつくはずだ』
ウルフ。『まさか本気ではないでしょうな、コーヴェンさん？』
コーヴェン。『本気に決まってるだろ！』
ウルフ。『では、誤解があるようだ。ミス・ローウェルがあなたと電話で話していたとき、わたしは双方の発言を聞いていた。あなたがここに来ることにしたのは、ゲッツ氏の死に関して警察に情報を提供するという脅しの――』

「そこまでで結構だ」ウルフが止めた。ぼくはスイッチを切った。ウルフはコーヴェンに目を向けた。「わたしの聞いたところでは」冷たい声だった。「警察に情報を提供しろという提案のようですが。どうですか？」

コーヴェンは答えなかった。ウルフは視線を移動した。「どうですか、ミス・ローウェル？」

パットは首を振った。「わたしは提案の専門家ではないので」

ウルフは視線を外した。「言葉遣いについて争うつもりはありません、コーヴェンさん。お聞きのとおりです。それはそうと、グッドウィン君の不手際から別のテープの冒頭を聞かれてしまいましたが、なぜそれを警察に提出して、あなたの言い分を否定しなかったのかと不思議に思っているかもしれませんな。月曜の夜、クレイマー警視が訪ねてきたとき、わたしはまだあなたを依頼人とみなしており、あなたの言い分を聞くまでは追い詰めるようなまねは控えたかった。それに、クレイマー警視がここを出るまでにとった態度があまりにもひどすぎて、わたしとしてはなにも教えたくなくなったのです。さて、あなたはもはやわたしの依頼人ではない。この問題を地に足を着けて話し合うか、決裂かのいずれかです。警察に嘘をついたとはっきり供述するまで追い詰めるのも、吝（やぶさ）かではありません。あとはあなたと警察の問題です。わたしはただ、お互い真実だと了解している事項を前提に、話を進めようと主張しているだけです。その了解のもとでなら──」

「ちょっと待って」パット・ローウェルが割りこんだ。「銃は、日曜の朝、引き出しのなかにありました。見たんです」

「わかっています。それは、この事件のもつれにもつれた結び目の一つです、いずれその点も議論します」ウルフは半円形に並んだ客を見渡した。「わたしたちは、エイドリアン・ゲッツを殺したのがだれかを突きとめたい。そこから、はじめましょう。犯人についてなにがわかっているか。いろいろとわかっています。

第一に、犯人は先週の金曜より前の時点でコーヴェン氏の銃を持ち去り、どこかに隠していた。なぜならその銃は、ゲッツ氏殺害の直前に盗まれたグッドウィン君の銃の替わりに引き出しへ戻され、弾薬がグッドウィン君の銃に詰め替えられたからです。

第二に、犯人にはなんらかの理由により、ゲッツ氏が存在し続けることが、耐えがたいほど不快だった。

第三。犯人は土曜の夜にコーヴェンさんがここに来た目的を知っていた。月曜にコーヴェンさんの家でグッドウィン君がなにをするのかも、コーヴェンさんとグッドウィン君で計画した段取りも細かい点まで把握していた。だからこそ──」

「そんなこと、わたしはいまだに知らないぞ」ヒルデブランドが甲高い声で言った。

「ぼくもだ」ピート・ジョーダンも断言した。

「無実の人間は、無知を満喫することができるわけです」ウルフは言い聞かせた。「無実ならば、そのまま無知を楽しんでいてください。今言った知識があったからこそ、犯人は複雑な計画を立て、実行することができた。

第四。犯人の思考過程は周到だが、不完全だった。グッドウィン君がゲッツ氏を殺したように見せかける計画はよく考えられた奇策で、ある点では巧妙だったものの、他の点ではお粗末だった。事務室に侵入して、グッドウィン君の銃を引き出しから抜きとり、代わりにコーヴェンさんの銃を戻して、弾薬をグッドウィン君の銃に移す。それから寝ているゲッツ氏を探しに二階へ行って、枕を音消しに使い、頭を撃ち抜いた。ここまではすべて、充分に考え抜かれ、思い切って実行されています。だが、そのあとは？　銃が時を移さずその場で確実に発見されるようにしたいと、いりもしない用心をして、銃をこっそりサルの檻に入れた。その場の思いつきだったのでしょうが、きわめて浅はかな行動だ。グッドウィン君なら、そこまで無謀無思慮のはずがない。

第五。サルそのものが原因か、ゲッツ氏との関わりからかはわかりませんが、犯人はサルを心の底から激しく嫌っていた。一人の人間を殺したばかりで、その場を一刻も早く離れなければならないというのに窓を開けにいったのですから、動機は一つしか考えられません。異常な、さらに言うなら、他に類を見ない強烈な敵意です。たしかに、効果は覿面でした。ミス・ローウェルの話では、サルは死にかけているそうですから。

第六。犯人は日曜日の朝、コーヴェンさんの銃を引き出しに入れ、そこにあるのを目撃させたあと、また持ち出した。今回の事件で一番目を引く策略ですな。目撃されない限り、そこに戻した意味はないので、ちゃんと目撃されるように手を打った。なぜか？　月曜日にグッドウィン君が来訪してからの予定をあらかじめ知っていて、彼に殺人罪をなすりつける計画を立て、供述の信用性を損ねるように前もって準備を試みたからに他ならない。従って、犯人は日曜の朝、銃を戻しただけでなく、その存在が間違いなく確認されるようにした。もちろん、コーヴェンさん以外の人物に」

ウルフは客の一人をじっと見つめた。「日曜の朝、引き出しの銃を見たのは、あなたでしたな、ヒルデブランドさん?」

「そうです」甲高い声は調子が狂っていた。「しかし、わたしがそこに入れたわけじゃない!」

「あなたがやったとは言っていない。あなたの無実の主張は、まだ異議を申し立てられてはいないのですよ。あなたは作画室にいて、コーヴェンさんに相談があって三階に向かった。二階でミセス・コーヴェンに会い、コーヴェンさんがまだ寝ていると教えられた。それでも事務室に向かい、ミス・ローウェルがその場にいたので、引き出しを開け、二人で銃がそこにあるのを見た。これで正しいですか?」

「あの引き出しを覗くために事務室に行ったわけじゃない。わたしたちはただ――」

「攻められてもいないのに応戦するのはやめてください。悪い癖だ。あなたはあの日の朝、もっと早い時間に三階にいたんですか?」

「とんでもない!」

「どうですか、ミス・ローウェル?」

「わたしは知りません」口にできる言葉が限られていて、語数を確認する必要があるみたいに、パットはゆっくりと引きのばすように答えた。「引き出しを覗いたのは、ただの偶然です」

「どうですか、ミセス・コーヴェン?」

ミセス・コーヴェンは、はっとして顔をあげた。「どうですか、って?」と聞き返す。

「あの日の朝、ヒルデブランドさんはもっと早い時間に三階にいましたか？」

ミセス・コーヴェンは面食らっているようだった。「早いって、いつより？」

「あなたは二階のホールでヒルデブランドさんと会って、ご主人がまだ寝ていること、ミス・ローウェルが事務室にいることを話したんでしたね。そのときより早い時間に、三階にいましたか？　その日の朝に？」

「さっぱりわかりません」

「じゃあ、いたとは言えない？」

「なにも知らないので」

「無知ほど安全なことはない……あるいは危険なことは」ウルフはまた全員に視線を向けた。「殺人犯に関する手がかりの一覧を完成させましょう。第七で最後の項目。犯人のゲッツ氏に対する憎しみはきわめて激しく、ゲッツ氏を殺すことで『ダズル・ダン』も殺してしまうかもしれないという危険性すら歯牙にもかけなかった。ゲッツ氏が『ダズル・ダン』にとって、どれだけ重要な――」

「『ダズル・ダン』の生みの親は、このおれだ！」ハリー・コーヴェンが怒鳴った。「『ダズル・ダン』はおれのものだ！」そして、みんなを睨みつける。「おい、おれが、『ダズル・ダン』なんだ！」

「お願いだから黙って、ハリー」パットが鋭く遮った。

コーヴェンの顎が震えていた。酒が三杯必要だ。

「さっきは」ウルフが続けた。「ゲッツ氏が『ダズル・ダン』にとって、どれだけ重要な存在だったのかはわからない、と言いかけたのですが。証言に食い違いがあるのでね。いずれにしても、殺人犯はゲッツ氏を葬り去りたかった。これでもう、犯人の正体は明らかにできたと思いますが。よろしいですね?」

「全然」パット・ローウェルが挑むように言い返した。

「では、具体的に話しましょう」ウルフは客のほうへ、身を乗り出した。「しかし、はじめに警察に対して、特にクレイマー警視について、一つ言っておきたいことがあります。警視はこのように混乱した事件、一見複雑な事件を解明するだけの能力は充分に持っている。警視を惑わせたのは、コーヴェンさんが苦心の末作りあげた嘘、おそらくミス・ローウェルとヒルデブランドさんとも口裏を合わせた嘘だった。もしグッドウィン君とわたしが真実をありのままに話しているのではと考えてみる勇気があれば、警視には簡単に真相が見抜けたでしょう。今度の事件はいい教訓とするべきです」

ウルフは少し思案した。「犯人は消去法によって絞りこんだほうがいいかもしれませんな。わたしが殺人犯について挙げた七つの要素の一覧を思い出せば、児戯に等しい。例えばジョーダンさんですが、六番の項目で消去されます。日曜の朝、現場にいなかった。ヒルデブランドさんは三番と四番、それにまたしても六番によって消去される。朝早い時間に、三階へは行っていない。ミス・ローウェルについては、四番と五番に該当しないとわたしは思います。そもそも、今名前を挙げた三人は、いずれも三番の項目に該当しないはずだ。コーヴェンさんが三人のうちのだれかに、そこまで内輪の話を打ち明けたとは思えない。またわたしは――」

「そこまでだ!」戸口からどら声が響いた。

みんなの頭がぱっと向きを変えた。クレイマーが入ってきてコーヴェンの左側、夫妻の間に立った。時が止まったような沈黙が続いた。コーヴェンは首をねじってクレイマーを見あげていたが、不意に気力が尽きたように両手に顔を埋めた。

クレイマーは憤懣やるかたない様子でウルフを睨んだ。「よくもこんなまねを。こっちに話しておけばよかっただろう！　なんだ、さっきの数字遊びは！」

「聞く耳を持たない相手に話しておけるわけがない」ウルフは手厳しくやり返した。「もう逮捕して結構です。まだ補強となる情報がいりますか？　日曜の朝、ヒルデブランドさんたちが引き出しに入っている銃を見たとき、コーヴェンさんはまだ眠っていた。さらに追加が必要ですか？　ヒルデブランドさんと一晩話してみなさい。ホールでミセス・コーヴェンと話したときに、奥さんから引き出しを開けて銃を確認するように仕向ける発言があったことを思い出すでしょう、そちらのバッジにこちらの免許を賭けて勝負してもいい。まだ追加？　ミセス・コーヴェンの部屋にある品を、すべて鑑識に回しなさい。銃は彼女の私物のなかに隠してあったにちがいありませんから、証拠が見つかるはずです。コーヴェンさんを証言台に立たせ、自分の計画を妻に話したかどうか、それはいつだったかを問いただすことは許されません。夫は妻に不利な証言をすることはできないのですから。ただ、間違いなく……」

ミセス・コーヴェンが立ちあがった。青ざめているが、取り乱した様子はなく、平静そのものだった。夫の垂れた頭の後ろを見おろす。

「家に連れて帰ってちょうだい、ハリー」ミセス・コーヴェンが促した。

クレイマーは小さく一歩動いただけで、彼女の横に移動した。

「ハリー！」ミセス・コーヴェンは静かな口調で迫った。「連れて帰って」

コーヴェンは顔をあげ、振り返って妻を見た。ぼくはその顔を見ることができなかった。「座るんだ、マーセル」コーヴェンは口を開いた。「おれがなんとかする」そして、ウルフに目を向けた。「おれが土曜日にここでしゃべった内容を録音してたんなら、しかたない。おれは警察に嘘をついた。だからどうだと？　べつに――」

「黙って、ハリー」たまらず、パット・ローウェルが口を出した。「弁護士を雇って、話をさせましょう。なにも言わないで」

ウルフは頷いた。「賢明な助言ですな。なにしろ、こちらの話はまだ終わっていないのですからね、コーヴェンさん。ゲッツ氏はあなたの住んでいた家を所有していただけでなく、『ダズル・ダン』も自分のものとして、あなたには利益のわずか十パーセントしか取り分を認めていなかった。これははっきり記録に残っている事実です」

ミセス・コーヴェンは椅子に倒れこみ、身動き一つせずにウルフを見つめた。ウルフは彼女に向かって話を続けた。「マダム、あなたはゲッツ氏を殺したあと、部屋に侵入して書類を探し、おそらく一部は見つけて破棄したのでしょう。それこそが、はじめて銃を引き出しから持ち出した先週の時点で、あなたの計画における重要課題だったにちがいない。ゲッツ氏を殺害して、『ダズル・ダン』の持ち主だった証拠をすべて隠滅することが。愚かなことだ。ゲッツ氏のような人物が、計りしれない価値を持つ書類を、だれでも近づけて、簡単に見つかってしまうような場所に置いておくはずがない。まあ、その問題はクレイマー警視にお任せしましょう。わたしが先ほど言及した記録というのは、自ら調べた資料のことで、今、手元にあります」

ウルフは指さした。「あのテーブルの上に山と積んであるのは、過去三年分の『ダズル・ダン』です。そのなかに、多少のちがいはあっても毎年繰り返されているエピソードが一つあり、ダンは二人の登場人物、アギー・グールとハギー・クルールから桃を買います。そして、アギー・グールは木の持ち主は自分だと言って、ハギー・クルールに受けとった代金の十パーセントを渡して、残りを自分のものにします。A・GはAdrian Getz(エイドリアン・ゲッツ)のイニシャルで、H・KはHarry Koven(ハリー・コーヴェン)のイニシャルですな。これが偶然とか、単なる悪ふざけとは信じがたい。わざわざ毎年この話を繰り返しているのですから。ゲッツ氏は非常にひねくれた心の持ち主だったにちがいない。自分があの大人気キャラクターの生みの親であり、支配していたという事実を隠して喜んでいる一方、名目上の作者に、子供じみたたとえ話で毎年その事実を公表させていたんですから。たかが十パーセントのために――」

「正味じゃない」コーヴェンは言い返した。「総額の十パーセントだぞ。一週間でまるまる四百ドル以上だ。それにおれは……」

コーヴェンは口を閉じた。妻がこう言ったのだ。「虫けら」ミセス・コーヴェンは椅子から離れ、立ったまま夫を見おろしていた。小柄なのに、力強く、高々とそびえ立っているようにみえた。「虫けら」痛烈な軽蔑がこもっていた。「虫けらですらないわね。虫けらにも内臓(ガッツ)はあるもの」

ミセス・コーヴェンはウルフに向き直った。「わかったわ、ハリーの尻尾をつかまえてしまったわけね。今回だけは男らしくふるまったのに、最後までやり抜く根性(ガッツ)がなかった。そう、ゲッツが『ダズル・ダン』の作者よ。何年も前にアイディアを思いついて売り出したとき、ハリーを丸めこんで絵を描かせ、表向きの作者に仕立てたの。そのときハリーは五分五分の権利を主張するべきだったのに黙ってた。ハリーには自分の意見を通したりする強さなんかかけらもないし、ずっとこのままなのよ。ゲッツもちゃんとわかってた。『ダズル・ダン』は大当たりして、何年も人気はうなぎ登り。ハリーの名前が売れて有名になっても、ゲッツは気にしなかった。『ダズル・ダン』を支配して、お金を手に入れられる限りはね。さっき、ひねくれた心の持ち主だとか言ってたけど、きっとそうなんでしょう。ただ、わたしならそうは言わない。あいつは吸血鬼よ」

「それでもかまいません」ウルフはぶつぶつと答えた。

「わたしがハリーと出会ったときもそういう関係だったけど、わかったのは、二年後に結婚してからだった。たしかに、わたしがいなければ、ゲッツは殺されずに済んだかもしれないわ。事情を知って、ハリーに自分の権利を主張させようとしたのは、わたしだから。ハリーの名前は『ダズル・ダン』の作者として長い間売れているから、ちゃんと要求すれば、ゲッツはもっとたくさんの分け前、最低でも半分は寄こすしかなくなるって。ハリーは要求してみると約束したけど、つまりは男らしい勇気がなかったのよ。それで、ハリーの名前はとても有名だから、縁を切って、自分で新しい漫画をはじめればいいって説得したわ。でも、その勇気さえなかった。この人は男じゃない、虫けらよ。わたしは納得できなくて、責め続けた。それは認めます。必要なら、証言台に立って認めます。それに、自分で思うほどハリーをわかっていなかったことも。まさか殺人を犯すまで思い詰める危険があるなんて、思ってもみなかった。そんなつもりだったなんて、知らなかったわ。もちろん、ハリーは自白するでしょうけど、ゲッツを殺すと決めたことをわたしが知っていたと言うのなら、それは否定しなければ。真実ではないから。わたしは知りませんでした」

夫は妻の後頭部をじっと見つめていた。口がぽかんと開いている。

「わかりました」ウルフの声は冷たく、とりつくしまもなかった。「最初は赤の他人、グッドウィン君に罪をなすりつける計画だった。いや、実際は二人の赤の他人ですな、わたしも関係していたのだから。それが失敗すると、夫に罪をなすりつける」ウルフは首を振った。「だめですよ、マダム。あなたの一番愚かな間違いは、サルを殺すために窓を開けたことですが、他にもあるでしょう。クレイマー警視?」

クレイマーは一歩動いただけでミセス・コーヴェンの手をつかんだ。

「どうしよう!」コーヴェンが苦しそうにうめいた。

パット・ローウェルが、疲れた声でウルフに詰めよった。「つまり、これが目的でわたしを利用したのね」

パットもたいしたものだ。女はしぶとい。

ウルフの食通レシピ

☆コンビーフ・ハッシュ

材料（四人前）

ゆでたコンビーフ：一ポンド半／中程度の大きさのジャガイモ：四個／タマネギのみじん切り：一個分／ピーマンのみじん切り：二分の一個分／豚の小腸（左記参照）：一〜二ポンド

コンビーフを挽肉機で、細挽きにする。ジャガイモは皮付きのまま、塩を入れた水でゆでる。火が通ったら、少し冷まし、皮を剥いてざく切りにし、同じように挽肉機で挽く。オーブンは約百八十度に予熱しておく。肉とジャガイモにみじん切りにしたタマネギとピーマンを加える。下ごしらえした豚の小腸を加え、よく混ぜる。バターを塗った容器に詰め、表面がきつね色になるまで二十分から二十五分焼く。

☆豚の小腸（コンビーフ・ハッシュ用）

材料

豚の小腸：二ポンド／クローブ：二粒／ローリエ：一枚／刻んだ鷹の爪：一本分／スライスしたタマネギ：一個分／スライスしたセロリの茎：一本分／赤ワインビネガー：四分の一カップ／オリーブオイル：二分の一カップ／タマネギの汁：小さじ一

大きなほうろうの鍋（もしくはボウル）で、豚の小腸を四時間冷水に漬けておき、水を切る。小腸を流水で五、六回洗い、脂肪をできるだけ取り除く。大鍋に小腸を入れ、クローブ、ローリエ、鷹の爪、タマネギ、セロリ、ワインビネガーを加え、かぶる程度の水を足す。沸騰させ、小腸が柔らかくなるまで煮こむ（二、三時間）。湯を捨て、小腸を長さ二、三インチに切る。大きなフライパンに深さ二分の一インチまでオリーブオイルを入れ、タマネギの汁を加える。ひとつかみずつ、豚の小腸を入れ、黄金色（こがね）になるまで揚げる。これをコンビーフ・ハッシュに用いる。

☆ソーシス・ミニュイ

材料

タマネギ／ビーフ・ブイヨン／クローブ／キジ肉／ニンニク／タイム／パン粉／塩／ガチョウの脂身／ローズマリー／ベーコン／黒胡椒／ブランデー／しょうが／豚肉／ピスタチオ／赤ワイン／ナツメグ／ガチョウの肉／豚の腸

タマネギとニンニクの小片を刻み、多めのガチョウの脂で軽く色づくまで炒める。タマネギにかぶるくらいのブランデーを入れ、上等な赤ワインと濃いめのビーフブイヨンをブランデーの倍量加える。タイムをひとつまみ、ローズマリーを一本、しょうがとナツメグの粉をごくわずか、クローブをほんの気持ち程度に加える。十分間とろ火で煮こみ、ふるいにかけたパン粉を柔らかいとろとろの状態になるまで加える。五分間、コトコトと煮る。ゆでたベーコンを刻んで加え、焼いた豚肉を粗く刻んだもの、豚肉の倍量の焼いたガチョウの肉とキジ肉を粗く刻んだものを加える。塩と多めの挽きたての黒胡椒で味を調え、焼いたピスタチオを少量加え、ソーセージの中身に適当なかたさまで煮こむ。完全に冷ます。豚の腸は洗って、きれいに湯通しする。冷めた中身を詰め、適当な間隔でソーセージ型に縛る。破裂しないように表面に針で穴をあけ、弱火で焼く。

☆代用テラピン

材料（四〜六人前）
スープストック：一と四分の一から一と二分の一クォート（左記参照）／子牛のレバー：一ポンド／タイムの葉のみじん切り：小さじ二分の一（乾燥したものの場合は、小さじ四分の一）／クローブの粉：ひとつまみ／チャービルのみじん切り：小さじ二分の一（乾燥したものの場合は、小さじ四分の一）／バター：大さじ四／ハム：四分の一ポンド／エシャロットのみじん切り：一個分／砂糖：小さじ二／小麦粉：大さじ四／レモン汁：一個分／マデラ酒：大さじ一／レモンの薄切り：少々

スープストックを鍋に入れ、コトコトいうまで温める。子牛のレバーを薄くスライスする。タイム、クローブ、チャービルを大さじ一のバターと混ぜて、レバーにすりこむ。その後、三十分休ませる。ハムを細かく切る。残ったバターを別の鍋に入れて溶かし、レバー、ハム、エシャロットを五分

ほどソテーする。それを温めたスープストックに入れる。砂糖を振りかけ、よくかき混ぜる。小麦粉と四分の一カップのスープストックで、薄いペーストを作り、そっとスープストックに入れる。二十分間弱火で煮て、レモン汁とマデラ酒を加える。レモンのスライスを添えて盛りつける。

☆代用テラピン用スープストック

材料
子牛の頭：半分（もしくは、子牛の骨：三〜四ポンド）／水（もしくはコンソメスープ）：二カップ／辛口白ワイン：一カップ／セロリの茎のスライス：二本分／黄色タマネギのスライス：二分の一カップ／トマトの果肉：一カップ／トマトペースト：大さじ一と二分の一／刻んだタイムの葉：小さじ二分の一（乾いた葉の場合は小さじ四分の一）／刻んだバジル：小さじ二分の一（乾いた葉の場合は小さじ四分の一）／塩：小さじ一と二分の一

子牛の頭を大きな鍋に入れ、水もしくはコンソメと、ワインを加える。沸騰したら火を弱め、残りの材料を加える。二時間半コトコトと煮る。スープを漉して、脂を取り除き、右記のとおり使用する。

☆スプーンブレッド（二種）

材料

バター：大さじ五／ひき割りトウモロコシ（白）：一カップ／塩：小さじ一／四分の一カップのキルシュ酒に漬けたレーズン：三分の一カップ（好みで）／熱湯：二カップ／牛乳：一カップ／卵（Lサイズ）：三個

バターを低温で温めて溶かしておく。ひき割りトウモロコシ、塩、レーズンをボウルで混ぜる。そこに熱湯を入れて、なめらかになるまでかき混ぜ、五分から十分休ませる。オーブンを約二百二十度に予熱しておく。牛乳を沸騰するまで温めてすぐに火を止め、ゆっくりと生地に入れてかき混ぜる。卵を一個ずつ加え、そのたびにしっかり混ぜる。溶かしバターを加えた生地を、バターを塗っておいた耐熱容器に入れる。二十五分から三十分焼き、熱いうちにバター、メープルシロップ、もしくはスグリのジャムを添えて供する。

［バリエーション］
沸騰した牛乳の代わりに六十五度に温めて生地に混ぜる。卵を一個減らす。

☆羊のキドニーのブルゴーニュ煮こみ

材料（六人前）
子羊の腎臓：十八個／小麦粉：二分の一カップ／塩／挽きたての黒胡椒／バター：大さじ六／エシャロットのみじん切り：二個分／マッシュルームのみじん切り：二分の一ポンド／辛口の

赤ワイン：二カップ／ローリエの葉：二分の一／クレソンのみじん切り：大さじ一／セロリのみじん切り：大さじ一／タイム：小さじ四分の一

子羊の腎臓を冷水に十分間さらし、膜や他の組織を取り除いて、横方向に半分に切る。小麦粉に塩と胡椒を混ぜ、腎臓にまぶす。バター大さじ四を使ってソテーし、とり出しておく。そのバターにエシャロットとマッシュルームを加える。先ほど味付けした小麦粉、小さじ二杯分を振りかけ、ときどきかき混ぜながら弱火で五分炒める。ワイン、ローリエ、クレソン、セロリ、タイム、塩小さじ二分の一、挽きたての黒胡椒少々を加える。よく混ぜて、腎臓を戻す。フライパンに蓋をして、とろ火で二十五分間煮こむ。盛りつける際にローリエを取り除き、残りのバター大さじ二を加え、味を調える。ライスにかけて、供する。

訳者あとがき

「ネロ・ウルフの事件簿」の第二巻、『ようこそ、死のパーティーへ』をお届けします。

表題作「ようこそ、死のパーティーへ」は本来、前巻所収の中編「黒い蘭」とのカップリングで紹介すべき事件なのですが、紙量の都合等で別々の収録となってしまい、少し心残りでした。ウルフ初の中編集の二作品をご紹介でき、嬉しい限りです。

さて、『黒い蘭』はタイトルどおり〈蘭〉がメインテーマでしたが、今回はいよいよウルフのもう一つの特徴、あの巨体の糧となる〈美食〉が登場します。

小説の主人公が作者を投影した人物であることは珍しくありませんが、レックス・スタウトはウルフとほぼ真逆です。ウルフの生みの親、スタウトは小柄で痩せっぽち、仕事好きでいつも忙しく、もちろん多方面へ外出して、アメリカ探偵作家クラブ（ＭＷＡ）会長など、精力的に活動していました。その二人の数少ない共通点の一つが、食へのこだわりと情熱です。

ソース・プランタン、テラピン、ウーフ・オー・シュヴァル、シャド・ロー・ムース、シヴェ・ド・ラパン、ロニョン・オー・モンターニュ、クレオール・トライプ、テネシー・オポッサム……。このなぞなぞのような言葉はすべてウルフの代表作『料理長が多すぎる』に登場した食べ物の名前です。いったいどんな料理なのだろうと、想像力をふくらませた読者もいらっしゃると思いますが、そういった疑問に答えて、スタウトは一九七三年に"The Nero Wolfe Cook Book"と題する料理本を出しています。

「まったくもう、あなたもネロ・ウルフのレシピも！」"*The American Magazine*"1949年6月号より（画：Stan Hunt）

今回は付録として、一、二巻に登場した料理のレシピを紹介してみました（ヤマウズラのマリネについては、残念ながら記載がありませんでした）。ただ、実際に作るとなると、さすがは食通のウルフ、材料が入手困難なだけでなく、とても手間のかかる料理が多いです。例えば前述のテネシー・オポッサムですが、材料の一番目がフクロネズミ一匹で、その下処理から料理ははじまります。コンビーフ・ハッシュは、豚の小腸の下ごしらえに最低でも八時間、完成にはなんと半日近くかかりそうです。謎のハーブを手に入れるためにと、アーチーは使いに出された結果、大けがをして病院に運びこまれ、辞職したこともあります（ウルフが直々（じきじき）に病院まで迎えに来て、復職しましたが）。この調子ですから、調理を担当するとなると主婦が怒る気持ちもよくわかりますが（右記参照！）、料理の雰囲気だけでも味わっていただければ幸いです。

ちなみに、ウルフ作品にちょこちょこ登場する絶品ソーセージ、ソーシス・ミニュイの作りかたについては、分量が書いてありません。ウルフが十四時間も列車に乗って外出し、銃で撃たれ、殺人事件を解決してようやく手に入れたほどのレシピですから、しかたないのかもしれませんが、味を再現するのはなかなか難しそうです。

また、ウルフはビールに目がなく、一日六クォート（約五・七リットル）消費する密造ビールから合法のビールに変えようとしたときには、一度に四十九種類も試飲しています。アーチーも言っていることですが、そんなに飲んでも頭には差し支えないのですから、驚かされます。

この巻には、偶然ですが猿が二匹も登場します。アーチーは女性に劣らず動物にもてるらしく、わりと動物絡みの事件も多いのです。ウルフは普段、愛情などとは無縁のような顔をしていますが、一巻に登場したマルコ・ヴクチッチに深い友情を抱き、「真昼の犬」という作品に詳しく紹介されているとおり、実は犬が大好きです。ウルフの犬好きは長い付き合いのアーチーでさえ知らなかったようで、ウルフは本当に奥が深い、欠点を含めていろいろな顔を持つ名探偵なのです。

“*Corsage*” に描かれたウルフのシルエットとグッドウィン〈右〉、そしてクレイマー警視〈左〉（画：ともにSid Wright）

アメリカで人気のウルフは漫画やイラストにもなっています。実際にウルフは今回収録した「『ダズル・ダン』殺害事件」に登場するダズル・ダンのように、漫画になって連載されていたこともあります。スタウトの死後に出版された限定本〝Corsage〟では、アーチー・グッドウィン、クレイマー警視の挿絵が出ていますが、日本人からするとちょっと意外な顔だちです。アーチーはいわゆる〝ケツ顎〟のハードボイルドな私立探偵。仮にもニューヨーク市警察の警視、クレイマーは太鼓腹に派手なベストを着こみ、一歩間違えば悪徳高利貸しかマフィアの親分のようです。この本にはウルフのイラスト自体は出ておらず、シルエットだけでしたが、いろいろ描かれているウルフのイラストはわりとどれも似通っていて、大きな体に気むずかしそうな顔で、こちらはあまり日本人の想像を裏切らないと思います。

ところで日本の漫画と、『スーパーマン』や『スパイダーマン』などでおなじみのアメリカンコミックスとは、かなり相違点があるようです。「『ダズル・ダン』殺害事件」ではキャラクターを巡る殺人事件を描いていますが、アメコミの製作現場は作業ごとに担当が分かれ

コミックに描かれたネロ・ウルフ　Columbia Features配信の新聞（1956年11月26日付）より（画：Mike Roy）

ており、かなり複雑な工程となっています。例えば作画については、下書きをするペンシラーがいて、それを清書（?）するインカーというスタッフ、色づけをするカラリストなどがおり、これだけで「キャラクターの絵柄がヒットしたのはだれの手柄か？」という問題にもなります。また、絵を描く人と物語を考える原作者が異なるのは日常茶飯事で、キャラクターの版権を出版社が持っている場合は、巻ごとに作者や作画担当者がちがうことも珍しくありません。表紙と本編の絵がちがうことが多いのも、アメリカンコミックスの特徴と言えるでしょう。日本でよくあるように、表紙を見て気に入ったからと購入してみたところ、開けてみてびっくり、なんてこともあります（カタログには、表紙や本編をだれが描いているのかクレジットされているので、熱心なファンならば、だまされないでしょうが……）。近年はヴァリアント・カバーと称し、複数の絵柄の表紙を用意するという商魂のたくましさを見せています。

表題作「ようこそ、死のパーティーへ」に出てきた破傷風について、本文にもアーチーの説明が出ていますが、少々補足をしておきます。近年は予防接種により感染が減ってきましたが、破傷風は土

壊に生息する菌が傷口に入ることで感染し、だれでもかかります。そのため、予防接種がなかった昔は患者数も多く、山田風太郎や横溝正史など、日本の古いミステリ作品にも登場します。人から人へは感染しませんが、発症後の致死率が極めて高い、恐ろしい病気です。まずは数日間の潜伏期間を経て、ものが飲みこみにくくなる、牙関緊急（がかんきんきゅう）と呼ばれる口が開きにくい等の症状が現れます。次第に全身に痙攣、硬直が現れ、体が弓なりに反り返ります。その際、脊椎を骨折したり、呼吸筋の麻痺による窒息などで死に至ります。これらの症状の進みかたが早いほど重篤で、回復の望みが少ないようです。ただし、患者の意識は鮮明であり、発作の間ずっと苦しみ続けるようです。むごい亡くなりようで、この症状を知りながら殺人に利用できるのは、ウルフの言うように、「きわめて厭わしい人物」でしょう。ストリキニーネの場合、摂取から症状発現までの時間は三十分程度とぐっと短いようですが、後弓反張（こうきゅうはんちょう）という痙攣は破傷風とよく似ているらしく、カーター・ディクスンも長編のトリックに使っています。

ようこそ、死のパーティーへ（Cordially Invited to Meet Death）

ブランコ型長椅子の近くで執事にぶつかる「ミスター」
“*The American Magazine*” 1942 年 4 月号より（画：Fred Ludekens）

　最後のアーチーの言葉がちょっと気になる、秘密の香りがする一話。セレブのために奇想天外なパーティーを企画するベス・ハドルストン。売れっ子のベスを中傷する手紙が、匿名で顧客に送りつけられるようになりました。てっきりその犯人を捜す仕事の依頼かと思いきや、意外にも犯人はわかっているとベスはウルフに告げます。多すぎる動物たち、ウルフファンなら一度は食べてみたいと願うソーシス・ミニュイの登場、クレイマー警視との大げんかなど、楽しめる材料が一杯です。食通ウルフの長年の懸案、コンビーフ・ハッシュが意外な人物のおかげで完成する点も見逃せません。

翼の生えた銃（The Gun with Wings）

ウルフの短編でお勧めの一品を選ぶなら、これ。定番ですが、間違いありません。高名なオペラ歌手が拳銃自殺としか思えない状況で死亡する。ただし、第一発見者の妻とその恋人は、拳銃が死者の手の届く範囲には見あたらなかったと断言します。あとで、死者の手元に「飛んできた」のだと。二人はその事実を警察には伏せており、殺人事件があったことを秘密にしたまま犯人を捜してほしいと、ウルフに無理難題をふっかけてきました。実地捜査を担当するアーチーは、例によって苦労をしますが、ウルフは見事な安楽椅子探偵ぶりを披露します。「刑事コロンボ」シリーズのように鮮やかなロジックは、本格ミステリと呼ぶにふさわしく、安定した人気も頷けます。

『ダズル・ダン』殺害事件（The Dazzle Dan Murder Case）

こちらはトロピカルな辛口料理です。アーチーとウルフを窮地に追いこんだのは、意外なことに犯人ではなく、なんと依頼人でした。殺人事件の現場で、犯行の一部始終を見ていたのは、しゃべれないサルだけ。アーチーは殺人の容疑で逮捕され、見事にはめられたウルフたちは、クレイマー警視に私立探偵の免許取り消しを宣言されてしまいます。自分の欲するがままの日常生活を享楽しているウルフは、食事や蘭の栽培に莫大な金を必要としますので、探偵業を廃止されれば遠からず破産します。

生計を奪われたウルフは奇策を使い、一個人として裏切り者の依頼人に戦いを挑みます。

今回はウルフの食通ぶりの片鱗が伝わる作品でしたが、アーチーの軍隊時代（彼は〝グッドウィン少佐〟だったのです！）のエピソードを集めた次巻では、なんとその巨漢ウルフがダイエットに挑戦します。

第三巻も、再度お付き合い願えれば幸いです。

〔訳者〕

鬼頭玲子（きとう・れいこ）

藤女子大学文学部英文学科卒業。インターカレッジ札幌在籍。札幌市在住。訳書に『アプルビイズ・エンド』、『四十面相クリークの事件簿』、『黒い蘭　ネロ・ウルフの事件簿』（いずれも論創社）など。

ネロ・ウルフの事件簿　ようこそ、死のパーティーへ

——論創海外ミステリ　158

2015年10月20日　初版第1刷印刷
2015年10月30日　初版第1刷発行

著　者　レックス・スタウト

訳　者　鬼頭玲子

装　画　佐久間真人

装　丁　宗利淳一

発行所　論 創 社

〒101-0051　東京都千代田区神田神保町2-23　北井ビル
電話　03-3264-5254　振替口座　00160-1-155266

印刷・製本　中央精版印刷

組版　フレックスアート

ISBN978-4-8460-1469-8

論　創　社

アンブローズ蒐集家◉フレドリック・ブラウン

論創海外ミステリ 153　消息を絶った私立探偵アンブローズ・ハンター。甥の新米探偵エド・ハンターは伯父を救出すべく奮闘する！　シリーズ最後の未訳作品、ここに堂々の邦訳なる。　**本体 2200 円**

灰色の魔法◉ハーマン・ランドン

論創海外ミステリ 154　大都会ニューヨークを震撼させる謎の中毒死事件。快男児グレイ・ファントムと極悪人マーカス・ルードの死闘の行方は？　正義に目覚めし不屈の魂が邪悪な野望を打ち砕く！　**本体 2200 円**

雪の墓標◉マーガレット・ミラー

論創海外ミステリ 155　クリスマスを目前に控えた田舎町でおこった殺人事件。逮捕された女は本当に犯人なのか？　アメリカ探偵作家クラブ巨匠賞受賞作家によるクリスマス狂詩曲。　**本体 2200 円**

白魔◉ロジャー・スカーレット

論創海外ミステリ 156　発展から取り残された地区に佇む屋敷の下宿人が次々と殺される。跳梁跋扈する殺人魔“白魔”とは何者か。『新青年』へ抄訳連載された長編が82年ぶりに完訳で登場。　**本体 2200 円**

報復という名の芸術◉ダニエル・シルヴァ

美術修復師ガブリエル・アロン　過去を捨てた男ガブリエル・アロン。テロリスト殲滅のプロフェッショナルだった彼は、家族に手をかけた怨敵を追い、大陸を越えて暗躍する。　**本体 2000 円**

さらば死都ウィーン◉ダニエル・シルヴァ

美術修復師ガブリエル・アロン　任務を帯びて赴いた街は、ガブリエルにとって禁忌ともいうべきウィーンだった。人類の負の遺産ホロコーストの真実を巡って展開される策略とは？　**本体 2000 円**

イングリッシュ・アサシン◉ダニエル・シルヴァ

美術修復師ガブリエル・アロン　謎の人物から絵画修復を依頼されたガブリエルはチューリッヒへ向かう。しかし、現地で彼を待ち受けていたのは依頼主の亡骸だった……。　**本体 2000 円**

好評発売中